I0725877

TRANZLATY

Language is for everyone

Język jest dla każdego

Folk Tales of Bengal

Opowieści ludowe Bengalu

Part One
Część pierwsza

1 / 2

Lal Behari Day

English / Polsku

Copyright © 2025 Tranzlaty
All rights reserved
Published by Tranzlaty
ISBN: 978-1-80572-932-7
Original text by Reverend Lal Behari Day
Folk Tales of Bengal
First published in 1912
www.tranzlaty.com

Folk Tales of Bengal
Opowieści ludowe Bengalu*

Life's Secret
Sekret życia
Phakir Chand
Phakir Chand
The Indignant Brahman
Oburzony bramin
The Story of the Rakshasas
Historia Rakshasów
The Story of Swet and Bachanta
Historia Swet i Bachanty
The Evil Eye of Sani
Złe oko Saniego
The Boy whom Seven Mothers Suckled
Chłopiec, którego wykarmiło siedem matek
The Story of Prince Sobur
Historia księcia Soburu
The Origins of Opium
Początki opium
Strike, but Listen First
Atakuj, ale najpierw wysłuchaj

Life's Secret
Sekret życia

Once upon a time there was a king.
Dawno, dawno temu żył sobie król.
This King had married two Queens.
Król ten poślubił dwie królowe.
The two queens were called Duo and Suo.
Obie królowe nazywały się Duo i Suo.
Both of the queens were childless.
Obie królowe nie miały dzieci.
One day a Faquir came to the palace gate.
Pewnego dnia Faquir przybył do bramy pałacu.
The Faquir had come to ask for alms.
Faquir przyszedł prosić o jałmużnę.
Queen Suo went to the door.
Królowa Suo podeszła do drzwi.
And she gave him a handful of rice.
I dała mu garść ryżu.
The mendicant asked her a question.
Żebrak zadał jej pytanie.
"Do you have any children?"
„Czy masz jakieś dzieci?"
The queen had no children.
Królowa nie miała dzieci.
"I wish had children, but I have none"
„Chciałbym mieć dzieci, ale nie mam żadnych"
The holy man refused to take alms from her.
Święty mąż odmówił przyjęcia od niej jałmużny.
In these times there were different traditions.
W tamtych czasach istniały różne tradycje.
And the people believed many different things.
A ludzie wierzyli w wiele różnych rzeczy.
Don't take charity from the hands of a childless woman.
Nie przyjmuj jałmużny z rąk bezdzietnej kobiety.
Such hands were ceremonially unclean.
Takie ręce były rytualnie nieczyste.

The mendicant offered her a medicine.
Żebrak zaproponował jej lekarstwo.
This medicine was to remove her barrenness.
Lekarstwo to miało usunąć jej niepłodność.
She expressed her willingness to take the medicine.
Wyraziła chęć przyjęcia leku.
The mendicant told her how to take the medicine.
Żebrak powiedział jej, jak zażywać lekarstwo.
"This is the potion you must swallow"
„To jest mikstura, którą musisz połknąć"
"Prepare the juice of a pomegranate flower"
„Przygotuj sok z kwiatu granatu"
"Swallow the medicine with the juice"
„Połknij lek z sokiem"
"If you do this, you will soon have a son"
„Jeśli to zrobisz, wkrótce będziesz miał syna"
"Your son will be exceedingly handsome"
„Twój syn będzie niezwykle przystojny"
"His complexion will be beautiful"
„Jego cera będzie piękna"
"He will have the colour of pomegranate flowers"
„Będzie miał kolor kwiatów granatu"
"And you shall call him Dalim Kumar"
„I będziesz go nazywał Dalim Kumar"
"But he will also have enemies"
„Ale będzie miał też wrogów"
"They will try to take your son's life"
„Będą próbowali odebrać życie twojemu synowi"
"But there is a secret to his life"
„Ale w jego życiu kryje się tajemnica"
"And I will tell you this secret"
„I zdradzę ci tę tajemnicę"
"In front of your palace is a pond"
„Przed twoim pałacem jest staw"
"In that pond there is a big Boal fish"
„W tym stawie jest wielka ryba Boal"
"Your son's life is connected to that fish"

„Życie twojego syna jest związane z tą rybą"
"In the heart of the fish is a small box"
„W sercu ryby znajduje się małe pudełko"
"This small box is made of wood"
„To małe pudełko jest zrobione z drewna"
"In the box of wood is a necklace of gold"
„W drewnianym pudełku znajduje się złoty naszyjnik"
"That necklace is the life of your son"
„Ten naszyjnik to życie twojego syna"
The mendicant gave her the medicine.
Żebrak dał jej lekarstwo.
And they said their farewells.
I pożegnali się.

Soon all in the palace whispered of an heir.
Wkrótce wszyscy w pałacu zaczęli szeptać o następcy tronu.
Great was the joy of the King.
Radość Króla była wielka.
He had visions of an heir to the throne.
Miał wizję następcy tronu.
A never-ending succession of powerful monarchs.
Niekończąca się seria potężnych monarchów.
He dreamt of how they perpetuated his dynasty.
Śniło mu się, jak przedłużano jego dynastię.
These ideas floated before his mind.
Te pomysły pojawiły się w jego umyśle.
It made him the happiest he had ever been.
Dzięki temu poczuł się najszczęśliwszy w swoim życiu.
Many ceremonies were performed for the occasion.
Z tej okazji odprawiono wiele ceremonii.
The people of the kingdom played loud music.
Ludzie w królestwie słuchali głośnej muzyki.
The birth of a prince was a truly special event.
Narodziny księcia były naprawdę wyjątkowym wydarzeniem.
Soon queen Suo gave birth to a son.
Wkrótce królowa Suo urodziła syna.
He was more beautiful than anyone had imagined.

Był piękniejszy niż ktokolwiek sobie wyobrażał.
The King saw his son's face.
Król zobaczył twarz swego syna.
And his heart leaped with joy.
A serce jego podskoczyło z radości.
Soon the child ate his first rice.
Wkrótce dziecko zjadło swój pierwszy ryż.
Mukhe bhaat was celebrated with great joy.
Mukhe bhaat obchodzono z wielką radością.
And the whole kingdom was filled with gladness.
I całe królestwo napełniło się radością.

Dalim Kumar grew up to be a fine boy.
Dalim Kumar wyrósł na wspaniałego chłopca.
There was one activity he particularly liked.
Była jedna czynność, którą szczególnie lubił.
He loved playing with the pigeons.
Uwielbiał bawić się z gołębiami.
However, the pigeons often flew to Queen Duo.
Jednak gołębie często latały do Queen Duo.
Nobody knows why they did this.
Nikt nie wie, dlaczego to zrobili.
And they flew into her apartment.
I wlecieli do jej mieszkania.
So Dalim Kumar often met Queen Duo.
Dlatego Dalim Kumar często spotykał się z Queen Duo.
At first, she happily gave the pigeons back.
Na początku chętnie oddała gołębie.
But later she wasn't as willing to return the pigeons.
Ale później nie była już tak chętna do oddania gołębi.
She gave the pigeons up with some reluctance.
Zrezygnowała z gołębi, choć niechętnie.
She felt she could use this to her advantage.
Uznała, że może to wykorzystać na swoją korzyść.
She naturally hated the child.
Ona oczywiście nienawidziła tego dziecka.
Since Dalim's birth the king had neglected her.

Od narodzin Dalima król zaniedbywał ją.
And the King idolized the mother of Dalim.
A król ubóstwiał matkę Dalima.
Somehow, she had heard of the mendicant.
W jakiś sposób usłyszała o żebraku.
She heard he had given queen Suo a medicine.
Słyszała, że dał królowej Suo lekarstwo.
She had also heard about what he had said.
Ona również słyszała, co powiedział.
There was a secret to the prince's life.
Życie księcia kryło pewną tajemnicę.
She had heard his life was bound to something.
Słyszała, że jego życie jest z czymś związane.
But she did not know what his life was bound to.
Ale nie wiedziała, do czego zmierza jego życie.
She was determined to get the secret.
Była zdeterminowana, by poznać tajemnicę.

Of course, the pigeons came back to her.
Oczywiście, gołębie wróciły do niej.
And the pigeons flew into her room again.
I gołębie znów wleciały do jej pokoju.
This time she refused to give the pigeons back.
Tym razem odmówiła oddania gołębi.
"I won't just give you your pigeon back"
„Nie oddam ci po prostu gołębia"
"First, you have to tell me something"
„Najpierw musisz mi coś powiedzieć"
"What do you want, aunty?" the boy asked.
„Czego chcesz, ciociu?" zapytał chłopiec.
"Oh, my darling, do not worry"
„Och, kochanie, nie martw się"
"It's just a small thing I want"
„Chcę tylko małej rzeczy"
"I want to know where your life is hidden"
„Chcę wiedzieć, gdzie ukryte jest twoje życie"
The boy was very confused by this.

Chłopiec był tym bardzo zdezorientowany.
"What is that, aunty?"
„Co to jest, ciociu?"
"Where can my life be, except in me?"
„Gdzie może być moje życie, jeśli nie we mnie?"
"No, child, that is not what I meant"
„Nie, dziecko, nie o to mi chodziło"
"A holy mendicant told your mother a secret"
„Święty żebrak zdradził twojej matce sekret"
"Your life is bound up with something"
„Twoje życie jest z czymś związane"
"I wish to know what that thing is"
„Chciałbym wiedzieć, co to jest "
The boy was confused by what she said.
Chłopiec był zdezorientowany tym, co powiedziała.
"I never heard of any such thing"
„Nigdy o czymś takim nie słyszałem"
But Queen Duo insisted it was true.
Jednak Queen Duo upierała się, że to prawda.
"Promise to find out from your mother"
„Obiecuj, że dowiesz się tego od swojej matki"
"Ask her where your life is hidden"
„Zapytaj ją, gdzie ukryte jest twoje życie"
"Then I will let you have the pigeons"
„W takim razie pozwolę ci mieć gołębie"
"Otherwise, I will keep the pigeons"
„W przeciwnym razie zatrzymam gołębie"
The boy wanted his pigeons back.
Chłopiec chciał odzyskać swoje gołębie.
So he agreed to get the information.
Więc zgodził się zdobyć te informacje.
But first she made him promise.
Ale najpierw kazała mu złożyć obietnicę.
"Promise me you won't tell your mother"
„Obiecaj mi, że nie powiesz swojej matce"
And the boy promised not to tell her.
A chłopiec obiecał jej nic nie powiedzieć.

"I promise I won't tell my mum"
„Obiecuję, że nie powiem mamie"
Queen Duo freed the prince's pigeons.
Królowa Duo uwolniła gołębie księcia.
Dalim was overjoyed to have his birds again.
Dalim był przeszczęśliwy, że znów ma swoje ptaki.
And he forgot the entire conversation.
I zapomniał o całej rozmowie.

The next day Dalim was playing again.
Następnego dnia Dalim grał ponownie.
You can imagine what happened again.
Możesz sobie wyobrazić, co się znowu wydarzyło.
The pigeons flew to Queen Duo's apartment.
Gołębie poleciały do apartamentu Królowej Duo.
And they flew into her room again.
I znowu wlecieli do jej pokoju.
Dalim went in to his stepmother's apartment.
Dalim wszedł do mieszkania swojej macochy.
And he asked her for the pigeons.
I poprosił ją o gołębie.
Of course she asked him for the information.
Oczywiście, że poprosiła go o tę informację.
Dalim could not tell her where his life was hidden.
Dalim nie mógł jej powiedzieć, gdzie ukryte jest jego życie.
"I promise I will ask her today"
„Obiecuję, że zapytam ją dzisiaj"
"But please can I have my pigeons"
„Ale czy mogę prosić o moje gołębie?"
She didn't give the pigeons back so quickly.
Nie oddała gołębi tak szybko.
But, in the end, he got his pigeons again.
Ale na koniec udało mu się odzyskać gołębie.

After playing, Dalim went to his mother.
Po skończeniu gry Dalim poszedł do swojej matki.
"Mamma, please tell me where my life is hidden"

„Mamo, proszę powiedz mi, gdzie ukryte jest moje życie"

"What do you mean, child?" asked the mother.

„Co masz na myśli, dziecko?" zapytała matka.

She was astonished at the question.

Pytanie ją zdziwiło.

Why would her child ask her this?

Dlaczego jej dziecko zadało jej takie pytanie?

"Yes, mamma," replied the child.

„Tak, mamo" – odpowiedziało dziecko.

"I have heard of a holy mendicant"

„Słyszałem o świętym żebraku"

"He told you something about my life"

„Powiedział ci coś o moim życiu"

"He said my life is hidden in something"

„Powiedział, że moje życie jest ukryte w czymś"

"Tell me what that thing is"

„Powiedz mi, co to jest"

"My child, my darling, my treasure"

„Moje dziecko, moja ukochana, mój skarbie"

"My golden moon," his mother pleaded.

„Mój złoty księżycu" – błagała jego matka.

"Do not ask such a question"

„Nie zadawaj takiego pytania"

"Cover my enemies' mouths with ashes"

„Zakryj usta moich wrogów popiołem"

"Let my Dalim live forever," she begged.

„Niech mój Dalim żyje wiecznie" – błagała.

But the child insisted on knowing the secret.

Jednak dziecko upierało się, że chce poznać tajemnicę.

He refused to eat or drink until he knew.

Odmówił jedzenia i picia, dopóki się nie dowiedział.

Queen Suo had no choice but to tell him.

Królowa Suo nie miała innego wyboru, jak mu powiedzieć.

Eventually she told him the secret of his life.

W końcu wyjawiła mu sekret jego życia.

The next day Dalim was playing again.

Następnego dnia Dalim grał ponownie.
You can imagine where the pigeons flew.
Możesz sobie wyobrazić dokąd odleciały gołębie.
Dalim chased after the birds into the apartment.
Dalim pobiegł za ptakami do mieszkania.
His stepmother told him many sweet words.
Jego macocha powiedziała mu wiele miłych słów.
And finally, she got his secret from him.
I w końcu wyjawił jej jego sekret.
She wasted no time to start her wicked plan.
Nie tracąc czasu, zaczęła realizować swój nikczemny plan.
And she gave orders to her servants.
I wydała rozkazy swoim sługom.
"Get some dried stalk from the hemp plant"
„Weź trochę suszonej łodygi konopi"
"Make sure the stalks are very brittle"
„Upewnij się, że łodygi są bardzo kruche"
Brittle hemp stalks make a cracking sound.
Kruche łodygi konopi wydają trzaskający dźwięk.
The sound is similar to the cracking of joints.
Dźwięk ten przypomina trzaskanie stawów.
And it sounds like the bones of old people.
I brzmi to jak odgłos kości starych ludzi.
She put the brittle hemp stalks under her bed.
Włożyła kruche łodygi konopi pod łóżko.
And then she lied on her bed.
A potem położyła się na łóżku.
She wanted to test the hemp stalks.
Chciała przetestować łodygi konopi.
The stalks cracked just as much as she wanted.
Łodygi trzeszczały tak bardzo, jak tego chciała.
She was satisfied with how her plan was going.
Była zadowolona z przebiegu realizacji swojego planu.
She gave more orders to her servants.
Wydała swoim sługom więcej rozkazów.
"Tell the King I am very ill"
„Powiedz królowi, że jestem bardzo chory"

"He must come to see me immediately"
„Musi natychmiast do mnie przyjść"
The king did not love this queen.
Król nie kochał tej królowej.
But he still had a duty to care for her.
Ale nadal miał obowiązek się nią opiekować.
If she was ill, he had to look after her.
Jeśli była chora, musiał się nią zaopiekować.
The King came to her bedroom.
Król przyszedł do jej sypialni.
She rolled on the bed in pain.
Z bólu turlała się po łóżku.
The King heard the cracking of her bones.
Król usłyszał trzask jej kości.
He ordered his best physician to attend her.
Rozkazał swojemu najlepszemu lekarzowi, aby się nią zajął.
But the queen had thought of this.
Ale królowa o tym pomyślała.
She had already spoken with the physician.
Rozmawiała już z lekarzem.
"There is only one remedy," he told the king.
„Jest tylko jedno lekarstwo" – powiedział królowi.
"There's a pond in front of the palace"
„Przed pałacem jest staw"
"In the pond there's a large Boal fish"
„W stawie jest duża ryba Boal"
"The remedy is in that fish"
„Lekarstwo jest w tej rybie"
So the king let the physician catch the fish.
Król pozwolił więc lekarzowi złowić rybę.
Meanwhile Dalim was busy playing.
Tymczasem Dalim był zajęty grą.
He knew nothing of his aunt's illness.
Nic nie wiedział o chorobie swojej ciotki.
The fish was taken out the water.
Rybę wyjęto z wody.
Dalim fell to the ground immediately.

natychmiast padł na ziemię .
He flopped around on the floor.
Rzucał się na podłogę.
And he could not breathe.
I nie mógł oddychać.
The guards immediately noticed.
Strażnicy natychmiast to zauważyli.
Dalim was taken to his mother's room.
Dalima zabrano do pokoju jego matki.
And the King was informed of his son.
I król dowiedział się o swoim synu.
He couldn't believe his son's illness.
Nie mógł uwierzyć w chorobę swojego syna.
The fish was taken to Queen Duo.
Rybę zabrano do Queen Duo.
Queen Duo was being saved.
Królowa Duo została uratowana.
At the same time Dalim was dying.
W tym samym czasie Dalim umierał.
The fish was cut open.
Ryba została rozcięta.
And they found the wooden box.
I znaleźli drewnianą skrzynkę.
In the box lay a necklace of gold.
W pudełku znajdował się złoty naszyjnik.
Queen Duo put on the necklace.
Królowa Duo założyła naszyjnik.
And Dalim died at the very same moment.
I Dalim umarł w tym samym momencie.

News of the tragedy reached the king.
Wieść o tragedii dotarła do króla.
He was plunged into an ocean of grief.
Pogrążył się w oceanie żalu.
News of Queen Duo's recovery did not help.
Wiadomości o powrocie do zdrowia Queen Duo nie pomogły.
He wept painful and bitter tears.

Płakał bolesnymi i gorzkimi łzami.
No one thought he would recover.
Nikt nie myślał, że wyzdrowieje.
He could not bear to bury his son.
Nie mógł znieść myśli o pochówku syna.
Nor did he allow his body to be burned.
Nie pozwolił też, by jego ciało zostało spalone.
He could not accept that his son had died.
Nie mógł pogodzić się ze śmiercią syna.
His death was so sudden and senseless.
Jego śmierć była tak nagła i bezsensowna.
He had the dead body moved to a garden-houses.
Kazał przenieść zwłoki do altanki.
This garden-house was in the suburbs.
Ta altana znajdowała się na przedmieściach.
Here his son was laid in state.
Tutaj wystawiono na widok publiczny jego syna.
All sorts of provisions were put there.
Umieszczono tam wszelkiego rodzaju zapasy.
Although everyone knew it was unnecessary.
Chociaż wszyscy wiedzieli, że to nie było konieczne.
The young boy did not need food anymore.
Młody chłopiec nie potrzebował już jedzenia.
The house was kept locked day and night.
Dom był zamknięty na klucz dniem i nocą.
Dalim had had one very close friend.
Dalim miał jednego bardzo bliskiego przyjaciela.
Only this friend was allowed to visit.
Tylko ten przyjaciel miał pozwolenie na odwiedziny.
He was the son of the prime minister.
Był synem premiera.
He was entrusted with the key of the house.
Powierzono mu klucz do domu.
Once a day he could visit his dead friend.
Raz dziennie mógł odwiedzić swojego zmarłego przyjaciela.

Queen Suo retired after the loss of her son.

Królowa Suo przeszła na emeryturę po stracie syna.
Now the King spent the nights with Queen Duo.
Teraz Król spędzał noce z Królową Duo.
The Queen wanted to avoid suspicion.
Królowa chciała uniknąć podejrzeń.
So she took the necklace off at night.
Więc zdjęła naszyjnik na noc.
But Dalim's life was tied to the necklace.
Ale życie Dalima było nierozerwalnie związane z
naszyjnikiem.
And his death was not so simple.
A jego śmierć nie była taka prosta.
He was dead when the queen wore the necklace.
Był martwy, gdy królowa nosiła naszyjnik.
But when she took the necklace off, he returned to life.
Ale kiedy zdjęła naszyjnik, on powrócił do życia.
And so he returned to life every night.
I tak każdej nocy powracał do życia.
Every morning she put the necklace on again.
Każdego ranka zakładała naszyjnik na nowo.
And so, he died again every morning.
I tak umierał każdego ranka.
At night he ate whatever food he liked.
Wieczorem jadł to, co mu smakowało.
Because there was plenty of food for him.
Ponieważ było dla niego mnóstwo jedzenia.
He walked around in the premises.
Przechadzał się po obiekcie.
And he meditated on the strangeness of his life.
I rozmyślał nad dziwnością swojego życia.
Dalim's friend only visited him during the day.
Przyjaciel Dalima odwiedzał go tylko w ciągu dnia.
So he always saw him as a lifeless corpse.
Dlatego zawsze widział w nim martwe ciało.
But his body never seemed to change.
Jednak jego ciało zdawało się nigdy nie ulegać zmianie.
There was no sign of putrefaction.

Nie było śladu gnicia.

The body was lifeless and pale.

Ciało było martwe i blade.

But there were no symptoms of death.

Ale nie było żadnych objawów zgonu.

It all seemed too strange for him.

Wszystko wydawało mu się zbyt dziwne.

So he decided to watch the corpse more closely.

Postanowił więc przyjrzeć się zwłokom bliżej.

And he visited his friend at night.

A nocą odwiedzał swego przyjaciela.

He was astonished at what he saw that night.

Był zdumiony tym, co zobaczył tamtej nocy.

His dead friend was walking about in the garden.

Jego zmarły przyjaciel przechadzał się po ogrodzie.

At first, he thought Dalim might be a ghost.

Na początku myślał, że Dalim jest duchem.

So he went to see if he could touch him.

Więc poszedł sprawdzić, czy może go dotknąć.

And then he saw it was really his friend.

I wtedy zobaczył, że to naprawdę był jego przyjaciel.

Dalim told his friend everything that had happened.

Dalim opowiedział swemu przyjacielowi wszystko, co się wydarzyło.

He told him all the circumstances of his death.

Opowiedział mu o wszystkich okolicznościach swojej śmierci.

And soon they solved the mystery.

I wkrótce rozwiązali zagadkę.

They understood why he revived only at night.

Rozumieli, dlaczego odżywał dopiero w nocy.

Every night the king came to see Queen Duo.

Każdej nocy król przychodził zobaczyć się z Królową Duo.

When the King visited, she took off her necklace.

Kiedy przyszedł król, zdjęła naszyjnik.

The life of the prince depended on the necklace.

Życie księcia zależało od naszyjnika.

So the two friends worked on a plan.

Więc dwaj przyjaciele opracowali plan.
Night after night they consulted together.
Noc po nocy naradzali się.
But they could not think of any feasible scheme.
Ale nie mogli wymyślić żadnego sensownego planu.

Eventually the Gods must have taken pity.
Bogowie musieli w końcu okazać mu litość.
And they decided to free Dalim.
I postanowili uwolnić Dalima.
But we must understand how the Gods work.
Ale musimy zrozumieć, jak działają bogowie.
These things are planned long before.
Tego typu rzeczy planuje się dużo wcześniej.
The sister of Bidhata-Purusha had had a daughter.
Siostra Bidhaty-Purushy miała córkę.
Bidhata-Purusha was a great fortune teller.
Bidhata-Purusha był wielkim wróżbitą.
He had written something on the child's forehead.
Napisał coś na czole dziecka.
"This child will marry the dead bridegroom"
„To dziecko poślubi zmarłego pana młodego"
Her mother was very saddened by this.
Jej matka była tym bardzo zasmucona.
She did not want this destiny for her daughter.
Nie chciała, żeby jej córka spotkał taki los.
But she could not argue with him.
Ale nie mogła się z nim kłócić.
He never changed what he had written.
Nigdy nie zmienił tego, co napisał.
The child became exceedingly beautiful.
Dziecko stało się niezwykle piękne.
But the mother could not take any pleasure in this.
Ale matka nie potrafiła czerpać z tego żadnej przyjemności.
Because she knew the destiny of her child.
Ponieważ znała przeznaczenie swojego dziecka.
Eventually the girl came to marriageable age.

Dziewczyna ostatecznie osiągnęła wiek pozwalający na zamążpójście.

She had to find a way to avoid her fate.

Musiała znaleźć sposób, by uniknąć swojego losu.

So the mother fled the country with her child.

Więc matka uciekła z kraju ze swoim dzieckiem.

Perhaps she could avoid her dreadful destiny.

Być może uda jej się uniknąć strasznego losu.

But what was written was written.

Ale co zostało napisane, to zostało napisane.

And fate cannot be overruled like this.

A przeznaczenia nie da się tak zmienić.

Together they journeyed through the land.

Razem podróżowali przez kraj.

You can imagine how fate was working.

Można sobie wyobrazić, jak potoczyły się losy.

They wandered past Dalim's resting place.

Przeszli obok miejsca spoczynku Dalima.

The shade of the evening was approaching.

Zbliżał się wieczór.

"Mother, I am thirsty," said her child.

„Mamo, jestem spragniony" – powiedziało dziecko.

"Sit at this gate," replied her mother.

„Usiądź przy tej bramie" – odpowiedziała jej matka.

"I will search for water in the village"

„Będę szukał wody we wsi"

The girl was curious about the garden.

Dziewczynka była ciekawa ogrodu.

And in the garden she saw strange house.

A w ogrodzie zobaczyła obcy dom.

She pushed the gate, which opened itself.

Pchnęła bramę, która otworzyła się sama.

When she went in, she saw a beautiful palace.

Gdy weszła, zobaczyła piękny pałac.

But she had an uneasy feeling about the palace.

Ale czuła niepokój w związku z pałacem.

However, the door had shut itself.

Jednak drzwi zamknęły się same.
So she had no way of getting out.
Więc nie miała jak się wydostać.

When night came the prince revived.
Gdy nadeszła noc, książę odzyskał przytomność.
As usual, he walked around in the garden.
Jak zwykle spacerował po ogrodzie.
But this time he saw a female figure.
Ale tym razem zobaczył postać kobiecą.
The figure was standing near the gate.
Postać stała przy bramie.
Soon he saw that it was a girl.
Wkrótce zobaczył, że to była dziewczynka.
And he saw she was of unsurpassed beauty.
I zobaczył, że była ona nadzwyczajnej urody.
"Who are you?" he asked her.
„Kim jesteś?" zapytał ją.
She told Dalim everything that had happened.
Opowiedziała Dalimowi wszystko, co się wydarzyło.
All the details of her little history.
Wszystkie szczegóły jej krótkiej historii.
"My uncle is the divine Bidhata-Purusha"
„Mój wujek jest boskim Bidhata-Puruszą"
"He wrote on my forehead at birth"
„Napisał mi na czole przy narodzinach"
"This child will marry the dead bridegroom"
„To dziecko poślubi zmarłego pana młodego"
"My mother did not want that life for me"
„Moja matka nie chciała dla mnie takiego życia"
"So we left our house and city"
„Więc opuściliśmy nasz dom i miasto"
"And we wandered through the country"
„I wędrowaliśmy po kraju"
"We had come to the gate of your palace"
„Dotarliśmy do bram twojego pałacu"
"After our journey I was thirsty"

„Po podróży byłem spragniony"
"So my mother went to look for water"
„Więc moja mama poszła szukać wody"
"And now I am standing here before you"
„A teraz stoję tu przed wami"
Dalim Kumar knew the meaning of the story.
Dalim Kumar znał znaczenie tej historii.
"I am the dead bridegroom," he told the girl.
„Jestem zmarłym panem młodym" – powiedział dziewczynie.
"It is me who you will marry"
„To mnie poślubisz"
"Come with me to the house," he asked of her.
„Chodź ze mną do domu" – poprosił ją.
But the girl wasn't so easily persuaded.
Jednak dziewczyna nie dała się tak łatwo przekonać.
"You are standing and speaking to me"
„Stoisz i mówisz do mnie"
"How can you be the dead bridegroom?"
„Jak możesz być martwym panem młodym?"
The prince understood her objection.
Książę zrozumiał jej sprzeciw.
"You will understand it afterwards"
„Zrozumiesz to później"
The girl followed the prince into the house.
Dziewczyna poszła za księciem do domu.
She had been fasting the whole day.
Pościła cały dzień.
So the prince gave her wonderful food.
Więc książę dał jej cudowne jedzenie.
Meanwhile, the girl's mother had come back.
Tymczasem wróciła matka dziewczynki.
She was standing at the gates of the garden.
Stała u bram ogrodu.
But her daughter was not there anymore.
Ale jej córki już tam nie było.
She cried out for her daughter.
Krzyczała za swoją córką.

But she got no reply from her daughter.
Ale nie dostała od córki odpowiedzi.
So she went looking for her in the village.
Więc poszła jej szukać po wsi.

As usual, Dalim's friend came that night.
Jak zwykle, tego wieczoru przyszedł przyjaciel Dalima.
Dalim was still entertaining his guest.
Dalim nadal zabawiał gościa.
He was not expecting to see a stranger.
Nie spodziewał się zobaczyć kogoś obcego.
And the girl retold him her story.
A dziewczyna opowiedziała mu swoją historię.
You can imagine his surprise when she told him.
Można sobie wyobrazić jego zdziwienie, gdy mu powiedziała.
He was able to confirm Dalim's story.
Udało mu się potwierdzić wersję Dalima.
Soon they had all accepted destiny.
Wkrótce wszyscy zaakceptowali przeznaczenie.
That night they fulfilled their fates.
Tej nocy spełniło się ich przeznaczenie.
They decided to unite the couple in matrimony.
Postanowili połączyć parę węzłem małżeńskim.
It was going to be impossible to get a priest.
Znalezienie księdza było niemożliwe.
So Dalim's friend performed the hymeneal rites.
Zatem przyjaciel Dalima wykonał obrzędy hymenealne.
The friend of the bridegroom left the palace.
Przyjaciel pana młodego opuścił pałac.
The newly-weds had the palace to themselves.
Nowożeńcy mieli pałac tylko dla siebie.
The happy couple did not sleep much that night.
Szczęśliwa para nie spała zbyt wiele tej nocy.
So it was long after sunrise that they woke up.
Obudzili się długo po wschodzie słońca.
Of course it was only the young wife that woke up.
Oczywiście obudziła się tylko młoda żona.

The prince had become a cold corpse again.
Książę znów stał się zimnym trupem.
The queen had put on her necklace.
Królowa włożyła naszyjnik.
And life had departed from him again.
I życie znów go opuściło.
You can imagine how the young wife felt.
Można sobie wyobrazić, co czuła młoda żona.
She shook her husband to try and wake him.
Potrząsnęła mężem, próbując go obudzić.
She kissed him on his cold lips.
Pocałowała go w zimne usta.
But all her efforts were in vain.
Ale wszystkie jej wysiłki poszły na marne.
He was as lifeless as a marble statue.
Był bez życia niczym marmurowy posąg.
The young wife was stricken with horror.
Młodą żonę ogarnęło przerażenie.
She smote her breast with her fists.
Uderzyła się pięściami w pierś.
She struck her forehead with her palms.
Uderzyła się dłońmi w czoło.
And she tore her hair from her head.
I wyrywała sobie włosy z głowy.
She ran through the garden like a mad woman.
Biegała po ogrodzie jak szalona.
Dalim's friend did not come during the day.
Przyjaciel Dalima nie przyszedł w ciągu dnia.
He did not want to see his friend this way.
Nie chciał widzieć swojego przyjaciela w takim stanie.
The poor girl did not know what to do.
Biedna dziewczyna nie wiedziała, co robić.
Time could not pass quickly enough.
Czasu nie dało się przeskoczyć.
The day seemed as long as a year.
Dzień zdawał się trwać rok.
But the even longest day has its end.

Ale nawet najdłuższy dzień ma swój koniec.
The shades of evening were descending.
Wieczorne cienie stawały się coraz ciemniejsze.
Her dead husband was awakened into consciousness.
Jej zmarły mąż odzyskał przytomność.
He rose up from his bed again.
Ponownie wstał z łóżka.
And he embraced his new wife.
I objął swoją nową żonę.
Again they ate, drank, and became merry.
Znów jedli, pili i weselili się.
His friend made his usual appearance.
Jego przyjaciel pojawił się jak zwykle.
And the whole night was spent celebrating.
I całą noc spędziliśmy na świętowaniu.

They spent the next seven years this way.
Spędzili w ten sposób następne siedem lat.
During the day Dalim was lifeless.
W ciągu dnia Dalim był martwy.
But at night he came to life.
Ale w nocy ożył.
And their life was quite usual.
A ich życie było zupełnie zwyczajne.
The princess gave her husband two lovely boys.
Księżniczka dała swemu mężowi dwóch ślicznych chłopców.
They were the exact image of their father.
Byli dokładnym odbiciem swojego ojca.
Of course the king and Queens did not know.
Król i królowe oczywiście o tym nie wiedzieli.
They did not know they were grandparents.
Nie wiedzieli, że są dziadkami.
And they did not know Dalim was alive.
I nie wiedzieli, że Dalim żyje.
To be precise I should say he was alive at night.
Ściśle rzecz biorąc, powinienem powiedzieć, że żył w nocy.
They all thought he had long been dead.

Wszyscy myśleli, że już dawno nie żyje.
They assumed his corpse would now be gone.
Założyli, że jego ciało już zniknęło.
But the heart of Dalim s wife was yearning.
Ale serce żony Dalima było tęskniące.
She wanted nothing more than her mother-in-law.
Nie pragnęła niczego bardziej niż swojej teściowej.
Over the years she had come up with a plan.
Z biegiem lat wymyśliła plan.
Perhaps she could see her mother-in-law.
Być może uda jej się zobaczyć swoją teściową.
Maybe they could get hold of the necklace.
Może uda im się zdobyć naszyjnik.
She asked for the consent of her husband.
Poprosiła męża o zgodę.
And he allowed her to disguise herself.
I pozwolił jej się przebrać.
She took on the appearance of a female barber.
Przybrała wygląd kobiety-fryzjera.
Like every female barber, she needed equipment.
Jak każda fryzjerka potrzebowała sprzętu.
She took the following tools;
Wzięła następujące narzędzia:
An iron instrument for preparing finger nails.
Żelazne narzędzie do przygotowywania paznokci u rąk.
Another iron instrument for scraping the feet.
Kolejne żelazne narzędzie służące do skrobania stóp.
A piece of burnt jhama brick.
Kawałek wypalonej cegły jhama.
For rubbing the soles of the feet.
Do nacierania podeszew stóp.
And paint for the edges of the feet.
A teraz pomaluj krawędzie stóp.
She took all her tools with her.
Zabiera ze sobą wszystkie narzędzia.
And she stood at the gate of the King's palace.
I stanęła u bramy pałacu królewskiego.

I forgot something else she brought.
Zapomniałem jeszcze o czymś, co przyniosła.
She had come with her two sons.
Przyjechała z dwoma synami.
She spoke with the guards.
Rozmawiała ze strażnikami.
"I work as a barber"
„Pracuję jako fryzjer"
"I have come to offer my services"
„Przyszedłem zaoferować swoje usługi"
"I desire to see Queen Suo"
„Chcę zobaczyć królową Suo"
Queen Suo quickly gave her an interview.
Królowa Suo szybko udzieliła jej wywiadu.
The queen was quite fond of the two little boys.
Królowa bardzo lubiła tych dwóch chłopców.
They strangely reminded her of her own son.
Dziwnym trafem przypominali jej własnego syna.
And she remembered her lost treasure.
I przypomniała sobie o swym utraconym skarbie.
Tears fell profusely from her eyes.
Łzy spływały jej po oczach.
She had not the remotest idea who they were.
Nie miała zielonego pojęcia, kim oni byli.
Of course we know who they are.
Oczywiście, że wiemy, kim oni są.
The two little boys are her grandsons.
Dwaj chłopcy są jej wnukami.
She spoke to the barber.
Rozmawiała z fryzjerem.
"My son died when he was young"
„Mój syn zmarł, gdy był młody"
"I have given up these vanities"
„Porzuciłem te próżności"
"I stopped having my feet ceremoniously dyed"
„Przestałem ceremonialnie farbować stopy"
"But I would be glad to see your two fine boys"

„Ale z przyjemnością zobaczę twoich dwóch wspaniałych chłopców"
The barber agreed to let Queen Suo see her boys.
Fryzjer zgodził się pozwolić królowej Suo zobaczyć jej synów.
But she had one question before she went.
Ale zanim poszła, miała jeszcze jedno pytanie.
"Are there other ladies in the palace?
„Czy w pałacu są inne damy?
"Someone else I could provide my service to"
„Ktoś inny, komu mógłbym zaoferować swoje usługi"
She was told there was another queen.
Powiedziano jej, że jest inna królowa.
And she was also allowed to go to that queen.
I pozwolono jej również udać się do tej królowej.
Queen Duo allowed her to prepare her nails.
Queen Duo pozwoliła jej przygotować paznokcie.
And she was allowed to scrape her feet.
I pozwolono jej skrobać stopy.
She painted her feet with alakta.
Pomalowała swoje stopy alaktą.
And the queen was very pleased with her skill.
A królowa była bardzo zadowolona z jej umiejętności.
She also enjoyed the sweetness of her disposition.
Podobała jej się również słodycz jej usposobienia.
So she booked to have more of her services.
Zarezerwowała więc więcej jej usług.
The female barber had come for something else.
Kobieta-fryzjer przyszła po coś innego.
And she quickly noticed the necklace.
I szybko zauważyła naszyjnik.
The necklace was around the Queen's neck.
Naszyjnik znajdował się na szyi królowej.

The day of her second visit had come.
Nadszedł dzień jej drugiej wizyty.
She gave her eldest son the instructions.
Dała instrukcje swojemu najstarszemu synowi.

"We are going into the palace again"
„Znowu wchodzimy do pałacu"
"When in the palace you have to cry"
„Kiedy jesteś w pałacu, musisz płakać"
"Say you would like the queen's necklace"
„Powiedz, że chciałbyś naszyjnik królowej"
"Don't stop crying until you have her necklace"
„Nie przestawaj płakać, dopóki nie zdobędziesz jej naszyjnika"
The female barber went to queen Duo's apartment.
Kobieta-fryzjer udała się do apartamentu królowej Duo.
Soon the elder boy started to cry.
Wkrótce starszy chłopiec zaczął płakać.
The boy acted his role well.
Chłopiec świetnie odegrał swoją rolę.
Nothing would console the boy.
Nic nie mogło pocieszyć chłopca.
"What is wrong?" Queen Duo asked.
„Co się stało ?" zapytała Królowa Duo.
They boy could hardly speak.
Chłopiec ledwo mógł mówić.
"Your necklace is so beautiful"
„Twój naszyjnik jest taki piękny"
And he continued to sob.
I szlochał dalej.
"Can I please hold the necklace?"
„Czy mogę potrzymać naszyjnik?"
Queen Duo did not want to let him.
Królowa Duo nie chciała mu na to pozwolić.
"I cannot part with my necklace"
„Nie mogę rozstać się z moim naszyjnikiem"
"It is my most valuable jewel"
„To mój najcenniejszy klejnot"
But the boy did not stop crying.
Ale chłopiec nie przestawał płakać.
So she took the necklace off her neck.
Zdjęła więc naszyjnik z szyi.

And she put the necklace into the boy's hand.
I włożyła naszyjnik do ręki chłopca.
The boy quickly stopped crying.
Chłopiec szybko przestał płakać.
And he held the necklace in his hand.
I trzymał naszyjnik w ręku.
The female barber had finished her work.
Kobieta-fryzjerka skończyła swoją pracę.
She was packing up her tools.
Pakowała narzędzia.
And she was about to leave the palace.
I miała właśnie opuścić pałac.
So the queen wanted the necklace back.
Więc królowa chciała odzyskać naszyjnik.
But the boy would not let her have the necklace.
Jednak chłopiec nie pozwolił jej zabrać naszyjnika.
His mother attempted to snatch the necklace from him.
Jego matka próbowała wyrwać mu naszyjnik.
But he wept bitterly when she tried.
Ale gdy ona próbowała, on gorzko zapłakał.
And he cried as if his heart would break.
I płakał, jakby jego serce miało pęknąć.
The female barber politely asked the queen;
Kobieta-golibroda grzecznie zapytała królową:
"Please let the boy take the necklace home"
„Proszę pozwolić chłopcu zabrać naszyjnik do domu"
"He will fall asleep after drinking his milk"
„Zaśnie po wypiciu mleka"
"And then I will bring your necklace back"
„A potem przyniosę ci naszyjnik z powrotem"
She could see she had no choice.
Widziała, że nie ma wyboru.
The boy would not allow her to take the necklace.
Chłopiec nie pozwolił jej zabrać naszyjnika.
So she agreed to the proposal.
Więc zgodziła się na propozycję.
"Dalim must now be long dead," she thought.

„Dalim pewnie już dawno nie żyje" – pomyślała.
And she had nothing to worry about.
I nie miała się o co martwić.

The princess had the prized necklace.
Księżniczka miała cenny naszyjnik.
The treasure bound to her husband's life.
Skarb związany z życiem jej męża.
She rushed back to the garden-house.
Pobiegła z powrotem do altanki.
And she gave the necklace to Dalim.
I dała naszyjnik Dalimowi.
Dalim had been alive all morning.
Dalim żył cały ranek.
It was the first time he saw the sun again.
To był pierwszy raz, kiedy znowu zobaczył słońce.
Their joy of his life knew no bounds.
Ich radość z jego życia nie znała granic.
Their friend advised them to go to the palace.
Ich przyjaciel poradził im, aby udali się do pałacu.
"Go to the palace tomorrow"
„Idź jutro do pałacu"
"Present yourselves to the King and Queen"
„Przedstawcie się Królowi i Królowej"
"Let them know you're alive and well"
„Daj im znać, że żyjesz i masz się dobrze"
The couple accepted their friend's advice.
Para posłuchała rady przyjaciela.
And they prepared everything for their arrival.
I przygotowali wszystko na ich przybycie.
An elephant was brought for the prince.
Dla księcia przyprowadzono słonia.
A pair of ponies were brought for the boys.
Dla chłopców przywieziono parę kucyków.
And there was a grand chaturdala.
I odbyła się wielka czaturdala.
It was furnished with curtains of gold lace.

Wnętrze pokoju zdobiły zasłony z koronkowej złotej koronki.
Word was sent to the king and Queen Suo.
Wysłano wiadomość do króla i królowej Suo.
"Prince Dalim Kumar is alive and well"
„Książę Dalim Kumar żyje i ma się dobrze"
"And he is coming to visit you"
„I on przychodzi cię odwiedzić"
"Now he has a wife and two sons"
„Teraz ma żonę i dwóch synów "
The King and Queen Suo could hardly believe it.
Król i królowa Suo nie mogli w to uwierzyć.
But they were assured that it was all true.
Ale zapewniono ich, że to wszystko prawda.
Queen Duo quickly realized her predicament.
Królowa Duo szybko zdała sobie sprawę ze swojego trudnego położenia.
And she became overwhelmed with grief.
I ogarnął ją smutek.
A band of musicians followed the prince.
Za księciem podążała grupa muzyków.
Prince Dalim Kumar approached the palace-gate.
Książę Dalim Kumar zbliżył się do bramy pałacu.
The King and Queen Suo went to the gates.
Król i królowa Suo udali się do bram.
And they welcomed their long-lost son.
I powitali swego dawno zaginionego syna.
You can imagine how happy they were.
Możesz sobie wyobrazić, jak byli szczęśliwi.
Dalim told his parents of his death.
Dalim powiedział rodzicom o swojej śmierci.
He told them of the pond by the palace.
Opowiedział im o stawie przy pałacu.
And he told them of the fish in the pond.
I opowiedział im o rybach w stawie.
He told them of the wooden box in the fish.
Opowiedział im o drewnianym pudełku, w którym znajdowała się ryba.

He told them of the necklace in the wooden box.
Opowiedział im o naszyjniku znajdującym się w drewnianym pudełku.
And he told them the secret of his life.
I opowiedział im sekret swojego życia.
He told them how he died each night.
Każdej nocy opowiadał im, w jaki sposób umierał.
Of course he also mentioned his new wife.
Oczywiście wspomniał też o swojej nowej żonie.
The king was inflamed with rage at the news.
Król wpadł we wściekłość, gdy usłyszał tę nowinę.
He ordered Queen Duo into his presence.
Rozkazał Królowej Duo stawić się przed jego obliczem.
A large hole was dug in the ground.
Wykopano duży dół w ziemi.
The hole was as deep as the height of a man.
Dół był głęboki jak wzrost człowieka.
Queen Duo was made to stand in the hole.
Królowa Duo została zmuszona do stanięcia w dołku.
Prickly thorns were heaped around her.
Wokół niej piętrzyły się kłujące ciernie.
The thorns went up to the crown of her head.
Ciernie sięgały aż do czubka jej głowy.
And in this manner she was buried alive.
I w ten sposób została żywcem pochowana.

Phakir Chand
Phakir Chand

There was once a king, who had a son.
Dawno, dawno temu żył król, który miał syna.
The king's minister also had a son.
Minister królewski również miał syna.
The two sons loved each other dearly.
Obaj synowie bardzo się kochali.
And they did everything together.
I wszystko robili razem.
The two sons sat and stood up together.
Obaj synowie siedzieli i wstawali jednocześnie.
They walked together to the same places.
Chodzili razem do tych samych miejsc.
They ate their meals together.
Jedli razem posiłki.
They slept and got up together.
Spali i wstawali razem.
They spent years in each other's company.
Spędzili lata w swoim towarzystwie.
One day they both felt a new desire.
Pewnego dnia oboje poczuli nowe pragnienie.
They wanted to see foreign lands.
Chcieli zobaczyć obce kraje.
And so they set out on their journey.
I tak wyruszyli w podróż.
One of them was the son of a king.
Jeden z nich był synem króla.
One of them was the son of his chief minister.
Jednym z nich był syn jego premiera.
So of course they were both quite rich.
Oczywiście, że oboje byli dość bogaci.
But they did not take any servants with them.
Ale nie zabrali ze sobą żadnych sług.
They went by themselves, on horseback.
Pojechali sami, konno.

The horses were beautiful to look at.
Konie były piękne do oglądania.
They were Pakshirajes horses.
To były konie rasy Pakshirajes.
Such horses are known as the kings of birds.
Takie konie nazywane są królami ptaków.
The two sons rode together for many days.
Obaj synowie jechali razem przez wiele dni.
They passed through extensive plains.
Przechodzili przez rozległe równiny.
And the plains were covered with paddy.
A równiny pokryły się ryżem.
And they passed through strange cities.
I przejeżdżali przez obce miasta.
And they passed through towns, and villages.
I przeszli przez miasta i wsie.
They passed through treeless deserts.
Przechodzili przez bezdrzewne pustynie.
And they passed through forests.
I przeszli przez lasy.
And the forests were dense with trees.
A lasy były gęste od drzew.
These forests were the abode of the tiger.
Te lasy były siedliskiem tygrysów.
And the bear also lived in these forests.
A niedźwiedź także żył w tych lasach.
One evening they were overtaken by the night.
Pewnego wieczoru zaskoczyła ich noc.
They had not seen any human habitations.
Nie widzieli żadnych ludzkich siedzib.
But it was getting darker and darker.
Ale robiło się coraz ciemniej i ciemniej.
So they dismounted beneath a lofty tree.
Zsiedli więc z koni pod wysokim drzewem.
They tied their horses to the tree.
Przywiązali konie do drzewa.
And then they climbed up the tree.

A potem wspięli się na drzewo.
They covered the branches with thick foliage.
Pokryły gałęzie gęstą roślinnością.
So that they could sit on the branches.
Żeby mogli usiąść na gałęziach.
The tree had grown near a large body of water.
Drzewo rosło w pobliżu dużego zbiornika wodnego.
The water was as clear as the eye of a crow.
Woda była przejrzysta jak oko kruka.
The two friends made themselves comfortable.
Dwaj przyjaciele rozsiedli się wygodnie.
Of course it wasn't very comfortable in a tree.
Oczywiście, że na drzewie nie było zbyt wygodnie.
But it wasn't uncomfortable in the tree either.
Ale na drzewie też nie było mi niewygodnie.
They had decided to spend the night there.
Postanowili spędzić tam noc.
They sometimes chatted together in whispers.
Czasami rozmawiali ze sobą szeptem.
They felt whispering was better than talking.
Uznali, że szeptanie jest lepsze od mówienia.
Because the region seemed very strange to them.
Ponieważ region ten wydawał im się bardzo obcy.
And soon they were falling into a doze.
I wkrótce zapadli w drzemkę.
But their attention was suddenly jolted.
Ale nagle ich uwaga została przywrócona.
From the water they heard a noise.
Z wody usłyszeli hałas.
It sounded like the rushing of water.
Brzmiało to jak szum wody.
In front of them was a terrible sight!
Przed nimi roztaczał się straszny widok!
A huge serpent came from under the water.
Z wody wyszedł ogromny wąż.
The snake swam ashore and slithered around.
Wąż dopłynął do brzegu i zaczął się ślizgać.

But something else attracted their attention.
Ale coś innego przykuło ich uwagę.
The crested hood of the serpent was shining.
Grzebień na kapturze węża błyszczał.
The snake had a brilliant manikya embedded.
Wąż miał wbudowaną błyszczącą manikyę.
The jewel shone like a thousand diamonds.
Klejnot błyszczał jak tysiąc diamentów.
The crystal lit up the water in the tank.
Kryształ rozświetlił wodę w zbiorniku.
The embankments and trees were irradiated.
Nasypy i drzewa zostały napromieniowane.
The serpent doffed the jewel from its crest.
Wąż zdjął klejnot ze swego czubka.
And the serpent threw the jewel on the ground.
I wąż rzucił klejnot na ziemię.
And then the serpent went in search of food.
A potem wąż poszedł szukać pożywienia.
They could not believe what they had seen.
Nie mogli uwierzyć w to, co zobaczyli.
They stayed in the safety of the tree.
Pozostali w bezpiecznym miejscu, pod drzewem.
But they greatly admired the jewel.
Ale oni bardzo podziwiali ten klejnot.
The ruby shed an ineffable luster.
Rubin roztaczał niewysłowiony blask.
Everything had a magical glow around it.
Wszystko wokół miało magiczny blask.
They had never seen anything like it.
Nigdy czegoś podobnego nie widzieli.
Although, they had heard of this treasure.
Chociaż słyszeli o tym skarbie.
The jewel equaled the treasures of seven kings.
Klejnot ten odpowiadał skarbom siedmiu królów.
But their admiration soon changed to fear.
Jednak ich podziw wkrótce zamienił się w strach.
The serpent came to the foot of their tree.

Wąż podszedł do stóp ich drzewa.
The serpent had found their horses!
Wąż znalazł ich konie!
The poor horses had been tied to the tree.
Biedne konie były przywiązane do drzewa.
The animals had no way of escaping.
Zwierzęta nie miały możliwości ucieczki.
One by one the serpent ate their horses.
Wąż zjadał ich konie, jednego po drugim.
But the serpent's appetite did not seem satisfied.
Jednak apetyt węża nie wydawał się zaspokojony.
They feared they would be the next victims.
Obawiali się, że sami staną się kolejnymi ofiarami.
But their fears were soon relieved.
Jednak ich obawy wkrótce zostały rozwiane.
The gigantic cobra had not seen them.
Gigantyczna kobra ich nie zauważyła.
And eventually the snake left again.
I w końcu wąż znowu odszedł.
The minister's son saw an opportunity.
Syn ministra dostrzegł szansę.
This was his chance to take the gem.
To była jego szansa na zdobycie klejnotu.
But there was one problem they had.
Ale mieli jeden problem.
The jewel shone incredibly bright.
Klejnot świecił niesamowicie jasno.
The serpent would know what had happened.
Wąż wiedział, co się stało.
But there was a way to overcome this problem.
Ale był sposób na obejście tego problemu.
And the minister's son knew the solution.
A syn ministra znał rozwiązanie.
He had to cover the stone with horse-dung.
Musiał przykryć kamień końskim łajnem.
And there was some horse-dung by the tree.
A pod drzewem leżało trochę końskiego łajna.

He quietly came down from the tree.
Cicho zszedł z drzewa.
He picked up the horse-dung off the floor.
Podniósł końskie łajno z podłogi.
And he threw the dung upon the precious stone.
I rzucił łajno na szlachetny kamień.
And then he climbed up into the tree again.
A potem znowu wspiął się na drzewo.
The serpent noticed something had happened.
Wąż zauważył, że coś się stało.
The light of the jewel had vanished.
Światło klejnotu zniknęło.
The serpent rushed back with great fury.
Wąż rzucił się z wielką furią.
The serpent returned to where it had left the stone.
Wąż wrócił tam, gdzie zostawił kamień.
The serpent let out a frightful hiss at the night.
Wąż wydał przerażający syk w nocy.
The snake's groans and convulsions were terrible.
Jęki i konwulsje węża były straszne.
The snake went round and round the jewel.
Wąż krążył wokół klejnotu.
But the stone was covered with horse-dung.
Ale kamień był pokryty końskim łajnem.
This way the serpent could not see its treasure.
W ten sposób wąż nie mógł zobaczyć swojego skarbu.
Finally, the serpent breathed its last breath.
Na koniec wąż wydał ostatnie tchnienie.

The two friends did not sleep much that night.
Dwóch przyjaciół nie spało zbyt wiele tej nocy.
In the morning they came down from the tree.
Rano zeszli z drzewa.
They went to where the crest-jewel was.
Poszli tam, gdzie znajdował się klejnot w herbie.
The mighty serpent was still laying there.
Potężny wąż nadal tam leżał.

But now the snake's body was perfectly lifeless.
Ale teraz ciało węża było całkowicie bez życia.
The friend of the prince stepped over the dead snake.
Przyjaciel księcia przekroczył martwego węża.
And he picked up the dung covered jewel.
I podniósł klejnot pokryty gnojem.
Both of them went to the bank of the water.
Obaj poszli na brzeg wody.
And they washed the precious stone.
I obmyli ten drogocenny kamień.
Finally, all the dung had been washed off.
W końcu cały gnój został zmyty.
And the jewel shone as brilliantly as before.
A klejnot lśnił tak samo jasno jak przedtem.
The jewel lit up the entire bed of the tank of water.
Klejnot rozświetlił całe dno zbiornika z wodą.
Now they could see the innumerable fishes.
Teraz mogli zobaczyć niezliczoną ilość ryb.
But the light also revealed something else.
Ale światło ujawniło coś jeszcze.
This astonished them more than all the fishes.
To ich zdumiało bardziej niż wszystkie ryby.
In the bottom of the water there was something.
Na dnie wody coś było.
They could see there were lofty walls.
Widzieli, że były tam wysokie mury.
The walls were from a magnificent palace.
Mury pochodziły ze wspaniałego pałacu.
The prince's friend was feeling venturesome.
Przyjaciel księcia był w nastroju na ryzyko.
He convinced the king's son to follow him.
Przekonał syna królewskiego, aby poszedł za nim.
And then they wanted to swim to the palace below.
A potem chcieli dopłynąć do pałacu poniżej.
The prince's friend took the jewel in his hand.
Przyjaciel księcia wziął klejnot do ręki.
And they both dived into the waters.

I oboje zanurzyli się w wodzie.
Soon they stood at the gate of the palace.
Wkrótce stanęli u bramy pałacu.
To their surprise the gate was open.
Ku ich zaskoczeniu brama była otwarta.
They saw no being, human or superhuman.
Nie widzieli żadnej istoty, ludzkiej czy nadludzkiej.
So they decided to venture inside the gate.
Postanowili więc wejść do środka bramy.
Inside the walls there was a beautiful garden.
Za murami znajdował się piękny ogród.
In the middle of the garden was a house.
Pośrodku ogrodu stał dom.
No one had ever seen so many flowers.
Nikt nigdy nie widział tylu kwiatów.
There were roses of all imaginable varieties.
Były tam róże wszelkich możliwych odmian.
There were endless numbers of yellow jessamine.
Było tam nieskończenie wiele żółtego jaśminu.
And there were numerous white bell flowers.
I było tam mnóstwo białych kwiatów dzwonkowych.
These flowers were the king of smells.
Te kwiaty były królami zapachów.
The most scented lily of the valley.
Konwalia o najcudowniejszym zapachu.
There were the flowers from the champaka tree.
Były tam kwiaty z drzewa champaka.
And a thousand other sweet-scented flowers.
I tysiąc innych kwiatów o słodkim zapachu.
Acres covered with the delicious jessamine.
Hektary pokryte pysznym jaśminem.
All the plants were gemmed with flowers.
Wszystkie rośliny były ozdobione kwiatami.
And all the flowers were in full bloom.
A wszystkie kwiaty były w pełnym rozkwicie.
So the air was loaded with rich perfume.
Więc powietrze było przesycone bogatymi perfumami.

A wilderness of sweet scents everywhere.
Wszędzie dzicz pełna słodkich zapachów.
They went through this paradise of perfumery.
Przeszli przez ten raj perfumerii.
And eventually they reached the house.
I w końcu dotarli do domu.
The house was surrounded by lofty trees.
Dom otoczony był wysokimi drzewami.
Soon they stood at the door of the house.
Wkrótce stanęli przed drzwiami domu.
Now they could see it was a fairy palace.
Teraz mogli zobaczyć, że to był pałac wróżek.
The walls were of burnished gold.
Ściany były z polerowanego złota.
Here and there shone diamonds of dazzling hue.
Tu i ówdzie błyszczały diamenty o olśniewającym odcieniu.
But they did not see any beings.
Ale nie widzieli żadnych istot.
So they went inside the palace.
Weszli więc do pałacu.
The palace was richly furnished.
Pałac był bogato umeblowany.
They went from room to room.
Chodzili z pokoju do pokoju.
But they did not see anyone.
Ale nikogo nie widzieli.
It seemed to be a deserted house.
Wydawało się, że to opuszczony dom.
At last, however, they found a special room.
W końcu jednak znaleźli specjalne pomieszczenie.
In this room there was a young lady.
W tym pokoju była młoda dama.
She was sleeping on a golden bed.
Spała na złotym łożu.
The young lady was of exquisite beauty.
Młoda dama była niezwykłej urody.
Her complexion was a mixture of red and white.

Jej cera była mieszanką czerwieni i bieli.
She seemed to be about sixteen years of age.
Wyglądała na osobę w wieku około szesnastu lat.
The two friends gazed upon her.
Dwaj przyjaciele spojrzeli na nią.
They were enchanted by her beauty.
Byli oczarowani jej urodą.
But they could not admire her for long.
Jednak nie mogli podziwiać jej długo.
Because the young lady opened her eyes.
Ponieważ młoda dama otworzyła oczy.
Her eyes seemed like the eyes of a gazelle.
Jej oczy przypominały oczy gazeli.
On seeing the strangers she said;
Widząc nieznajomych, rzekła:
"How have you come here, ye unfortunate men?"
„Skąd się tu wzięliście, nieszczęśnicy?"
"Be gone, be gone! I beg of you two"
„Odejdźcie, odejdźcie! Błagam was oboje"
"This is the abode of a mighty serpent"
„To jest siedziba potężnego węża "
"The serpent which has devoured my parents"
„Wąż, który pożarł moich rodziców"
"And my brothers, and all my relatives"
„I moi bracia, i wszyscy moi krewni"
"I am the only one that he has spared"
„Jestem jedyną osobą, którą oszczędził"
"Flee for your lives while you still can"
„Uciekajcie, by ratować życie, póki jeszcze możecie"
"Or else the serpent will eat you both"
„Albo wąż pożre was obu"
The prince's friend told her what had happened.
Przyjaciel księcia opowiedział jej, co się wydarzyło.
"The serpent has breathed his last breath"
„Wąż wydał ostatnie tchnienie"
"The snake's body lies lifeless on the floor"
„Ciało węża leży bez życia na podłodze"

"We took the head-jewel of the serpent"
„Zabraliśmy klejnot z głowy węża"
"The jewel's light showed us to the palace.
„Światło klejnotu wskazało nam pałac.
She thanked the strangers for their bravery.
Podziękowała nieznajomym za odwagę.
"You have freed me from the infernal serpent"
„Uwolniłeś mnie od piekielnego węża"
"Please live with me in my palace"
„Proszę, zamieszkaj ze mną w moim pałacu"
"But please promise never to desert me"
„Ale proszę, obiecaj, że nigdy mnie nie opuścisz"
They gladly accepted the invitation.
Z radością przyjęli zaproszenie.
The king's son was smitten with the princess.
Syn królewski był zauroczony księżniczką.
He adored the charms of the peerless princess.
Uwielbiał wdzięki niezrównanej księżniczki.
And he married her after a short time.
I po niedługim czasie się z nią ożenił.
There was no priest at the palace.
W pałacu nie było księdza.
So the hymeneal knot was tied by other means.
Więc węzeł hymenealny został zawiązany w inny sposób.
A simple exchange of garlands of flowers.
Prosta wymiana girland z kwiatów.
The king's son became inexpressibly happy.
Syn królewski stał się niewypowiedzianie szczęśliwy.
He delighted in the company of the princess.
Rozkoszował się towarzystwem księżniczki.
The prince's friend also had a wife.
Przyjaciel księcia także miał żonę.
Of course she was living in the upper world.
Oczywiście, że mieszkała w górnym świecie.
But he participated in his friend's happiness.
Ale uczestniczył w szczęściu swego przyjaciela.
The time they spent together passed merrily.

Czas spędzony razem upłynął im wesoło.
But they could not live here forever.
Ale nie mogli tu mieszkać wiecznie.
The prince had to return to his kingdom.
Książę musiał wrócić do swojego królestwa.
But he knew the return would require some planning.
Wiedział jednak, że powrót będzie wymagał pewnego
planowania.
The occasion would come with a lot of pomp.
Okazja ta miała być huczna.
There were going to be many ceremonies.
Miało się odbyć wiele ceremonii.
Because there was a lot to be celebrated.
Ponieważ było wiele powodów do świętowania.
First the prince's friend was going to go.
Pierwszy miał pójść przyjaciel księcia.
And then he was going to return with the attendants.
A potem miał wrócić ze służbą.
Horses, and elephants for the happy pair.
Konie i słonie dla szczęśliwej pary.
The prince accompanied his friend.
Książę towarzyszył swemu przyjacielowi.
Together they went back to the surface.
Razem wrócili na powierzchnię.
And they saw the upper world again.
I znów ujrzeli górny świat.
The two friends bid each other adieu.
Dwaj przyjaciele żegnają się.
The prince returned to his lovely wife.
Książę powrócił do swojej ukochanej żony.
Before leaving everything had been organized.
Przed wyjazdem wszystko było już zorganizowane.
The prince's friend arranged his return.
Przyjaciel księcia zorganizował jego powrót.
He said when he was going to go to the embankment.
Powiedział, kiedy pójdzie na nabrzeże.
He was going to have the horses that they needed.

Miał zamiar mieć konie, których potrzebowali.
Elephants were going to be there too, and attendants.
Miały tam być również słonie i ich opiekunowie.
They were going to wait upon the prince and princess.
Zamierzali czekać na księcia i księżniczkę.
The snake-jewel gave them the rights to this.
Prawa do tego dał im klejnot w kształcie węża.
The prince's friend went back to his country.
Przyjaciel księcia wrócił do swojego kraju.
To prepare for the return of his friend.
Aby przygotować się na powrót przyjaciela.

One day the prince was sleeping.
Pewnego dnia książę spał.
He had just had his midday meal.
Właśnie zjadł obiad.
The princess had never seen the upper regions.
Księżniczka nigdy nie widziała górnych rejonów.
She felt the desire to see the upper world.
Poczuła pragnienie zobaczenia górnego świata.
For this she needed the snake-jewel.
Do tego potrzebny był jej klejnot w kształcie węża.
Only this could help her through the water.
Tylko to mogło jej pomóc przetrwać wodę.
The jewel was shining its bright light in the room.
Klejnot rozświetlał pokój jasnym światłem.
She took the snake-jewel into her hand.
Wzięła do ręki klejnot w kształcie węża.
And then she left the palace and the garden.
A potem opuściła pałac i ogród.
She successfully swam to the upper world.
Udało jej się dopłynąć do górnego świata.
No mortal had caught sight of her.
Żaden śmiertelnik jej nie dostrzegł.
At the edge of the water were some steps.
Na brzegu wody znajdowały się schody.
The steps were for the convenience of bathers.

Schody stworzono dla wygody kąpiących się.
And this is also where she sat.
I tutaj też siedziała.
She scrubbed her body with the sand.
Szorowała ciało piaskiem.
She washed her hair with the fresh water.
Umyła włosy świeżą wodą.
And she played with the water for fun.
I bawiła się wodą dla zabawy.
She walked about on the water's edge.
Spacerowała wzdłuż brzegu wody.
And she admired all the scenery around.
I podziwiała cały krajobraz wokół.
But finally she returned back to her palace.
Ale ostatecznie wróciła do swojego pałacu.
Her husband was still deep in sleep.
Jej mąż wciąż spał głęboko.
But eventually he had slept enough.
Ale w końcu udało mu się wyspać.
She did not tell him about her adventures.
Nie opowiedziała mu o swoich przygodach.
The next day her husband fell asleep again.
Następnego dnia jej mąż znowu zasnął.
And again she paid a visit to the upper world.
I znów odwiedziła górny świat.
And she remained unnoticed by mortal man.
I pozostała niezauważona przez śmiertelnika.
Her success was starting to give her courage.
Jej sukces zaczął dodawać jej odwagi.
So she repeated her adventure a third time.
Powtórzyła więc swoją przygodę po raz trzeci.
The rajah's son was out hunting that day.
Syn radży był tego dnia na polowaniu.
He had his tent not far from the water.
Rozbił swój namiot niedaleko wody.
His attendants were cooking his meal.
Jego służba przygotowywała mu posiłek.

So, he wandered about along the water.
Więc wędrował wzdłuż wody.
Nearby an old woman was gathering sticks.
Nieopodal starsza kobieta zbierała patyki.
She was collecting dried branches of trees.
Zbierała suszone gałęzie drzew.
She needed the sticks for kindling wood.
Potrzebowała patyków na drewno na rozpałkę.
This was when the princess came out the water.
To właśnie wtedy księżniczka wyszła z wody.
She gazed around and she saw a man.
Rozejrzała się dookoła i zobaczyła mężczyznę.
And then she saw there was also a woman.
A potem zobaczyła, że była tam także kobieta.
The princess knew she didn't want to be seen.
Księżniczka wiedziała, że nie chce być widziana.
So she went back down to her palace.
Wróciła więc do swojego pałacu.
But the rajah's son had caught a glimpse of her.
Jednak syn radży ją dostrzegł.
And the old woman gathering sticks saw her too.
I staruszka zbierająca drwa też to zobaczyła.
The rajah's son stood gazing on the waters.
Syn radży stał i wpatrywał się w wodę.
He had never seen such a beautiful woman.
Nigdy nie widział tak pięknej kobiety.
She seemed to him to be a deva-kanyas Goddess.
Wydała mu się boginią deva-kanyas.
Heavenly goddesses he had read of in old books.
O niebiańskich boginiach czytał w starych księgach.
They are said to visit the upper world.
Mówi się, że odwiedzają górny świat.
And the upper world is honored to have them.
A górny świat jest zaszczycony, że ich ma.
But it is said to happen only rarely.
Mówi się jednak, że zdarza się to bardzo rzadko.
The way that angels only visit rarely.

Aniołowie przychodzą z wizytą rzadko.
He had seen the princess' unearthly beauty.
Widział nadprzyrodzoną urodę księżniczki.
She had made a deep impression on his heart.
Wywarła głębokie wrażenie na jego sercu.
Although he had seen her only for a moment.
Choć widział ją tylko przez chwilę.
But her beauty distracted his mind.
Ale jej uroda odwróciła jego uwagę.
He stood there like a statue, for hours.
Stał tam jak posąg, przez wiele godzin.
All he could do was gaze into the waters.
Wszystko co mógł zrobić, to wpatrywać się w wodę.
In the hope of seeing the lovely figure again.
Z nadzieją, że jeszcze raz ujrzę tę piękną postać.
But all his time was spent in vain.
Ale cały jego czas poszedł na marne.
The princess did not appear again.
Księżniczka nie pojawiła się już więcej.
The rajah's son became mad with love.
Syn radży oszalał z miłości.
He kept muttering, "now here, now gone!"
Ciągle mamrotał: „To tu, to tam!"
He refused to leave the water's edge.
Odmówił odejścia od brzegu wody.
His attendants had to forcibly remove him.
Jego służba musiała go stamtąd siłą wyprowadzić.
They took him to his father's palace.
Zabrano go do pałacu jego ojca.
But he was in a state of hopeless insanity.
Ale on znajdował się w stanie beznadziejnego szaleństwa.
He couldn't be made to speak to anyone.
Nie można było go zmusić do rozmowy z kimkolwiek.
And he spent his days sobbing heavily.
I spędzał całe dnie na głośnym szlochaniu.
No others words came out of his mouth.
Żadne inne słowa nie wyszły z jego ust.

"Now here, now gone!"
„Teraz tu, teraz zniknęło!"
"Now here, now gone!"
„Teraz tu, teraz zniknęło!"
You can imagine the rajah's grief.
Można sobie wyobrazić smutek radży.
"What could have deranged my son's mind?"
„Co mogło zaburzyć umysł mojego syna?"
"'Now here, now gone,' what does it mean?"
„Teraz tu, teraz tam" – co to znaczy?
He could not unravel the words' meaning.
Nie potrafił zrozumieć znaczenia tych słów.
His attendants couldn't decipher the words either.
Jego opiekunowie również nie potrafili rozszyfrować tych słów.
The land's best physicians were consulted.
Skonsultowano się z najlepszymi lekarzami kraju.
But their consultation had no effect.
Jednak ich konsultacje nie przyniosły żadnego efektu.
The sons of æsculapius were not able to help.
Synowie Eskulapa nie potrafili pomóc.
No one could ascertain the cause of the madness.
Nikt nie potrafił ustalić przyczyny szaleństwa.
Without knowing the cause there was no cure.
Bez poznania przyczyny nie było lekarstwa.
The physicians tried to ask the prince.
Lekarze próbowali zapytać księcia.
But all he said was, "now here, now gone!"
Ale on powiedział tylko: „teraz tu, teraz zniknę!"
The rajah was distracted with grief.
Radża był pogrążony w smutku.
Day and night he worried for his son.
Dniem i nocą martwił się o swojego syna.
He wished for his son's intellects to return.
Pragnął, aby jego syn odzyskał rozum.
A proclamation was made in the capital.
W stolicy wydano proklamację.

Town criers were sent into the city.
Do miasta wysłano heroldów miejskich.
And they beat their drums for attention.
I biją w bębny, żeby zwrócić na siebie uwagę.
"The rajah's son has lost his mental faculties"
„Syn radży stracił zdolności umysłowe”
"The rajah seeks a cure for his son"
„Radża szuka lekarstwa dla swojego syna”
"A reward is offered for the cure"
„Za wyleczenie wyznaczono nagrodę”
"The hand of the rajah's daughter"
„Ręka córki radży”
"Her hand comes with half his kingdom"
„Jej ręka jest pełna połowy jego królestwa”
The drum was beaten around the city.
W bęben uderzano po całym mieście.
But no one felt they could touch the drum.
Ale nikt nie czuł, że może dotknąć bębna.
No one knew the cause of his madness.
Nikt nie znał przyczyny jego szaleństwa.
At last an old woman came forward.
W końcu pojawiła się starsza kobieta.
And she stepped up to touch the drum.
I podeszła, żeby dotknąć bębna.
"I will discover the cause of his madness"
„Odkryję przyczynę jego szaleństwa”
"And I will cure him from his disease"
„I uzdrowię go z jego choroby”
She had seen what happened to the boy.
Widziała, co stało się z chłopcem.
She was at the water's edge that day.
Tego dnia była nad brzegiem wody.
It was her who was gathering up sticks.
To ona zbierała patyki.
This woman had a crack-brained son.
Ta kobieta miała syna z mózgiem jak galareta.
Her son was named of Phakir-Chand.

Jej syn otrzymał imię Phakir-Chand.

So she was called Phakir's mother.

Dlatego nazwano ją matką Phakira.

The woman was brought before the rajah.

Kobietę przyprowadzono przed radżę.

And the following conversation took place.

I miała miejsce następująca rozmowa.

"You are the woman that touched the drum"

„Jesteś kobietą, która dotknęła bębna"

"You know the cause of my son's madness?"

„Wiesz, co jest przyczyną szaleństwa mojego syna?"

"Yes, oh incarnation of justice!"

„Tak, o wcielenie sprawiedliwości!"

"I know the cause of your son's madness"

„Wiem, co jest przyczyną szaleństwa twojego syna"

"But I will not say the cause of his madness"

„Ale nie powiem, co było przyczyną jego szaleństwa"

"First I will cure your son of his madness"

„Najpierw wyleczę twojego syna z szaleństwa"

"How can I believe you are able to?"

„Jak mogę uwierzyć, że potrafisz?"

"The best physicians of the land have failed"

„Najlepsi lekarze w kraju ponieśli porażkę"

"You need not now believe, my king"

„Nie musisz już wierzyć, mój królu"

"Wait till I have performed the cure"

„Poczekaj, aż wykonam leczenie"

"Many an old woman knows many secrets"

„Wiele starych kobiet zna wiele sekretów"

"Secrets wise men are unacquainted with"

„Sekrety, których mędrcy nie znają"

"Very well, let me see what you can do"

„Dobrze, zobaczę, co potrafisz"

"In what time will you perform the cure?"

„O której godzinie przeprowadzisz kurację?"

"It is impossible to fix the time"

„Nie da się ustalić czasu"

"Ff course I will begin work immediately"
„Oczywiście, że zacznę pracę natychmiast"
"But I need your lordship's assistance"
„Ale potrzebuję pomocy Waszej Lordowskiej Mości"
"What help do you require from me?"
„Jakiej pomocy ode mnie potrzebujesz?"
"Your lordship will please order a hut"
„Wasza lordowska mość zechciałby zamówić chatę"
"Have the hut raised on the embankment of the water"
„Kazać postawić chatę na nabrzeżu"
"Where your son first caught the disease"
„Gdzie twój syn po raz pierwszy zaraził się tą chorobą"
"I mean to live in that hut for a few days"
„Mam zamiar pomieszkać w tej chacie przez kilka dni"
"And please order some of your servants"
„I proszę wydać rozkaz niektórym swoim sługom"
"They have to be in attendance at a distance"
„Muszą być obecni z zachowaniem dystansu"
"Tell them to be about a hundred yards away"
„Powiedz im, żeby byli jakieś sto metrów stąd"
"That way I can call them over when we need them"
„W ten sposób mogę do nich zadzwonić, kiedy ich potrzebuję"
The king had listened attentively.
Król słuchał uważnie.
"I will order that to be immediately done"
„Nakazuję, żeby to natychmiast zrobiono"
"Do you want anything else?"
„Czy chcesz czegoś jeszcze?"
"Those are all the preparations I need"
„To wszystkie przygotowania, jakich potrzebuję"
"But let me remind you of the agreement"
„Ale pozwól, że przypomnę ci o umowie"
"You promised the hand of your daughter"
„Obiecałeś rękę swojej córki"
"And you promised half your kingdom"
„I obiecałeś połowę swojego królestwa"

"But I can't marry your daughter"
„Ale nie mogę poślubić twojej córki"
"Because your daughter has to marry a man"
„Ponieważ twoja córka musi wyjść za mąż za mężczyznę"
"But I also have a son of marriageable age"
„Ale mam też syna w wieku odpowiednim do zawarcia
małżeństwa"
"Allow my son to marry your daughter"
„Pozwól mojemu synowi poślubić twoją córkę"
"Allow him to have half of your kingdom"
„Pozwól mu mieć połowę twojego królestwa"
The king was agreed with the terms.
Król zgodził się na te warunki.
"If you find a cure, he marries my daughter"
„Jeśli znajdziesz lekarstwo, on poślubi moją córkę"
"And half of my kingdom shall be his"
„A połowa mojego królestwa będzie jego"
A temporary hut was quickly erected.
Szybko wzniesiono tymczasową chatę.
The hut was built on the embankment of the water.
Chatę zbudowano na nabrzeżu.
And Phakir's mother took up her abode.
A matka Phakira zamieszkała tam.
An outpost was also erected at some distance.
W pewnej odległości wzniesiono także placówkę.
Because the woman might require some attendance.
Ponieważ kobieta może wymagać obecności.
Strict orders were given by Phakir's mother.
Matka Phakira wydała mu surowe rozkazy.
No one was allowed to go near the water.
Nikomu nie wolno było zbliżać się do wody.
Only she was allowed to stay by the water.
Tylko jej pozwolono przebywać nad wodą.

But let us leave Phakir's mother at the water.
Ale zostawmy matkę Phakira przy wodzie.
Let us hasten down the subterranean palace.

Zejdźmy szybko do podziemnego pałacu.
To see what the prince and the princess are doing.
Żeby zobaczyć, co robią książę i księżniczka.
The princess did want to go up again.
Księżniczka rzeczywiście chciała znów wejść na górę.
But she now knew that it would be dangerous.
Ale teraz wiedziała, że byłoby to niebezpieczne.
And she had given up the idea of a fourth visit.
I zrezygnowała z pomysłu czwartej wizyty.
But women generally have greater curiosity.
Ale kobiety są na ogół bardziej ciekawe.
And the princess was no exception to the rule.
I księżniczka nie była wyjątkiem od tej reguły.
One day her husband was asleep.
Pewnego dnia jej mąż spał.
He always slept after his noonday meal.
Zawsze kładł się spać po południowym posiłku.
She took the snake-jewel in her hand.
Wzięła klejnot w kształcie węża do ręki.
And she rushed out of the palace.
I wybiegła z pałacu.
And she came up to the upper world.
I wyszła na górny świat.
There was an upheaval in the waters.
Doszło do zamętu w wodzie.
And Phakir's mother was on high alert.
A matka Phakira była w stanie najwyższej gotowości.
She was hiding in the hut.
Ukrywała się w chacie.
And she was looking through the chinks.
I patrzyła przez szpary.
The princess saw no human being nearby.
Księżniczka nie dostrzegła w pobliżu żadnej ludzkiej istoty.
So she came to the bank of the water.
Więc dotarła do brzegu wody.
Phakir's mother showed herself outside the hut.
Matka Phakira pokazała się przed chatą.

And she addressed the princess politely.
I zwróciła się do księżniczki uprzejmie.
"Come, my child, thou queen of beauty"
„Chodź, moje dziecko, królowo piękności"
"Come to me, and I will help you to bathe"
„Przyjdź do mnie, a pomogę ci się wykąpać"
So saying, she approached the princess.
Po tych słowach podeszła do księżniczki.
The princess saw she was just an old woman.
Księżniczka zobaczyła, że to tylko stara kobieta.
So she made no resistance to her offer.
Więc nie sprzeciwiła się jej ofercie.
The old woman was washing the princess' hair.
Stara kobieta myła włosy księżniczce.
And she noticed the bright jewel in her hand.
I zauważyła jasny klejnot w jej dłoni.
"Out the jewel here till you are bathed"
„Wyjmij ten klejnot, dopóki się nie wykąpiesz"
Now the jewel was in the hands of Phakir's mother.
Teraz klejnot znalazł się w rękach matki Phakira.
She wrapped the jewel up in a cloth.
Owinęła klejnot w tkaninę.
And she wrapped the cloth around her waist.
I owinęła tkaninę wokół talii.
Now the princess was unable to escape.
Teraz księżniczka nie mogła już uciec.
And Phakir's mother gave the signal.
A matka Phakira dała sygnał.
The attendants rushed to the water.
Obsługa pobiegła do wody.
And they took the princess captive.
I wzięli księżniczkę do niewoli.
The news soon reached the city.
Wiadomość wkrótce dotarła do miasta.
"Phakir's mother had captured a water-nymph"
„Matka Phakira złapała nimfę wodną"
And the people rejoiced at the news.

A ludzie ucieszyli się z tej nowiny.
All came to see the "daughter of the immortals"
Wszyscy przyszli zobaczyć „córkę nieśmiertelnych"
She was brought to the palace.
Została sprowadzona do pałacu.
And she was brought to the rajah's son.
I przyprowadzono ją do syna radży.
The rajah's son was still of impaired intellect.
Syn radży nadal miał upośledzony umysł.
But that cloud on his brain soon dissipated.
Ale chmury nad jego umysłem wkrótce się rozwiały.
"I have found you! I have found you!"
„Znalazłem cię! Znalazłem cię!"
His eyes had been vacant and lusterless.
Jego oczy były puste i pozbawione blasku.
But now his eyes had the fire of intelligence.
Ale teraz w jego oczach płonął ogień inteligencji.
He had almost lost the use of his tongue.
Prawie stracił możliwość używania języka.
"Now here, now gone!" was all he had been able to say.
„Teraz tu, teraz zniknę!" – to było wszystko, co zdołał
powiedzieć.
But this sense too was restored.
Ale i to poczucie zostało przywrócone.
The joy of the rajah knew no bounds.
Radość radży nie znała granic.
There was great festivity in the city.
W mieście panowała wielka radość.
The people praised Phakir-Chand's mother.
Ludzie chwalili matkę Phakir-Chand.
And everyone soon expected the marriage.
I wkrótce wszyscy oczekiwali ślubu.
The rajah's son was to wed the water-nymph.
Syn radży miał poślubić nimfę wodną.
The princess, however, had made a promise.
Księżniczka jednak złożyła obietnicę.
She told Phakir's mother of her promise.

Powiedziała matce Phakira o swojej obietnicy.
"I won't as much as look at another man"
„Nawet nie spojrzę na innego mężczyznę"
"For one year my vows shall last"
„Moje śluby będą trwać przez rok"
"The marriage cannot happen in that time"
„Ślub nie może odbyć się w tym czasie"
The rajah's son was somewhat disappointed.
Syn radży był nieco rozczarowany.
But he readily agreed to the delay.
Jednak chętnie zgodził się na opóźnienie.
"Delay enhances the sweetness of the pleasure"
„Opóźnienie zwiększa słodycz przyjemności"
Of course the princess spent her time in sorrow.
Oczywiście księżniczka spędziła swój czas w smutku.
She spent her days and nights sighing.
Spędzała dni i noce na wzdychaniu.
And she lamented her idle curiosity.
I ubolewała nad swoją bezpodstawną ciekawością.
The curiosity that led her to the upper world.
Ciekawość, która zaprowadziła ją do górnego świata.
The curiosity that separated her from her husband.
Ciekawość, która oddzieliła ją od męża.
She thought of her unfortunate husband.
Pomyślała o swoim nieszczęsnym mężu.
She had left him all alone below the waters.
Zostawiła go samego pod wodą.
And she wept bitter tears each day.
I płakała gorzkimi łzami każdego dnia.
She wished that she could run away.
Chciała uciec.
But that would have been impossible.
Ale to byłoby niemożliwe.
Because she was immured within walls.
Ponieważ była zamknięta w murach.
And there were walls within the walls.
A w murach były mury.

And what use was getting out the palace?
I po co było wychodzić z pałacu?
She couldn't get to her husband anyway.
W żaden sposób nie mogła dotrzeć do męża.
She didn't have the serpent jewel.
Nie miała klejnotu w kształcie węża.
The ladies of the palace tried to comfort her.
Damy pałacowe próbowały ją pocieszyć.
And Phakir's mother tried to divert her mind.
A matka Phakira próbowała odwrócić jej uwagę.
But their efforts were in vain.
Ale ich wysiłki poszły na marne.
She took pleasure in nothing.
Nic nie sprawiało jej przyjemności.
She hardly spoke to anyone.
Prawie z nikim nie rozmawiała.
She wept throughout the day.
Płakała cały dzień.
And she wept through the night.
I płakała całą noc.

The year of her vow was drawing to a close.
Rok jej przysięgi dobiegał końca.
But she was still disconsolate.
Ale ona nadal była przygnębiona.
The marriage, however, had to be celebrated.
Jednakże ślub musiał zostać celebrowany.
The rajah consulted the astrologers.
Radża skonsultował się z astrologami.
The day and the hour had been decided.
Dzień i godzina zostały ustalone.
The nuptial knot was to be tied.
Węzeł małżeński miał być zawiązany.
Great preparations were made.
Poczyniono wielkie przygotowania.
The confectioners were busy day and night.
Cukiernicy byli zajęci dniem i nocą.

They prepared all sorts of sweetmeats.
Przygotowali najróżniejsze słodycze.
Milkmen supplied the palace with tanks of curds.
Mleczarze zaopatrywali pałac w zbiorniki z twarogiem.
Great quantities of gunpowder were manufactured.
Wyprodukowano ogromne ilości prochu.
There were going to be grand fireworks.
Miały być wielkie fajerwerki.
Stages were erected everywhere.
Wszędzie stawiano sceny.
And musicians were selected to play music.
I wybierano muzyków, którzy mieli grać muzykę.
All the city assumed an air of mirth.
W całym mieście zapanowała atmosfera wesołości.
All looked forward to the festivities.
Wszyscy z utęsknieniem czekali na uroczystości.

We must return our attention to the minister's son.
Musimy ponownie skupić się na synu pastora.
He had left his friend in the subterranean palace.
Zostawił swego przyjaciela w podziemnym pałacu.
And he had gone to his country.
I udał się do swojego kraju.
He was bringing horses and elephants.
Przywoził konie i słonie.
And he had with him many attendants.
A miał ze sobą wielu służących.
For the return of the king's son.
O powrót syna królewskiego.
And for the return of his lovely princess.
I o powrocie jego pięknej księżniczki.
So that the ceremony had due pomp.
Aby ceremonia miała należytą pompę.
The preparations took him many months.
Przygotowania zajęły mu wiele miesięcy.
But eventually all was prepared.
Ale ostatecznie wszystko było przygotowane.

And the minister's son started on his journey.

I syn ministra wyruszył w podróż.

He was accompanied by a long train of elephants.

Towarzyszył mu długi orszak słoni.

And behind the elephants were horses.

A za słoniami szły konie.

And all the horses had their own attendants.

A wszystkie konie miały swoich opiekunów.

He reached the water ahead of schedule.

Dotarł do wody przed czasem.

So he had two or three days to spare.

Miał więc dwa, trzy dni wolnego.

Tents were pitched in the mango slopes.

Namioty rozbito na stokach mango.

So the men and cattle had accommodation.

Dzięki temu ludzie i bydło mieli zapewnione zakwaterowanie.

The minister's son kept his eyes on the water.

Syn ministra cały czas patrzył w wodę.

The sun of the appointed day sank below the horizon.

Słońce wyznaczonego dnia zaszło za horyzont.

But there was no sign of the prince.

Ale nie było śladu księcia.

Nor did the princess come to the surface.

Księżniczka również nie wypłynęła na powierzchnię.

He waited two or three days longer.

Poczekał jeszcze dwa, trzy dni.

Still the prince did not make his appearance.

Książę jednak się nie pojawił.

What could have happened to his friend?

Co mogło się stać jego przyjacielowi?

And where was his beautiful wife?

A gdzie była jego piękna żona?

Had another serpent beaten them to death?

Czy inny wąż ich zabił?

Possibly the mate of the one that had died.

Być może partner zmarłej osoby.

Had they somehow lost the serpent-jewel?

Czy w jakiś sposób zgubili klejnot-węża?
Or had they perhaps visited the upper world?
A może odwiedzili górny świat?
And had they been captured in the upper world?
Czy zostali schwytani w górnym świecie?
Such were the reflections of the prince's friend.
Takie były przemyślenia przyjaciela księcia.
The prince's friend was overwhelmed with grief.
Przyjaciel księcia był pogrążony w smutku.
The waters were quite close to the city.
Wody znajdowały się dość blisko miasta.
And often the sound of music could be heard.
Często można było usłyszeć dźwięki muzyki.
He asked passers-by what that music meant.
Pytał przechodniów, co oznacza ta muzyka.
He was told about the rajah's son.
Opowiedziano mu o synu radży.
And he was told of a wonderful young lady.
I opowiedziano mu o cudownej młodej kobiecie.
And he was told they were going to marry.
I powiedziano mu, że zamierzają się pobrać.
And he was told more about the wonderful lady.
I opowiedziano mu więcej o tej cudownej kobiecie.
She had come out of the waters he was waiting by.
Wyszła z wody, przy której czekał.
The marriage ceremony was in two days.
Ceremonia ślubna miała odbyć się za dwa dni.
The minister's son made the connection.
Syn ministra powiązał fakty.
The wonderful young lady was the wife of his friend.
Cudowna młoda dama była żoną jego przyjaciela.
He resolved, therefore, to go into the city.
Postanowił więc pójść do miasta.
And he was going to find out all he could.
I miał zamiar dowiedzieć się wszystkiego, co tylko mógł.
If he could, he would rescue the princess.
Gdyby mógł, uratowałby księżniczkę.

He told the attendants to go home.
Kazał pracownikom wrócić do domu.
And he told them to take the elephants.
I kazał im zabrać słonie.
And he told them to take the horses.
I kazał im wziąć konie.
And he himself went to the city.
A on sam udał się do miasta.
And he took up his abode in the house of a Brahman.
I zamieszkał w domu bramina.
First, he rested from his journey.
Po pierwsze, odpoczął po podróży.
Then the prince's friend had his dinner.
Potem przyjaciel księcia zjadł obiad.
And then he spoke to the Brahman.
A potem przemówił do bramina.
"Throughout the city there are musicians and bands"
„W całym mieście są muzycy i zespoły"
"What is the cause of all the celebrations?
„Jaki jest powód tych wszystkich uroczystości?
The Brahman was rather surprised.
Bramin był raczej zaskoczony.
"From what part of the world have you come?"
„Z jakiej części świata pochodzisz?"
"What rock have you been living under?"
„Pod jakim kamieniem żyłeś?"
"Have you not heard the wonderful news?"
„Czy nie słyszałeś tej cudownej nowiny?"
"A young lady of heavenly beauty"
„Młoda dama o niebiańskiej urodzie"
"She rose out of the waters"
„Wynurzyła się z wód"
"And she is going to the son of our rajah"
„I idzie do syna naszego radży"
The prince's friend wanted to know more.
Przyjaciel księcia chciał wiedzieć więcej.
The information could be useful.

Informacje te mogą okazać się przydatne.
"I have not heard of this news"
„Nie słyszałem o tej nowinie"
"I have come from a distant country"
„Przybyłem z dalekiego kraju"
"The story has not reached us yet"
„Ta historia jeszcze do nas nie dotarła"
"Will you kindly tell me the particulars?"
„Czy mógłby Pan podać mi szczegóły?"
The Brahman was happy to relay the story.
Bramin chętnie opowiedział tę historię.
"The rajah's son went out hunting"
„Syn radży wybrał się na polowanie"
"It must have been about this time last year"
„To musiało być mniej więcej o tej porze w zeszłym roku"
"They pitched their tents by the waters in the suburbs"
„Rozbili namioty nad wodami na przedmieściach"
"One day, the rajah's son was walking near the water"
„Pewnego dnia syn radży spacerował w pobliżu wody"
"On this day, he saw a young woman"
„Tego dnia zobaczył młodą kobietę"
"I have to mention she was of uncommon beauty"
„Muszę wspomnieć, że była niezwykłej urody"
"She had risen from the depth of the waters"
„Wynurzyła się z głębin wód"
"She gazed about for a minute or two"
„Rozglądała się przez minutę lub dwie"
"And then the beautiful lady disappeared"
„A potem piękna dama zniknęła"
"The rajah's son, however, had seen her"
„Syn radży jednak ją widział"
"He had been struck by her heavenly beauty"
„Był pod wrażeniem jej niebiańskiego piękna"
"And so he became desperately enamored by her"
„I tak bardzo się w niej zakochał"
"Indeed, she had affected him greatly"
„Rzeczywiście, wywarła na niego wielki wpływ"

"And his mental faculties gave way to passion"
„A jego zdolności umysłowe ustąpiły miejsca namiętności"
"He was carried home as a mad man"
„Zabrano go do domu jako szaleńca"
"He spoke no words except a few"
„Nie wypowiedział ani jednego słowa, poza kilkoma"
"'now here, now gone!' was all he said"
„Teraz tu, teraz zniknęło!" – to wszystko, co powiedział"
"The rajah sent for all the best physicians"
„Radża wezwał najlepszych lekarzy"
"They tried to restore his son to reason"
„Próbowali przywrócić jego synowi rozum"
"But the physicians were powerless"
„Lecz lekarze byli bezsilni"
"At last the rajah made a proclamation"
„W końcu radża wydał proklamację"
"And he had the drum beat around the kingdom"
„I kazał bić w bęben po całym królestwie"
"There was a reward for anyone who cured his son"
„Każdy, kto wyleczył jego syna, był nagradzany"
"They would become the rajah's son-in-law"
„Zostaliby zięciami radży"
"And they would get half the kingdom"
„ I dostaliby połowę królestwa"
"An old woman answered the call of the drum"
„Stara kobieta odpowiedziała na wezwanie bębna"
"All knew her as Phakir's mother"
„Wszyscy znali ją jako matkę Phakira"
"She said she could cure the rajah's son"
„Powiedziała, że może wyleczyć syna radży"
"She had a hut built outside the town"
„Zbudowała chatę poza miastem"
"In the suburbs, next to the waters"
„Na przedmieściach, nad wodą"
"An in the hut she took her abode"
„W chacie zamieszkała"
"She also had some huts erected close by"

„Miała też w pobliżu kilka chat do wybudowania"
"And in those huts attendants waited"
„A w tych chatach czekali służący"
"In case she might need their help"
„Na wypadek, gdyby potrzebowała ich pomocy"
"It seems the goddess rose from the waters"
„Wygląda na to, że bogini wyłoniła się z wód"
"Phakir's mother and the attendants seized her"
„Matka Phakira i jej słudzy ją schwytali"
"And they carried her in a palki to the palace"
„I zanieśli ją na palki do pałacu"
"The rajah's son saw the water-nymph"
„Syn radży zobaczył nimfę wodną"
"And he was soon restored to his senses"
„I wkrótce odzyskał przytomność"
"They would have married there and then"
„Pobraliby się tam i wtedy"
"But the water goddess had made a vow"
„Ale bogini wody złożyła przysięgę"
"She wouldn't look at a man for one year"
„Przez rok nie spojrzała na żadnego mężczyznę"
"The year of the vow is now over"
„Rok ślubowania dobiegł końca"
"The music is from the rajah's palace"
„Muzyka pochodzi z pałacu radży"
"This, in brief, is the story"
„W skrócie, oto historia"
The prince's friend could put the story together.
Przyjaciel księcia mógł ułożyć całą historię w całość.
"a truly wonderful story!"
„naprawdę cudowna historia!"
"So where is Phakir's mother?"
„Gdzie więc jest matka Phakira?"
"And where is Phakir-Chand himself?"
„A gdzie jest sam Phakir-Chand?"
"Has he received the hand of the rajah's daughter?"
„Czy otrzymał rękę córki radży?"

"And has he received half the kingdom?"

„Czy otrzymał połowę królestwa?"

The Brahman could also answer these questions.

Brahman również mógł odpowiedzieć na te pytania.

"No, they have not married yet"

„Nie, jeszcze się nie pobrali"

"And he doesn't yet have half the kingdom"

„A nie ma jeszcze połowy królestwa"

"And, I should say, he is a dimwitted lad"

„I muszę przyznać, że to tępy chłopak"

"In fact, no one knows where the lad is"

„Tak naprawdę nikt nie wie, gdzie jest ten chłopak"

"He has been away from home for more than a year"

„Nie było go w domu przez ponad rok"

"That is his manner," he explained.

„Taki jest jego sposób bycia" – wyjaśnił.

"He stays away for a long time"

„Długo go nie ma"

"And then suddenly he comes home"

„A potem nagle wraca do domu"

"And then suddenly he leaves again"

„A potem nagle znowu odchodzi"

"I believe his mother expects him to come soon"

„Myślę, że jego matka spodziewa się jego rychłego przyjścia"

This was very useful information.

To była bardzo przydatna informacja.

"What is he like?" he asked.

„Jaki on jest?" zapytał.

"And what does he do when he returns home?"

„A co robi, kiedy wraca do domu?"

These questions the Brahman could also answer.

Na te pytania mógł odpowiedzieć również bramin.

"Well, he is about your height"

„Cóż, jest mniej więcej twojego wzrostu"

"Though he is somewhat younger than you"

„Chociaż jest nieco młodszy od ciebie"

"He wears a small piece of cloth round his waist"

„Nosi mały kawałek materiału przewiązany wokół talii"
"And he rubs his body with ashes"
„I posypuje ciało popiołem"
"He carries the branch of a tree in his hand"
„Nosi gałąź drzewa w ręku"
"And there is a tune to which he dances"
„I jest melodia, do której tańczy"
"He comes to the door of the hut of his mother"
„Podchodzi do drzwi chaty swojej matki"
"And he sings 'dhoop! dhoop! dhoop!'"
„I śpiewa „dhoop! dhoop! dhoop!"
"His articulation is very indistinct"
„Jego artykulacja jest bardzo niewyraźna"
"'Come, stay with your mother,' she says"
„ Chodź, zostań z matką" – mówi.
"And he always gives the same answer"
„I zawsze daje tę samą odpowiedź"
"'No, I won't remain,' he says unintelligibly"
„Nie, nie zostanę" – mówi niezrozumiale.
"You should hear him when he wants to say yes"
„Powinieneś go usłyszeć, kiedy będzie chciał powiedzieć
„tak""
"To answer in the affirmative he says 'hoom'"
„Aby odpowiedzieć twierdząco, mówi „hoom""
A flood of light entered the prince's friend.
Strumień światła spłynął do przyjaciela księcia.
He now saw very well how matters stood.
Teraz widział już dokładnie, jak sprawy stoją.
The princess must have taken the snake-jewel.
Księżniczka musiała zabrać klejnot w kształcie węża.
And she must have left the palace alone.
I musiała opuścić pałac sama.
And she was captured without the king's son.
I została pojmana bez syna królewskiego.
Phakir's mother must have the snake-jewel.
Matka Phakira musi mieć klejnot węża.
His friend was still below the water.

Jego przyjaciel nadal znajdował się pod wodą.

The prince had no means of escape.

Książę nie miał możliwości ucieczki.

He could imagine his friends desolate state.

Mógł sobie wyobrazić opuszczony stan swoich przyjaciół.

And he could imagine how hopeless he must be.

I mógł sobie wyobrazić, jak beznadziejnie musiał się czuć.

The prince's friend was filled with grief.

Przyjaciel księcia był pogrążony w smutku.

But that was not cause to give up hope.

Ale to nie był powód, aby tracić nadzieję.

Perhaps he could rescue his friend.

Być może uda mu się uratować przyjaciela.

"I must get the jewel from the old woman"

„Muszę odebrać klejnot starej kobiecie"

"Can I not do it by personating Phakir-Chand?"

„Czy nie mogę tego zrobić podszywając się pod Phakir-Chand?"

"His mother is expecting him soon"

„Jego matka wkrótce się na niego spodziewa"

"Maybe I can rescue the princess the same way"

„Może uda mi się uratować księżniczkę w ten sam sposób"

He resolved to act the role of Phakir-Chand.

Postanowił wcielić się w rolę Phakira-Chanda.

In the morning he left the Brahman's house.

Rano opuścił dom bramina.

And he went to the outskirts of the city.

I udał się na obrzeża miasta.

He divested himself of his usual clothing.

Zdjął swoje zwykłe ubranie.

Around his waist he put a narrow piece of cloth.

Owinął sobie talię wąskim kawałkiem materiału.

The cloth scarcely reached his knees.

Materiał sięgał mu zaledwie do kolan.

And he rubbed his body well with ashes.

I natarł dokładnie ciało swoje popiołem.

And finally he broke some twigs off a tree.
Na koniec odłamał kilka gałązek z drzewa.
And thus he was ready to play his role.
I był gotowy odegrać swoją rolę.
He went to the door of the hut of Phakir's mother.
Poszedł do drzwi chaty matki Phakira.
And he commenced the operation by dancing.
I rozpoczął operację tańcem.
He danced in a most violent manner.
Tańczył w sposób niezwykle gwałtowny.
And he sung to the tune of "dhoop! dhoop! dhoop!"
I śpiewał na melodię „dhoop! dhoop! dhoop!"
The dancing attracted the notice of the old woman.
Taniec przyciągnął uwagę starszej kobiety.
The critical moment had come.
Nadszedł decydujący moment.
The old woman looked to her door.
Starsza kobieta spojrzała w stronę drzwi.
"Phakir-Chand, my son, have you come?"
„Phakir-Chand, mój synu, czy przyszedłeś?"
"My darling; the gods have become propitious to us"
„Kochanie, bogowie stali się dla nas łaskawi"
Her supposed son uttered the monosyllable, "hoom"
Jej domniemany syn wypowiedział monosylabę „hum"
And he danced more violently than before.
I tańczył jeszcze gwałtowniej niż przedtem.
And he waved the twig in his hand.
I pomachał gałązką, którą trzymał w ręku.
"This time you must not go away"
„Tym razem nie możesz odejść"
"You must remain with me"
„Musisz zostać ze mną"
"No, I won't remain," said the prince's friend.
„Nie, nie zostanę" – rzekł przyjaciel księcia.
"Remain with me," the mother tried again.
„Zostań ze mną" – spróbowała ponownie matka.
"I'll get you married to the rajah's daughter"

„Ożenię cię z córką radży"
"Will you marry, Phakir-Chand?"
„Czy wyjdziesz za mąż, Phakir-Chand?"
The minister's son replied—"hoom, hoom"
Syn ministra odpowiedział: „hoom, hoom"
And he danced even more like a madman.
I tańczył jeszcze bardziej jak szaleniec.
"Will you come with me to the rajah's house?"
„Czy pójdziesz ze mną do domu radży?"
"I'll show you a princess of uncommon beauty"
„Pokażę ci księżniczkę o niezwykłej urodzie"
"She rose from the waters"
„Wynurzyła się z wód"
"Hoom, hoom," was the answer from his lips.
„Hoom, hoom" – odpowiedział.
And his feet stomped violently to "dhoop! dhoop!"
I jego stopy głośno tupały w rytm "dhoop! dhoop!"
"Do you wish to see a jewel, Phakir?"
„Chcesz zobaczyć klejnot, Phakirze?"
"The crest jewel of the serpent"
„Najpiękniejszy klejnot węża"
"The treasure of seven kings"
„Skarb siedmiu królów"
"Hoom, hoom," was the reply.
„Hum, houm" – padła odpowiedź.
The old woman went back into the hut.
Stara kobieta wróciła do chaty.
And she brought out the snake-jewel.
I wyjęła klejnot w kształcie węża.
She put the jewel into the hand of her supposed son.
Włożyła klejnot do ręki swego domniemanego syna.
The minister's son took the snake-jewel.
Syn ministra wziął klejnot w kształcie węża.
He wrapped the jewel up in the piece of cloth.
Owinął klejnot w kawałek materiału.
And he wrapped the cloth around his waist.
I owinął tkaninę wokół bioder.

Phakir's mother was delighted beyond measure.
Matka Phakira była niezmiernie zachwycona.
Her son had come at just the right time.
Jej syn przyszedł na świat w idealnym momencie.
She went to the rajah's house.
Poszła do domu radży.
She announced the news of Phakir's appearance.
Ogłosiła nowinę o pojawieniu się Phakira.
And also in order to show Phakir the princess.
A także po to, by pokazać Phakirowi księżniczkę.
They were given access to the rajah's palace.
Umożliwiono im dostęp do pałacu radży.
And all parts of the palace were open to them.
I wszystkie części pałacu były dla nich otwarte.
The old woman had saved the rajah's son.
Stara kobieta uratowała syna radży.
So she was the most important person in the kingdom.
Była więc najważniejszą osobą w królestwie.
She took her supposed son around the palace.
Oprowadzała swego domniemanego syna po pałacu.
And she took him to the princess' room.
I zabrała go do pokoju księżniczki.
Phakir's mother introduced her son to the princess.
Matka Phakira przedstawiła syna księżniczce.
You can imagine the princess was not best impressed.
Można sobie wyobrazić, że księżniczka nie była zachwycona.
She did not appreciate the company of a madman.
Nie doceniała towarzystwa szaleńca.
A madman, half naked, and covered in ash.
Szaleniec, półnagi i pokryty popiołem.
And he kept dancing in a wild manner.
I tańczył dalej w dziki sposób.

The three had spent the day together.
Cała trójka spędziła cały dzień razem.
It was soon going to be sunset.
Za chwilę miał nastąpić zachód słońca.

The woman asked her son to come with her.
Kobieta poprosiła syna, aby poszedł z nią.
But the supposed Phakir-Chand refused to comply.
Jednak rzekomy Phakir-Chand odmówił wykonania rozkazu.
He said he would stay there that night.
Powiedział, że zostanie tam na noc.
His mother tried to persuade him to come with her.
Jego matka próbowała go namówić, żeby poszedł z nią.
But he persisted in his determination.
Jednak pozostał wierny swojemu postanowieniu.
He said he would remain with the princess.
Powiedział, że zostanie z księżniczką.
Phakir's mother went home without him.
Matka Phakira wróciła do domu bez niego.
And she told the guards to look after her son.
I kazała strażnikom zaopiekować się jej synem.
Eventually all the palace retired to rest.
Na koniec cały pałac udał się na odpoczynek.
The supposed Phakir spoke to the princess again.
Domniemany fakir ponownie przemówił do księżniczki.
But this time he spoke in his own voice.
Tym razem jednak przemówił własnym głosem.
"Princess! do you not recognize me?"
„Księżniczko! Nie poznajesz mnie?"
"I am the prince's friend"
„Jestem przyjacielem księcia"
"I am the friend of your princely husband"
„Jestem przyjacielem twojego książęcego męża"
The princess was astonished for a moment.
Księżniczka na chwilę się zdziwiła.
"Who? the prince's friend?"
„Kto? Przyjaciel księcia?"
"Oh, my husband's best friend"
„ Och, najlepszy przyjaciel mojego męża"
"Please rescue me from this terrible captivity"
„Proszę, uratuj mnie z tej strasznej niewoli"
"This is worse than death"

„To gorsze niż śmierć"

"All of this is my own fault"

„To wszystko moja wina"

"Rescue me, oh please, thou best of friends!"

„Ratujcie mnie, proszę, najlepsi przyjaciele!"

She then burst into tears.

Potem wybuchła płaczem.

The prince's friend spoke again.

Przyjaciel księcia przemówił ponownie.

"Do not be disconsolate"

„Nie bądźcie smutni"

"I will try my best to rescue you"

„Zrobię wszystko, co w mojej mocy, żeby cię uratować"

"I will try to have you out of here tonight"

„Postaram się, żebyś wyszedł stąd jeszcze dziś wieczorem"

"But you must do whatever I tell you"

„Ale musisz zrobić wszystko, co ci powiem"

The princess trusted the prince's friend.

Księżniczka zaufała przyjacielowi księcia.

"I will do anything you tell me"

„Zrobię wszystko, co mi powiesz"

After this the supposed Phakir left the room.

Po tym domniemany Fakir opuścił pokój.

He passed through the courtyard of the palace.

Przeszedł przez dziedziniec pałacu.

Some of the guards challenged him.

Część strażników rzuciła mu wyzwanie.

"Hoom hoom!" he replied.

„Hoom hoom!" odpowiedział.

"I'm just going out for a minute"

„Wychodzę tylko na chwilę"

"And then I will come back again"

„A potem wrócę ponownie"

They understood that it was the madcap Phakir.

Zrozumieli, że to był szalony Phakir.

True to his word he did come back shortly.

Dotrzymał słowa i rzeczywiście wkrótce wrócił.

And again he went to the princess.

I znów poszedł do księżniczki.

An hour afterwards he again went out.

Godzinę później wyszedł znowu.

And again he was challenged by the guards.

I znów strażnicy rzucili mu wyzwanie.

He made the same reply as at the first time.

Odpowiedział tak samo jak za pierwszym razem.

The guards began to talk among themselves.

Strażnicy zaczęli rozmawiać między sobą.

"This Phakir surely has no sense"

„Ten Phakir na pewno nie ma rozumu"

"He will go out and come in all night"

„Będzie wychodził i wracał przez całą noc"

"Let us leave him to do what he likes"

„Pozwólmy mu robić to, co lubi"

"There's no use guarding him all night"

„Nie ma sensu pilnować go całą noc"

The minister's son had worn down the guards.

Syn ministra wykończył strażników.

And he was looking for a way to escape.

I szukał sposobu na ucieczkę.

He kept going in and out until three at night.

Wchodził i wychodził aż do trzeciej w nocy.

This time there were no guards there.

Tym razem nie było tam strażników.

Because all the guards had fallen asleep.

Ponieważ wszyscy strażnicy zasnęli.

He was overjoyed at the auspicious circumstance.

Był niezmiernie uradowany tą pomyślną okolicznością.

Then he went back to the princess.

Potem wrócił do księżniczki.

"Now, princess, is the time for escape"

„Teraz, księżniczko, nadszedł czas na ucieczkę"

"The guards are all asleep"

„Wszyscy strażnicy śpią"

"You must mount on my back"

„Musisz wsiąść na mój grzbiet"
"Tie the locks of your hair round my neck"
„Przywiąż kosmyki swoich włosów do mojej szyi"
"And keep tight hold of me"
„I trzymaj mnie mocno"
The princess did what she was asked of.
Księżniczka zrobiła to, o co ją poproszono.
He passed unchallenged through the courtyard.
Przeszedł przez dziedziniec bez przeszkód.
And he had a lovely burden on his back.
A na plecach miał piękny ciężar.
Eventually he got to the gate of the palace.
W końcu dotarł do bramy pałacu.
And he went through without being challenged.
I udało mu się to bez żadnych przeszkód.
Then they went to the outskirts of the city.
Następnie udali się na obrzeża miasta.
Eventually he reached the outer suburbs.
W końcu dotarł na przedmieścia.
They reached the water from which the princess had risen.
Dotarli do wody, z której wynurzyła się księżniczka.
The princess rejoiced at her escape.
Księżniczka cieszyła się ze swojej ucieczki.
But she was still trembling with fear.
Ale ona nadal drżała ze strachu.
The prince's friend untied the snake-jewel.
Przyjaciel księcia odwiązał klejnot w kształcie węża.
And together they ascended into the water.
I razem weszli do wody.
And soon they found back to the subterranean palace.
I wkrótce wrócili do podziemnego pałacu.
You can imagine how happy the prince was.
Możesz sobie wyobrazić jak szczęśliwy był książę.
He had nearly died of grief.
Prawie umarł ze smutku.
And you can imagine the princess' happiness too.
I możesz sobie wyobrazić również szczęście księżniczki.

All the three of them were mad with joy.
Wszyscy trzej byli szaleni z radości.
For three days they remained in the palace.
Przez trzy dni pozostali w pałacu.
And they retold the prince the whole story.
I opowiedzieli księciu całą historię.
They told of how the princess was seized.
Opowiedzieli o tym, jak pojmano księżniczkę.
They told him of her captivity in the palace.
Opowiedzieli mu o jej niewoli w pałacu.
They described the marriage that was planned.
Opisali planowane małżeństwo.
They told him of the old woman.
Opowiedzieli mu o staruszce.
And they told him all about her Phakir-Chand.
I opowiedzieli mu wszystko o jej Phakir-Chand.
They told him how he had impersonated him.
Powiedzieli mu, że podszywał się pod niego.
And they told him how he freed the princess.
I opowiedzieli mu, jak uwolnił księżniczkę.
I don't need to tell you how grateful they were.
Nie muszę mówić, jak bardzo byli wdzięczni.
The prince's friend truly was a good friend.
Przyjaciel księcia naprawdę był dobrym przyjacielem.
They thanked him in the warmest terms.
Podziękowali mu w najgorętszych słowach.
And they vowed to always follow his counsel.
I ślubowali zawsze postępować zgodnie z jego radami.

They were all resolved to return home.
Wszyscy postanowili wrócić do domu.
They wanted to return to their native country.
Chcieli wrócić do ojczystego kraju.
The king's son, the minister's son, and the princess.
Syn króla, syn ministra i księżniczka.
They left the subterranean palace together.
Razem opuścili podziemny pałac.

They lighted the passage with the snake-jewel.
Oświetlili przejście klejnotem w kształcie węża.
And they made their way to the upper world.
I udali się do górnego świata.
They had neither elephants nor horses waiting for them.
Nie czekały na nich ani słonie, ani konie.
So they had no choice but to travel on foot.
Nie mieli więc innego wyboru, jak podróżować pieszo.
The two friends had been bred in the lap of luxury.
Dwójka przyjaciół wychowała się w luksusie.
Both of them found walking troublesome.
Oboje mieli trudności z chodzeniem.
But the princess found it infinitely more troublesome.
Ale dla księżniczki było to o wiele bardziej kłopotliwe.
She was used to even finer treatment.
Przyzwyczaiła się do jeszcze lepszego traktowania.
The stones of the road were too rough for her.
Kamienie na drodze były dla niej zbyt nierówne.
And the rough stones wounded her tender feet.
A szorstkie kamienie raniły jej delikatne stopy.
Eventually her feet became very sore.
Z czasem jej stopy zaczęły bardzo boleć.
At times the king's son carried her on his shoulders.
Czasami syn królewski niósł ją na ramionach.
The load he was carrying was of course lovely.
Ładunek, który niósł, był oczywiście piękny.
But although lovely, she was heavy to carry.
Choć była śliczna, była ciężka do noszenia.
And she could not be carried a great distance.
I nie można jej było nieść na dużą odległość.
And therefore she too had to walk often.
Dlatego i ona musiała często chodzić.
One evening they arrived beneath a tree.
Pewnego wieczoru dotarli pod drzewo.
There were no visible signs of human habitations.
Nie było widocznych śladów obecności ludzi.
So they decided to make the tree their sleeping place.

Postanowili więc uczynić drzewo swoim miejscem do spania.

The prince's friend offered to keep guard.

Przyjaciel księcia zaoferował, że będzie trzymał straż.

"Both of you can go to sleep"

„Oboje możecie iść spać"

"I will keep watch over you both tonight"

„Będę czuwać nad wami obojgiem tej nocy"

"In order to prevent any danger"

„Aby zapobiec jakiemukolwiek niebezpieczeństwu"

The royal couple soon dozed off.

Para królewska wkrótce zasnęła.

And they were locked in the arms of sleep.

I byli zamknięci w objęciach snu.

The faithful friend of the prince did not sleep.

Wierny przyjaciel księcia nie spał.

He stayed awake and watched for danger.

Pozostawał czujny i wypatrywał niebezpieczeństwa.

It so happened they camped under a special tree.

Tak się złożyło, że rozbili obóz pod szczególnym drzewem.

In the tree swung the nest of two birds.

Na drzewie huśtało się gniazdo dwóch ptaków.

The immortal birds Bihangama and Bihangami.

Nieśmiertelne ptaki Bihangama i Bihangami.

These birds were endowed with human speech.

Ptaki te zostały obdarzone ludzką mową.

And they could also see into the future.

Potrafili też zajrzeć w przyszłość.

The minister's son listened to the bird's conversation.

Syn ministra przysłuchiwał się rozmowie ptaka.

He was more than a little astonished at what he heard!

Był więcej niż zdziwiony tym, co usłyszał!

Bihangama: "The prince's friend risked his own life"

Bihangama: „Przyjaciel księcia ryzykował własne życie"

"He did everything for the safety of his friend"

„Zrobił wszystko dla bezpieczeństwa swojego przyjaciela"

"But more dangers will befall the king's son"

„Ale syna królewskiego spotkają jeszcze większe niebezpieczeństwa”
"And he will find it difficult to save the prince"
„I będzie mu trudno uratować księcia”
Bihangami: "Why is that?"
Bihangami: „Dlaczego?”
Bihangama: "Many dangers await the king's son"
Bihangama: „Syna króla czeka wiele niebezpieczeństw”
"The prince's father will hear of his son's approach"
„Ojciec księcia dowie się o przybyciu syna”
"He will send for him an elephant and some horses"
„Pośle po niego słonia i konie”
"And he will arrange attendants to meet him"
„I wystawi sługi, aby go powitały”
"The king's son will ride the elephant"
„Syn królewski będzie jeździł na słoniu”
"But he will fall from the back of the elephant"
„Ale spadnie z grzbietu słonia”
"And he will die from his fall from the elephant"
„I umrze wskutek upadku ze słonia”
Bihangami: "But suppose someone prevented this?"
Bihangami: „Ale co by było, gdyby ktoś temu zapobiegł?”
"Suppose the king's son is not going to ride on the elephant"
„Załóżmy, że syn króla nie będzie jechał na słoniu”
"What might happen if he rides on a horse instead?"
„Co się może stać, jeśli zamiast tego pojedzie na koniu?”
"Will he not in that case be saved?"
„Czy w takim razie nie będzie zbawiony?”
Bihangama: "Yes, in that case he would escape that fate"
Bihangama: „Tak, w takim razie uniknąłby tego losu”
"But then a fresh danger would await him"
„Ale wtedy czekałoby go nowe niebezpieczeństwo”
"When the king's son is in sight of his father's palace"
„Gdy syn królewski jest w zasięgu wzroku pałacu swego ojca”
"When he is in the act of passing through the lion-gate"
„Kiedy przechodzi przez bramę lwa”

"In that moment the lion-gate will fall upon him"
„W tym momencie brama lwa runie na niego"
"And the stones will crush him to death"
„A kamienie go zmiażdżą na śmierć"
Bihangami: "But suppose someone gets there first"
Bihangami: „Ale załóżmy, że ktoś tam dotrze pierwszy"
"Suppose someone destroys the lion-gate"
„Załóżmy, że ktoś zniszczy bramę-lwa"
"If that happens the king's son couldn't go through the lion-gate"
„Gdyby tak się stało, syn królewski nie mógłby przejść przez Bramę Lwa"
"Will not the king's son in that case be saved?"
„Czyż w takim razie syn królewski nie będzie zbawiony?"
Bihangama: "Yes, in that case he would escape his fate"
Bihangama: „Tak, w takim razie uniknąłby swojego losu"
"But then a fresh danger would await him"
„Ale wtedy czekałoby go nowe niebezpieczeństwo"
"When the king's son reaches the palace"
„Kiedy syn królewski dociera do pałacu"
"When he sits at a feast prepared for him"
„Gdy zasiądzie przy uczcie przygotowanej dla niego"
"The head of a fish will be cooked for him"
„Głowa ryby będzie dla niego ugotowana"
"He will put into his mouth the head of the fish"
„Włoży mu do paszczy głowę ryby"
"But the head of the fish will stick in his throat"
„Ale głowa ryby utkwi mu w gardle"
"And he will choke to death on the head of the fish"
„I udusi się głową ryby"
Bihangami: "But suppose someone snatches the fish"
Bihangami: „Ale wyobraź sobie, że ktoś porwie rybę"
"Suppose someone takes the head of the fish from his plate"
„Wyobraźmy sobie, że ktoś zabiera głowę ryby ze swojego talerza"
"Suppose he can't put the fish's head in his mouth"
„Załóżmy, że nie może włożyć głowy ryby do pyska"

"Will not the king's son in that case be saved?"
„Czyż w takim razie syn królewski nie będzie zbawiony?"
Bihangama: "Yes, in that case he will escape his fate"
Bihangama: „Tak, w takim razie uniknie swojego losu"
"But a fresh danger would await him"
„Ale czekało go nowe niebezpieczeństwo"
"When the prince and princess retire after dinner"
„Kiedy książę i księżniczka udają się na spoczynek po kolacji"
"When they go into their sleeping apartment"
„Kiedy wchodzą do swojego mieszkania sypialnego"
"They will lie together in bed"
„Będą leżeć razem w łóżku "
"A terrible cobra will come into the room"
„Do pokoju wejdzie straszna kobra"
"And the cobra will bite the king's son to death"
„A kobra ukąsi syna królewskiego na śmierć"
Bihangami: "But suppose someone was in the room"
Bihangami: „Ale wyobraź sobie, że ktoś jest w pokoju"
"Suppose this person was waiting for the snake"
„Załóżmy, że ta osoba czekała na węża"
"And suppose that this person cuts the snake into pieces"
„A wyobraź sobie, że ta osoba pokroi węża na kawałki"
"Will not the king's son in that case be saved?"
„Czyż w takim razie syn królewski nie będzie zbawiony?"
Bihangama: "Yes, in that case he will escape his fate"
Bihangama: „Tak, w takim razie uniknie swojego losu"
"In that case the life of the king's son will be saved"
„W takim razie życie syna królewskiego zostanie ocalone"
"But he who saves him can't repeat these words"
„Ale ten, kto go ratuje, nie może powtórzyć tych słów"
"If he tells his secret he will be turned into marble"
„Jeśli zdradzi swój sekret, zamieni się w marmur"
Bihangami: "Can the statue be returned to life?"
Bihangami: „Czy posąg można przywrócić do życia?"
Bihangama: "Yes, the marble statue can be restored to life"
Bihangama: „Tak, marmurową rzeźbę można przywrócić do
życia"

"The princess will give birth to a child"
„Księżniczka urodzi dziecko"
"They must wash the statue with the blood of the infant"
„Muszą obmyć figurę krwią dziecka"
The prophetical birds had spoken until that point.
Aż do tego momentu prorocze ptaki mówiły.
But then they were interrupted by the craw of crows.
Ale nagle przerwało im krakanie wron.
The eastern sky tinted in a reddish hue.
Wschodnie niebo przybrało czerwonawy odcień.
And the travelers beneath the tree bestirred themselves.
A podróżni pod drzewem zaczęli się poruszać.
The prophetic conversation came to an end.
Prorocka rozmowa dobiegła końca.
But the prince's friend had heard everything.
Ale przyjaciel księcia słyszał wszystko.

The next morning they continued their journey.
Następnego ranka kontynuowali podróż.
The prince, the princess, and the prince's friend.
Książę, księżniczka i przyjaciel księcia.
Soon they met the king's procession.
Wkrótce spotkali orszak królewski.
There was an elephant, a horse, and a palki.
Był tam słoń, koń i palki.
And there was a large number of attendants.
A uczestników było bardzo wielu.
These animals and men had been sent by the king.
Te zwierzęta i ludzi wysłał król.
The king heard his son was with his friend.
Król dowiedział się, że jego syn jest ze swoim przyjacielem.
And he had heard that his son had married.
I usłyszał, że jego syn się ożenił.
And he heard they were not far from the capital.
I usłyszał, że nie są daleko od stolicy.
The elephant had been richly caparisoned.
Słoń był bogato przyodziany.

The elephant was intended for the prince.
Słoń był przeznaczony dla księcia.
The framework of the palki was of silver.
Rama palki była wykonana ze srebra.
The palki was meant for the princess.
Palki była przeznaczona dla księżniczki.
And the horse was for the prince's friend.
A koń był dla przyjaciela księcia .
The prince was about to mount on the elephant.
Książę miał właśnie wsiąść na słonia.
But then his friend spoke to him.
Ale potem jego przyjaciel do niego przemówił.
"Allow me to ride on the elephant, please"
„Proszę pozwolić mi przejechać się na słoniu"
"And you can ride back on horseback"
„I możesz wrócić konno"
The prince was not a little surprised.
Książę nie był ani trochę zaskoczony.
The proposal had been made in a very cold manner.
Propozycja została złożona w bardzo chłodny sposób.
Maybe his friend felt a little too entitled.
Być może jego przyjaciel czuł się trochę zbyt uprawniony.
And the king's son was slightly annoyed.
A syn królewski był lekko zirytowany.
But he remembered what his friend had done for him.
Ale pamiętał, co zrobił dla niego jego przyjaciel.
And he remembered how he saved the princess.
I przypomniał sobie, jak uratował księżniczkę.
So he mounted the horse without objecting.
Więc wsiadł na konia bez sprzeciwu.
But his mind became somewhat alienated from him.
Jednak jego umysł zaczął się od niego oddalać.
The procession towards the capital started again.
Procesja w kierunku stolicy ruszyła ponownie.
After some time they came in sight of the palace.
Po pewnym czasie ich oczom ukazał się pałac.
The lion-gate had been gaily adorned.

Brama-lwia była radośnie przyozdobiona.
There was a grand reception for the prince.
Na cześć księcia wydano wielkie przyjęcie.
And the princess was equally anticipated.
A na księżniczkę również czekano.
But the prince's friend seemed to have an objection.
Jednak przyjaciel księcia zdawał się mieć coś przeciwko.
"I want the lion-gate to be broken down"
„Chcę, żeby brama-lw została zburzona"
The prince was astounded at the proposal.
Książę był zdumiony tą propozycją.
The request was very out of the ordinary.
Prośba była zupełnie nietypowa.
And he had given no reason for his demand.
Nie podał żadnego powodu swojego żądania.
But he remembered all his friend had done for him.
Ale pamiętał wszystko, co jego przyjaciel dla niego zrobił.
And he remembered how he saved the princess.
I przypomniał sobie, jak uratował księżniczkę.
So he complied with the wish of his friend.
Więc spełnił prośbę przyjaciela.
And the beautiful lion-gate was torn down.
I piękna Brama-Lwów została zburzona.
But his mind became even more estranged from him.
Ale jego umysł oddalał się od niego jeszcze bardziej.
The procession now went into the palace.
Procesja weszła teraz do pałacu.
The king gave a warm reception to his son.
Król przyjął swego syna bardzo serdecznie.
He welcomed his daughter-in-law equally warmly.
Równie ciepło przywitał swoją synową.
And he was very pleased to see the prince's friend.
I bardzo się ucieszył, widząc przyjaciela księcia.
The story of their adventures was related.
Opowiedziano historię ich przygód.
The king expressed great astonishment at the tale.
Król wyraził wielkie zdumienie tą opowieścią.

And his courtiers were equally impressed.
Jego dworzanie również byli pod wrażeniem.
All praised the minister's son's devotion.
Wszyscy chwalili oddanie syna pastora.
And the ladies of the palace praised the princess.
A damy pałacu chwaliły księżniczkę.
The connoisseurs of beauty praised the princess.
Znawcy piękna chwalili księżniczkę.
Her complexion was a mixture of milk and vermilion.
Jej cera była mieszanką mleka i szkarłatu.
Her neck was like that of a swan.
Jej szyja przypominała szyję łabędzia.
Her eyes were like those of a gazelle.
Jej oczy były jak oczy gazeli.
Her lips were as red as the berry bimba.
Jej usta były czerwone jak jagodowa bimba.
Her cheeks were as lovely as they could be.
Jej policzki były tak piękne, jak tylko mogły być.
And her nose was straight and high.
A jej nos był prosty i wysoki.
Her hair reached down to her ankles.
Jej włosy sięgały aż do kostek.
Her walk was as graceful as that of a young elephant.
Jej chód był tak pełen gracji jak chód młodego słonia.
The princess whom destiny had brought to them.
Księżniczka, którą los im przyniósł.
They sat around her wanting to know everything.
Siedzieli wokół niej i chcieli wiedzieć wszystko.
And they put to her a thousand questions.
I zadawali jej tysiące pytań.
They asked her about her parents.
Zapytali ją o jej rodziców.
They asked her about the subterranean palace.
Zapytali ją o podziemny pałac.
And they asked her all about the serpent.
I wypytywali ją o wszystko, co dotyczyło węża.
The serpent which had killed all her relatives.

Wąż, który zabił wszystkich jej krewnych.
Soon it was time for the new arrivals to dine.
Wkrótce nadeszła pora na kolację dla nowoprzybyłych.
The dinner was served up in dishes of gold.
Obiad podano w naczyniach ze złota.
All sorts of delicacies were on the table.
Na stole znajdowały się najróżniejsze przysmaki.
The most conspicuous dish was the head of a rohita fish.
Najbardziej charakterystycznym daniem była głowa ryby
rohita.
The large fish's head was placed in a golden cup.
Głowę dużej ryby umieszczono w złotym pucharze.
And the cup was placed near the prince's plate.
A puchar postawiono obok talerza księcia.
All were eating and retelling the adventure.
Wszyscy jedli i opowiadali o przygodach.
And suddenly the prince's friend snatched the head.
I nagle przyjaciel księcia chwycił go za głowę.
He took the fish's head from the prince's plate.
Zdjął głowę ryby z talerza księcia.
"Let me, prince, eat this rohita's head"
„Pozwól mi, książę, zjeść głowę tego rohity"
The king's son was quite indignant.
Syn królewski był bardzo oburzony.
But he remembered all his friend had done for him.
Ale pamiętał wszystko, co jego przyjaciel dla niego zrobił.
And he remembered how he saved the princess.
I przypomniał sobie, jak uratował księżniczkę.
And so he made no objection to the request.
Dlatego też nie wyraził sprzeciwu wobec tej prośby.
But he could not hide his terrible rage.
Ale nie potrafił ukryć straszliwej wściekłości.
Of course the prince's friend noticed this.
Oczywiście, że przyjaciel księcia to zauważył.
But there was nothing else he could have done.
Ale nie mógł zrobić nic więcej.
His conduct, however strange, was necessary.

Jego zachowanie, choć dziwne, było konieczne.
It was for the safety of his friend's life.
Chodziło o bezpieczeństwo życia jego przyjaciela.
Nor could he tell his friend the reason.
Nie mógł też powiedzieć przyjacielowi powodu.
Else he would be transformed into a marble statue.
W przeciwnym wypadku zostałby zamieniony w marmurową statuę.
Soon the dinner was going to be over.
Kolacja wkrótce miała się skończyć.
The prince's friend had one more request.
Przyjaciel księcia miał jeszcze jedną prośbę.
The two friends had spent every night together.
Dwaj przyjaciele spędzali razem każdą noc.
But tonight he wanted to go to his own house.
Ale dziś wieczorem chciał wrócić do swojego domu.
The prince was also shocked at his strange conduct.
Książę również był zszokowany jego dziwnym zachowaniem.
But he remembered all his friend had done for him.
Ale pamiętał wszystko, co jego przyjaciel dla niego zrobił.
And he remembered how he saved the princess.
I przypomniał sobie, jak uratował księżniczkę.
And he also agreed to this request of his friend.
I on również przychylił się do prośby swojego przyjaciela.
The prince's friend, however, had other plans.
Przyjaciel księcia miał jednak inne plany.
He had no intentions of going to his own house.
Nie miał zamiaru wracać do swojego domu.
He was resolved to avert the last peril.
Postanowił zapobiec ostatniemu niebezpieczeństwu.
The last thing to threaten the life of his friend.
Ostatnia rzecz, która mogłaby zagrozić życiu jego przyjaciela.
Accordingly, he took a sword into his hand.
Dlatego wziął miecz do ręki.
And he stealthily entered the royal room.
I niepostrzeżenie wszedł do komnaty królewskiej.
The room of the prince and the princess.

Pokój księcia i księżniczki.
He ensconced himself under the bedstead.
Ukrył się pod łóżkiem.
The bed was furnished with mattresses of down.
Łóżko wyposażone było w materace puchowe.
The mosquito curtains were of the richest silk.
Zasłony przeciw komarom były wykonane z najdroższego jedwabiu.
And all the bedding was laced with gold.
A cała pościel była obszyta złotem.
Soon the prince and princess came into the bedroom.
Wkrótce książę i księżniczka weszli do sypialni.
They undressed themselves and went to bed.
Rozebrali się i poszli spać.
And soon the royal couple were asleep.
I wkrótce para królewska zasnęła.
At midnight he heard the slithering of a snake.
O północy usłyszał pełzanie węża.
The sound was coming from a water passage.
Dźwięk dochodził z kanału wodnego.
A snake of gigantic size entered the room.
Do pokoju wszedł wąż gigantycznych rozmiarów.
The serpent climbed up the frame of the bed.
Wąż wspiął się po ramie łóżka.
The minister's son rushed out with the sword.
Syn ministra wybiegł z mieczem.
And he killed the serpent with one blow.
I jednym ciosem zabił węża.
And then he cut the snake into smaller pieces.
Następnie pokroił węża na mniejsze kawałki.
He put the pieces in the dish for holding betel-leaves.
Włożył kawałki do naczynia do przechowywania liści betelu.
But as he did this, he spilled a drop of blood.
Ale kiedy to robił, przelał kroplę krwi.
The drop of blood fell on the breast of the princess.
Kropla krwi spadła na pierś księżniczki.
Because the mosquito curtains had not been let down.

Ponieważ nie opuszczono moskitier.
He worried for the health of the princess.
Martwił się o zdrowie księżniczki.
The blood might be of some sort of poison.
Krew mogła zawierać jakąś truciznę.
So he resolved to lick up the blood.
Postanowił więc wylizać krew.
But he could not look at the naked princess.
Ale nie mógł patrzeć na nagą księżniczkę.
It would have been a great sin.
To byłby wielki grzech.
So he blindfolded himself with seven-fold cloth.
Zawiązał więc sobie oczy siedmiowarstwową zasłoną.
And he licked off the drop of blood.
I zlizał kroplę krwi.
But just at this time the princess awoke.
Ale właśnie w tym momencie księżniczka się obudziła.
Her scream roused her husband from his sleep.
Jej krzyk wyrwał męża ze snu.
And he could not believe what he was seeing.
I nie mógł uwierzyć w to, co widział.
The prince fell into a great rage.
Książę wpadł we wściekłość.
And he was prepared to kill his friend.
I był gotowy zabić swojego przyjaciela.
But he gave his friend a chance to speak.
Dał jednak swemu przyjacielowi szansę na przemówienie.
"Please, my friend, restrain your anger"
„Proszę cię, przyjacielu, powstrzymaj swój gniew”
"I have done this only to save your life"
„Zrobiłem to tylko po to, żeby uratować ci życie”
The prince was more confused than before.
Książę był jeszcze bardziej zdezorientowany niż poprzednio.
"I do not understand what you mean"
„Nie rozumiem, co masz na myśli”
"From the time we came out of the subterranean palace"
„Od chwili, gdy wyszliśmy z podziemnego pałacu”

"You have been behaving in a most extraordinary way"
„Zachowywałeś się w najbardziej niezwykły sposób"
"First, you insisted on riding my elephant"
„Najpierw nalegałeś na jazdę na moim słoniu"
"The elephant my father had sent for me"
„Słoń, którego po mnie przysłał mój ojciec"
"I thought it was vain of you to ask"
„Uznałem, że pytanie byłoby z twojej strony próżne"
"But I remembered what you had done for me"
„Ale pamiętałem, co dla mnie zrobiłeś"
"And I decided to let the matter pass"
„I postanowiłem puścić tę sprawę mimo uszu"
"And instead I rode back on horseback"
„I zamiast tego wróciłem konno"
"Secondly, you insisted on destroying the lion-gate"
„Po drugie, nalegałeś na zniszczenie Bramy Lwa"
"The lion-gate my father had adorned for me"
„Brama-lwia, którą mój ojciec dla mnie przyozdobił"
"I thought it was strange of you to ask"
„Pomyślałem, że to dziwne z twojej strony, że pytasz"
"But I remembered what you had done for me"
„Ale pamiętałem, co dla mnie zrobiłeś"
"And I decided to let the matter pass"
„I postanowiłem puścić tę sprawę mimo uszu"
"And I had the lion-gate destroyed"
„I kazałem zniszczyć Bramę Lwa"
"Thirdly, at dinner you behaved most shamefully"
„Po trzecie, podczas kolacji zachowywałeś się wyjątkowo
haniebnie"
"You snatched the rohita's head from my plate"
„Wyrwałeś głowę rohity z mojego talerza"
"And you insisted on eating the fish head"
„A ty upierałeś się przy zjedzeniu głowy ryby"
"I thought you felt too entitled"
„Uważałem, że czujesz się zbyt uprawniony"
"But I remembered what you had done for me"
„Ale pamiętałem, co dla mnie zrobiłeś"

"So I decided to let the matter pass"
„Postanowiłem więc odpuścić sprawę"
"You then pretended that you were going home"
„Następnie udawałeś, że wracasz do domu"
"And I was very glad you were going home"
„I bardzo się cieszę, że wracasz do domu"
"Because you had made yourself very disagreeable"
„Ponieważ stałeś się bardzo nieprzyjemny"
"And now you are actually in my bedroom"
„A teraz jesteś w mojej sypialni"
"You are bending over the naked bosom of my wife"
„Pochylasz się nad nagim biustem mojej żony"
"You must have had some evil plan"
„Musiałeś mieć jakiś zły plan"
"And now you pretend you are saving my life"
„A teraz udajesz, że ratujesz mi życie"
"But I don't believe you want to save my life"
„Ale nie wierzę, że chcesz uratować mi życie"
"I believe you want to destroy my wife's chastity"
„Myślę, że chcesz zniszczyć czystość mojej żony"
The prince's friend knew how things looked.
Przyjaciel księcia wiedział, jak sprawy wyglądają.
"Oh, do not harbor such thoughts in your mind"
„Och, nie pielęgnuj takich myśli w swojej głowie"
"Please do not think badly against me"
„Proszę nie myśleć o mnie źle"
"The gods know what I have done"
„Bogowie wiedzą, co zrobiłem"
"They know I did it to save your life"
„Wiedzą, że zrobiłem to, żeby uratować ci życie"
"You would see the reasonableness of my conduct"
„Zobaczyłbyś rozsądność mojego postępowania"
"But I don't have liberty to state my reasons"
„Ale nie mam swobody, aby podać swoje powody"
The prince asked him to explain himself.
Książę poprosił go o wyjaśnienia.
"And why are you not at liberty?"

„A dlaczego nie jesteś wolny?"
"Who has put a seal upon your mouth?"
„Kto położył pieczęć na twoich ustach?"
And the prince's friend answered.
A przyjaciel księcia odpowiedział.
"Destiny has put a seal upon my mouth"
„Los zamknął mi usta pieczęcią"
"If I told you, I would be transformed into marble"
„Gdybym ci powiedział, zamieniłbym się w marmur"
The prince grew angrier with his friend.
Książę był coraz bardziej zły na swego przyjaciela.
"You should be transformed into a marble statue!"
„Powinieneś zostać zamieniony w marmurową statuę!"
"You must take me to be a simpleton"
„Musisz mnie uważać za prostaka"
"You can't expect me to believe this nonsense"
„Nie możesz oczekiwać, że uwierzę w te bzdury "
The minister's son made one last request.
Syn ministra miał jeszcze jedną prośbę.
"Do you wish me then, friend, for me to tell you?
„Czy chcesz, przyjacielu, abym ci to powiedział?
"You would make your friend turn into stone?"
„Chciałbyś, żeby twój przyjaciel zamienił się w kamień?"
The prince wanted to hear the reason.
Książę chciał poznać powód.
He did not care about the consequences.
Nie przejmował się konsekwencjami.
"Tell me, or else you are a dead man"
„Powiedz mi, bo inaczej będziesz trupem"
The prince's friend wanted to clear his name.
Przyjaciel księcia chciał oczyścić swoje imię.
He wanted no foul accusations brought against him.
Nie chciał, by wysunięto przeciwko niemu jakiekolwiek oskarżenia.
And he deemed it his duty to reveal the secret.
I uznał za swój obowiązek ujawnienie tajemnicy.
Even if this would put his life at risk.

Nawet jeśli naraziłoby to jego życie.

He again warned the prince not to ask him.

Ponownie ostrzegł księcia, aby go o to nie pytał.

But the prince remained inexorable.

Lecz książę pozostał nieubłagany.

The prince's friend then told him his secret.

Przyjaciel księcia wyjawił mu swój sekret.

"While sleeping under a lofty tree one night"

„Pewnej nocy, śpiąc pod wysokim drzewem"

"I overheard a conversation between two birds.

„Podsłuchałem rozmowę dwóch ptaków.

"The prophesizing birds Bihangama and Bihangami"

„Prorocze ptaki Bihangama i Bihangami"

"Bihangama predicted all the dangers in your life"

„Bihangama przewidziała wszystkie niebezpieczeństwa w twoim życiu"

"First the bird predicted your father would send an elephant"

„Najpierw ptak przewidział, że twój ojciec wyśle słonia"

"The bird said you would fall from the elephant"

„Ptak powiedział, że spadniesz ze słonia"

"And the bird said you would die from the fall"

„A ptak powiedział, że umrzesz od upadku"

At this point the minister's son's legs turned to stone.

W tym momencie nogi syna pastora zamieniły się w kamień.

"See? my legs have already turned to stone"

„Widzisz? Moje nogi już zamieniły się w kamień"

"Go on with your story," said the prince.

„Opowiedz dalej swoją historię" – powiedział książę.

And the prince's friend continued the story.

A przyjaciel księcia kontynuował opowieść.

"The bird said the lion-gate would be gaily decorated"

„Ptak powiedział, że brama-lw będzie radośnie udekorowana"

"And the bird said the lion-gate would collapse on you"

„A ptak powiedział, że brama-lw zawali się na ciebie"

"If the lion-gate had fallen on you, you would have died"

„Gdyby brama lwa runęła na ciebie, umarłbyś"
At this point the minister's son's torso turned to stone.
W tym momencie tors syna pastora zamienił się w kamień.
But the prince insisted the minister's son continues.
Książę jednak nalegał, aby syn ministra kontynuował swoją misję.
"Go on with your story," said the prince.
„Opowiedz dalej swoją historię" – powiedział książę.
"The bird said there would be the head of a fish"
„Ptak powiedział, że będzie głowa ryby"
"And the bird predicted you would choke on the fish"
„A ptak przepowiedział, że zadławisz się rybą"
Now his head was the only thing not of stone.
Teraz jego głowa była jedyną rzeczą, która nie była z kamienia.
"See? my whole body has turned to stone"
„Widzisz? Całe moje ciało zamieniło się w kamień"
"If I continue, I will become a man of stone"
„Jeśli będę tak dalej postępował, stanę się człowiekiem z kamienia"
"Do you wish me to tell the rest"
„Czy chcesz, żebym opowiedział resztę?"
"Go on with your story," said the prince.
„Opowiedz dalej swoją historię" – powiedział książę.
"Very well, I will go on to the end"
„Dobrze, przejdę do końca"
"But you may repent after I tell you"
„Ale możesz pożałować, gdy ci powiem"
"And you may wish to restore me to life"
„A może zechcesz przywrócić mnie do życia"
"I will tell you how to reverse the spell"
„Powiem ci, jak odwrócić zaklęcie"
"In a few months the princess will bear a child"
„Za kilka miesięcy księżniczka urodzi dziecko"
"Wait for the birth of the child"
„Czekaj na narodziny dziecka"
"Besmear my statue with the infant's blood"

„Posmaruj moją figurę krwią dziecka"
"Only then will I be restored back to life"
„Dopiero wtedy zostanę przywrócony do życia"
The last word left his lips, and he turned to stone.
Ostatnie słowa wyszły z jego ust, a on zamienił się w kamień.
The princess jumped out of bed.
Księżniczka wyskoczyła z łóżka.
She opened the vessel for betel-leaves and spices.
Otworzyła naczynie z liśćmi betelu i przyprawami.
And she saw the pieces of a serpent.
I zobaczyła kawałki węża.
The prince and the princess were now convinced.
Książę i księżniczka byli teraz przekonani.
They saw the good faith of their departed friend.
Widzieli dobre intencje swojego zmarłego przyjaciela.
They saw the benevolence of his actions.
Dostrzegli dobroć jego czynów.
They went to the marble statue.
Podeszli do marmurowego posągu.
But the statue of their friend was lifeless.
Ale posąg ich przyjaciela był martwy.
They let out a loud cry of lamentation.
Wydali głośny okrzyk lamentu.
But their cries were to no purpose.
Ale ich krzyki były daremne.
Because the statue was not moved by tears.
Ponieważ posąg nie był poruszony łzami.
The prince and princess knew what they had to do.
Książę i księżniczka wiedzieli, co muszą zrobić.
They concealed the marble figure in a safe place.
Ukryli marmurową figurę w bezpiecznym miejscu.
And they waited for the birth of their child.
I czekali na narodziny swojego dziecka.
In process of time the hour came.
Z biegiem czasu nadeszła ta godzina.
The princess's travail had arrived.
Nadszedł czas porodu księżniczki.

The princess bore a beautiful boy.
Księżniczka urodziła pięknego chłopca.
The child was the perfect image of his mother.
Dziecko było idealnym odbiciem swojej matki.
The beauty of their child was striking.
Piękno ich dziecka było uderzające.
And they were in awe of him.
I byli nim zachwyceni.
They would have spared his life.
Oszczędziliby mu życie.
But they remembered their best friend.
Ale pamiętali o swoim najlepszym przyjacielu.
They remembered all he had done for them.
Pamiętali wszystko, co dla nich zrobił.
But now he was a lifeless stone.
Ale teraz był martwym kamieniem.
And they remembered the vows they had made.
I przypomnieli sobie o złożonych ślubach.
And they cut the child into two.
I przecięli dziecko na pół.
They besmeared the statue with the child's blood.
Posmarowali posąg krwią dziecka.
And their friend became animated back to life.
A ich przyjaciel znów ożył.
They were glad to see him alive again.
Ucieszyli się, że znowu widzą go żywego.
But the prince's friend was overwhelmed with grief.
Jednakże przyjaciel księcia był pogrążony w smutku.
Because he saw the new-born in a pool of blood.
Ponieważ zobaczył noworodka w kałuży krwi.
So he picked up the dead infant.
Więc podniósł martwe niemowlę.
He carefully wrapped the child in a towel.
Ostrożnie owinął dziecko ręcznikiem.
And he resolved to get the child restored to life.
I postanowił przywrócić dziecku życie.
He consulted all the physicians of the country.

Zasięgnął rady wszystkich lekarzy w kraju.
They all told him the same thing.
Wszyscy powiedzieli mu to samo.
A cure can be found for any illness.
Na każdą chorobę można znaleźć lekarstwo.
But life requires the spark of life.
Ale życie wymaga iskry życia.
When the spark is gone, it is beyond their jurisdiction.
Gdy iskra zgaśnie, sprawa wyjdzie poza ich jurysdykcję.
And so they had to go on with their lives.
I tak musieli kontynuować swoje życie.

Eventually the prince's friend returned to his wife.
Ostatecznie przyjaciel księcia wrócił do swojej żony.
She was a devoted worshipper of the goddess kali.
Była oddaną czcicielką bogini Kali.
She was the only one who could return life.
Była jedyną osobą, która mogła przywrócić życie.
His wife was living in a distant town.
Jego żona mieszkała w odległym mieście.
So he set out on a journey to the town.
Wyruszył więc w podróż do miasta.
His wife still lived in her father's house.
Jego żona nadal mieszkała w domu swojego ojca.
Adjoining the house there was a garden.
Do domu przylegał ogród.
And in the garden there was a tree.
A w ogrodzie było drzewo.
The child had been stored in that tree.
Dziecko było przechowywane na tym drzewie.
His wife was overjoyed to see her husband.
Jego żona była przeszczęśliwa widząc męża.
She had not seen him for a long time.
Nie widziała go od dłuższego czasu.
But she was surprised when she saw him.
Ale była zaskoczona, gdy go zobaczyła.
Her husband was very melancholy that day.

Tego dnia jej mąż był bardzo melancholijny.
He spoke very little to his wife.
Bardzo mało rozmawiał ze swoją żoną.
And his wife knew that he was not himself.
A jego żona wiedziała, że nie jest sobą.
He was brooding over something in his mind.
Rozmyślał nad czymś.
She asked the reason for his melancholy.
Zapytała o przyczynę jego melancholii.
But he kept quiet, and wouldn't tell her.
Ale on milczał i nie chciał jej powiedzieć.
One night they were lying together in bed.
Pewnej nocy leżeli razem w łóżku.
The wife got up and left the marital bed.
Żona wstała i opuściła łoże małżeńskie.
She opened the door and went into the garden.
Otworzyła drzwi i poszła do ogrodu.
Her husband had not been able to sleep well.
Jej mąż miał problemy ze snem.
Therefore he awoke from the movement of his wife.
Dlatego obudził go ruch żony.
He heard her leave in the dead of the night.
Słyszał, jak odchodziła w środku nocy.
And he was determined to follow her.
I postanowił pójść za nią.
But he was also determined not to be noticed.
Ale był też zdeterminowany, żeby nie rzucać się w oczy.
She went to a temple of the goddess kali.
Poszła do świątyni bogini Kali.
The temple was at no great distance from her house.
Świątynia nie znajdowała się w dużej odległości od jej domu.
She worshipped the goddess with flowers.
Oddawała cześć bogini za pomocą kwiatów.
And she worshiped the goddess with sandal-wood perfume.
I oddawała cześć bogini, używając perfum o zapachu drzewa sandałowego.
"Oh mother kali! have mercy upon me"

„O matko Kali! Zmiłuj się nade mną"
"Deliver me out of all my troubles"
„Wyzwól mnie ze wszystkich moich kłopotów"
The goddess replied to the woman.
Bogini odpowiedziała kobiecie.
"Why, what further grievance have you?
„Cóż jeszcze masz do zarzucenia?
"You long prayed for the return of your husband"
„Długo modliłaś się o powrót męża"
"And your prayers have been answered"
„A twoje modlitwy zostały wysłuchane"
"Your husband has returned to you"
„Twój mąż wrócił do ciebie"
"So then, what ails thee now?"
„No więc, co ci teraz dolega?"
The woman answered the goddess.
Kobieta odpowiedziała bogini.
"True, oh mother, my husband has come to me"
„Prawda, matko, mój mąż przyszedł do mnie"
"But he has come to me in a melancholy mood"
„Ale przyszedł do mnie w melancholijnym nastroju"
"He hardly speaks to me when I speak to him"
„On prawie do mnie nie mówi, kiedy do niego mówię"
"He takes no delight in me when he is with me"
„Nie cieszy się mną, gdy jest ze mną"
"All he does is sit melancholy in a corner"
„On tylko siedzi melancholijnie w kącie"
The goddess replied to her devotee.
Bogini odpowiedziała swemu wyznawcy.
"Ask your husband why he feels melancholy"
„Zapytaj męża, dlaczego czuje się melancholijnie"
"When he tells you, let me know the reason"
„Kiedy ci powie, daj mi znać, jaki jest powód"
The minister's son overheard the conversation.
Syn ministra podsłuchał rozmowę.
But he stayed unnoticed by the goddess.
Jednak bogini go nie zauważyła.

And his wife did not notice him either.

A jego żona również go nie zauważyła.

He quietly slunk away before his wife.

Po cichu oddalił się przed żoną.

And he returned back to bed before her.

I wrócił do łóżka przed nią.

The following day the wife asked her husband.

Następnego dnia żona zapytała męża.

"My dear husband, why are you in a melancholy mood?"

„Mój drogi mężu, dlaczego jesteś w melancholijnym nastroju?"

Her husband retold the whole story.

Jej mąż opowiedział całą historię.

He told her about the jewel serpent.

Opowiedział jej o wężu-klejnotie.

He told her about the subterranean palace.

Opowiedział jej o podziemnym pałacu.

He told her about the princess being captured.

Opowiedział jej o pojmaniu księżniczki.

He told her how he freed the princess.

Opowiedział jej, jak uwolnił księżniczkę.

And he told her about Bihangama and Bihangami.

I opowiedział jej o Bihangami i Bihangami.

He told her how he had turned to stone.

Opowiedział jej, jak zamienił się w kamień.

And he told her how he was returned back to life.

I opowiedział jej, jak powrócił do życia.

So he told her also about the killing of the child.

Opowiedział jej także o zabiciu dziecka.

That night his wife left the bed again.

Tej nocy jego żona znów opuściła łóżko.

And she returned to the goddess kali's temple.

I wróciła do świątyni bogini Kali.

And she told the goddess of her husband's melancholy.

I opowiedziała bogini o smutku swego męża.

The goddess listened intently to what was said.

Bogini uważnie słuchała tego, co zostało powiedziane.

"Bring the child here and I will restore it to life"
„Przyprowadź tu dziecko, a ja przywrócę je do życia"
The next night she left the marital bed again.
Następnej nocy ponownie opuściła łoże małżeńskie.
She went to the tree in the garden.
Poszła do drzewa w ogrodzie.
And she took the child from the tree.
I zdjęła dziecko z drzewa.
And she took the child to the goddess kali.
I zabrała dziecko do bogini Kali.
And the goddess kali returned the child back to life.
A bogini Kali przywróciła dziecko do życia.
The prince's friend was entranced with joy.
Przyjaciel księcia był zachwycony i pełen radości.
He picked up the reanimated child.
Podniósł reanimowane dziecko.
And he ran as fast as he could to his friend.
I pobiegł tak szybko, jak mógł, do swego przyjaciela.
And he gave him his child, alive and well.
I oddał mu swoje dziecko żywe i zdrowe.
They all rejoiced with exceedingly great joy.
Wszyscy radowali się niezmiernie.
And they lived together happily till the day of their death.
I żyli razem szczęśliwie aż do dnia swojej śmierci.

The Indignant Brahman
Oburzony bramin

There was once a poor Brahman.
Był sobie biedny bramin.
This poor Brahman had a wife.
Ten biedny bramin miał żonę.
And he also had four children.
Miał też czwórkę dzieci.
He was a very poor man.
Był bardzo biednym człowiekiem.
And he had no resources in the world.
A nie miał żadnych zasobów na świecie.
He lived from the charity of others.
Żył z jałmużny innych.
During marriages he earned well.
W czasie małżeństw dobrze zarabiał.
And he earned well during funerals.
A na pogrzebach dobrze zarabiał.
But his parishioners did not marry daily.
Jednak jego parafianie nie zawierali małżeństw codziennie.
And they did not die every day either.
I nie umierali codziennie.
It was difficult to make the two ends meet.
Trudno było związać koniec z końcem.
His wife often rebuked him.
Jego żona często go strofowała.
"Why can you not support me?"
„Dlaczego nie możesz mnie wesprzeć?"
"Our children run around naked"
„Nasze dzieci biegają nago"
"And they suffer from hunger"
„I cierpią głód"
Though poor, he was a good man.
Choć biedny, był dobrym człowiekiem.
And he was diligent in his devotions.
I był pilny w swoich praktykach religijnych.

Every day he said his prayers.
Codziennie odmawiał modlitwę.
He prayed at the same time each day.
Modlił się każdego dnia o tej samej porze.
His tutelary deity was the Goddess Durga.
Jego bóstwem opiekuńczym była bogini Durga.
She is the consort of Shiva.
Jest małżonką Śiwy.
She is the creative energy of the universe.
Ona jest twórczą energią wszechświata.
Every day he wrote the name of Durga.
Codziennie pisał imię Durgi.
He wrote the name in red ink.
Napisał imię czerwonym atramentem.
At least one hundred and eight times.
Co najmniej sto osiem razy.
He did not drink or eat till he did this.
Dopóki tego nie uczynił, nie pił i nie jadł.
throughout the day he uttered prayers.
Przez cały dzień odmawiał modlitwy.
"O Durga! have mercy upon me"
„O Durgo! Zmiłuj się nade mną"
He prayed whenever he felt anxious.
Modlił się za każdym razem, gdy odczuwał niepokój.
And he often felt anxious.
Często odczuwał niepokój.
Because he lived in poverty.
Ponieważ żył w ubóstwie.
He prayed when his worries were too much.
Modlił się, gdy miał zbyt wiele zmartwień.
And there were many things he worried about.
A martwiło go wiele rzeczy.
He worried about his wife and children.
Martwił się o żonę i dzieci.
And he worried about supporting them.
I martwił się, jak ich utrzymać.

One day he was very sad.
Pewnego dnia był bardzo smutny.
On this day he went to a forest.
Tego dnia poszedł do lasu.
The forest was far outside the village.
Las znajdował się daleko za wioską.
He let out all his grief.
Dał upust całemu swojemu smutkowi.
And he wept bitter tears.
I płakał gorzkimi łzami.
"O Durga! O Mother Bhagavati!"
„O Durgo! O Matko Bhagawati!"
"Please put an end to my misery?"
„Proszę, połóż kres mojemu cierpieniu?"
"I wish I were alone in the world"
„Chciałbym być sam na świecie"
"Then my poverty wouldn't worry me"
„Wtedy moja bieda by mnie nie martwiła"
"But thou hast given me a wife"
„Ale dałeś mi żonę"
"And my wife has given me children"
„A moja żona dała mi dzieci"
"O Mother, I beg of you"
„O Matko, błagam Cię"
"Give me the means to support them"
„Daj mi środki, abym mógł ich wspierać"
Shiva and his wife Durga happened to be there.
Tak się złożyło, że byli tam również Śiwa i jego żona Durga.
They were taking their morning walk.
Wybrali się na poranny spacer.
The Goddess Durga saw the Brahman at a distance.
Bogini Durga ujrzała Brahmana z daleka.
"O Lord of Kailas, do you see that Brahman?"
„O Panie Kailas, czy widzisz tego bramina?"
"He is always taking my name on his lips"
„On zawsze bierze moje imię na usta"
"He prays I deliver him from his troubles"

„Modli się, abym uwolnił go od jego kłopotów"
"Can we not do something for the poor Brahman?"
„Czy nie możemy zrobić czegoś dla biednego bramina?"
"He is oppressed with many cares"
„Dręczą go liczne troski"
"And he deeply cares for his growing family"
„I bardzo troszczy się o swoją powiększającą się rodzinę"
"We should make his life more comfortable"
„Powinniśmy uczynić jego życie wygodniejszym"
"Because the poor man never has enough to eat"
„Bo biedny człowiek nigdy nie ma dość jedzenia"
"And his family doesn't have enough to eat either"
„A jego rodzina też nie ma co jeść"
"Let us give him a pot"
„Dajmy mu garnek"
"A pot with an infinite supply of murukku"
„Garnek z nieskończonym zapasem murukku"
The divine consort was right.
Boska małżonka miała rację.
The Lord of Kailas agreed to the proposal.
Władca Kailasu przystał na tę propozycję.
On the spot he created a magical pot.
Na miejscu stworzył magiczny garnek.
Durga went to the poor Brahman.
Durga udała się do biednego bramina.
"O Brahman! My loyal devotee"
„O Brahmanie! Mój wierny oddany wyznawco"
"I have often thought of your pitiable case"
„Często myślałem o twoim żałosnym przypadku"
"Your repeated prayers have moved my compassion"
„Twoje wielokrotne modlitwy poruszyły moje współczucie"
"Here is a pot for you"
„Oto garnek dla ciebie"
"You must turn the pot upside down"
„Musisz odwrócić garnek do góry dnem"
"And then you must shake the pot"
„A potem musisz potrząsnąć garnkiem"

"The finest murukku will pour out"
„Wyleje się najwspanialszy murukku"
"The murukku will keep pouring out forever"
„Murukku będzie się wylewać bez końca"
"Until you put the pot upright again"
„Dopóki nie postawisz garnka z powrotem do góry nogami"
"You can eat as much murukku as you like"
„Możesz zjeść tyle murukku, ile chcesz"
"Your wife and children will hunger no more"
„Twoja żona i dzieci nie będą już głodować"
"And you can sell the murukku if you like"
„A jeśli chcesz, możesz sprzedać murukku"
The Brahman was delighted beyond measure.
Bramin był zachwycony ponad miarę.
He had received a truly valuable treasure.
Otrzymał naprawdę cenny skarb.
He made his deepest obeisance to the goddess.
Złożył bogini najgłębszy pokłon.
And he expressed his eternal gratefulness.
I wyraził swoją dozgonną wdzięczność.

The Brahman had started walking home.
Bramin ruszył w drogę powrotną do domu.
But first he had to test his magical pot.
Najpierw jednak musiał przetestować swój magiczny garnek.
He wanted to see if the pot really worked.
Chciał sprawdzić, czy garnek naprawdę działa.
He turned the pot upside down.
Odwrócił garnek do góry dnem.
And he shook the pot, as instructed.
I potrząsnął garnkiem, tak jak mu kazano.
Lo and behold! The pot really did work.
I proszę! Garnek naprawdę zadziałał.
The finest murukku fell to the ground.
Najwspanialsze murukku upadły na ziemię.
He tied the sweetmeat in his sheet.
Przywiązał słodycze do prześcieradła.

And he walked on, towards his village.
I poszedł dalej, w kierunku swojej wioski.
By noon the Brahman had gotten hungry.
Około południa bramin zgłodniał.
But he could not eat without his ablutions.
Jednakże nie mógł jeść bez ablucji.
First, he had to say his prayers.
Najpierw musiał się pomodlić.
There was an inn on his way.
Na jego drodze znajdowała się gospoda.
Close to the inn there was a water tank.
Obok zajazdu znajdował się zbiornik na wodę.
So, he intended to halt there.
Zamierzał więc tam się zatrzymać.
In order to bathe and say his prayers.
Aby się wykąpać i odmówić modlitwę.
After this he could eat all the murukku.
Potem mógł zjeść wszystkie murukku.
The Brahman sat at the innkeeper's shop.
Bramin siedział w sklepie karczmarza.
The shopkeeper was smoking tobacco.
Właściciel sklepu palił tytoń.
He put the pot near the shopkeeper.
Postawił garnek w pobliżu kupca.
And he asked him to look after the pot.
I poprosił go, żeby zajął się garnkiem.
"Please take special care of this pot"
„Proszę szczególnie dbać o ten garnek"
"I must bathe and say my prayers"
„Muszę się wykąpać i odmówić modlitwę"
"Please look after this pot for me"
„Proszę, zaopiekuj się tym garnkiem"
"Make sure nothing happens to this pot"
„Upewnij się, że nic się nie stanie z tym garnkiem"
He thought it was a strange request.
Uważał, że to dziwna prośba.
But he agreed to look after the pot.

Zgodził się jednak zająć się garnkiem.
And the Brahman gave him the pot.
I bramin dał mu garnek.
He besmeared his body with mustard oil.
Nasmarował swoje ciało olejem musztardowym.
And he went to do his ablutions.
I poszedł dokonać ablucji.
The innkeeper grew curious about the pot.
Karczmarz zainteresował się garnkiem.
"This pot must have something valuable in it"
„W tym garnku musi być coś cennego"
"Why else would he be so careful?"
„Z jakiego innego powodu byłby tak ostrożny?"
His curiosity had been excited.
Jego ciekawość została pobudzona.
So, he opened the pot.
Więc otworzył garnek.
To his surprise the pot was empty.
Ku jego zdziwieniu garnek był pusty.
"What can be the meaning of this?"
„Co to może znaczyć?"
"Why does he care so much for an empty pot?"
„Dlaczego tak bardzo zależy mu na pustym garnku?"
He began to examine the pot more carefully.
Zaczął uważniej oglądać garnek.
During his inspection he turned the pot upside down.
Podczas inspekcji obrócił garnek do góry dnem.
And then the finest murukku fell out from the pot.
A potem z garnka wypadło najwspanialsze murukku.
And the murukku didn't stop falling out.
A murukku nie przestawały wypadać.
The innkeeper called his wife and children.
Karczmarz zawołał żonę i dzieci.
He wanted them to witness what had happened.
Chciał, żeby byli świadkami tego, co się wydarzyło.
An unexpected stroke of good fortune!
Niespodziewany uśmiech losu!

The pot gave copious showers of sugared paddy.
Z garnka wyleciały obfite krople słodkiego ryżu.
He filled all his pots and jars.
Napełnił wszystkie swoje garnki i dzbany.
He knew he had to have this pot.
Wiedział, że musi mieć ten garnek.
So, he replaced the pot with another one.
Więc wymienił garnek na inny.
He had a pot of the same size and color.
Miał garnek tej samej wielkości i koloru.

The Brahman had finished his ablutions.
Bramin zakończył ablucje.
He had performed all of his devotions.
Odprawił wszystkie swoje nabożeństwa.
He came back to the shop in wet clothes.
Wrócił do sklepu w mokrych ubraniach.
He was still reciting holy texts of the Vedas.
Nadal recytował święte teksty Wed.
He put back on his dry clothes.
Założył z powrotem suche ubrania.
In red ink he wrote the name of Durga.
Czerwonym atramentem napisał imię Durgi.
He wrote her name one hundred and eight times.
Napisał jej imię sto osiem razy.
After doing this he broke his fast.
Po tym uczynił i przerwał post.
And he ate the murukku he had in his sheet.
I zjadł murukku, które miał na prześcieradle.
He was refreshed from the meal.
Poczuł przypływ energii po posiłku.
Now he could resume his journey home.
Teraz mógł kontynuować podróż do domu.
So he called to the innkeeper.
Zadzwonił więc do gospodarza.
"Please could I get my pot back"
„Proszę, czy mógłbym odzyskać swój garnek?"

The innkeeper gave him back his pot.

Karczmarz oddał mu garnek.

"There, sir, here is your pot"

„Proszę pana, oto pański garnek"

"The pot is exactly where you had put it"

„Garnek jest dokładnie tam, gdzie go położyłeś"

"Your pot is just as you left it"

„Twój garnek jest dokładnie taki, jaki go zostawiłeś"

"I made sure no one has touched your pot"

„Upewniłem się, że nikt nie dotknął twojego garnka"

The Brahman didn't suspect a thing.

Bramin niczego nie podejrzewał.

He picked up the pot.

Podniósł garnek.

And he proceeded on his journey home.

I ruszył w dalszą podróż do domu.

On his journey he had to think.

Podczas podróży musiał myśleć.

He congratulated his good fortune.

Pogratulował mu szczęścia.

"My wife will be most pleasantly surprised!"

„Moja żona będzie bardzo mile zaskoczona!"

"The children will devour the murukku!"

„Dzieci pożrą murukku!"

"I shall soon become rich"

„Wkrótce stanę się bogaty"

"I will be able to lift my head up high"

„Będę mógł podnieść głowę wysoko"

The pains of travelling had been reduced.

Ból związany z podróżowaniem uległ zmniejszeniu.

Now his problems were much more pleasant.

Teraz jego problemy stały się o wiele przyjemniejsze.

Only anticipation made the journey difficult.

Tylko oczekiwanie utrudniało podróż.

He finally reached his home again.

W końcu dotarł ponownie do domu.

He called to his wife and children.
Zadzwonił do żony i dzieci.
"Look at what I have brought"
„Spójrz, co przyniosłem"
"This pot is an unfailing source of wealth".
„Ten garnek jest niezawodnym źródłem bogactwa".
"We will never have to struggle again"
„Nigdy więcej nie będziemy musieli się zmagać"
"I will turn the pot upside down"
„Odwrócę garnek do góry dnem"
"And then you will see something.
„I wtedy coś zobaczysz.
"Something you've never seen before"
„Coś, czego nigdy wcześniej nie widziałeś"
"A stream of the finest murukku will flow"
„Popłynie strumień najwspanialszego murukku"
You can imagine what his wife was thinking.
Można sobie wyobrazić, co myślała jego żona.
"My husband has gone mad," she thought.
„Mój mąż oszalał" – pomyślała.
She was soon confirmed in her opinion.
Wkrótce utwierdziła się w swoim przekonaniu.
Nothing fell from the pot, as promised.
Nic nie wypadło z garnka, tak jak obiecano.
He turned the pot upside down again and again.
Odwracał garnek do góry dnem raz po raz.
The Brahman was overwhelmed with grief.
Brahman był pogrążony w smutku.
He realized that he had been tricked.
Zdał sobie sprawę, że został oszukany.
The innkeeper must have swapped the pot.
Karczmarz musiał podmienić garnek.
He must have stolen Durga's pot.
Musiał ukraść garnek Durgi.
And he must have replaced the pot with a normal one.
A musiał wymienić garnek na normalny.
He went back to the innkeeper the next day.

Następnego dnia wrócił do gospodarza.
And he accused him of having changed his pot.
I oskarżył go o to, że zmienił garnek.
At first the innkeeper acted surprised.
Na początku gospodarz był zaskoczony.
Then he pretended to be angry at the accusation.
Następnie udał, że oskarżenie go zdenerwowało.
Finally, he chased him out of his shop.
Na koniec wyrzucił go ze sklepu.

He had no way of getting the pot back.
Nie miał możliwości odzyskania puli.
The Brahman knew what he had to do.
Bramin wiedział, co musi zrobić.
He went to see the goddess Durga again.
Poszedł ponownie zobaczyć boginię Durgę.
Siva and Durga honored him with their presence.
Siva i Durga zaszczycili go swoją obecnością.
Durga spoke to the poor Brahman.
Durga przemówiła do biednego bramina.
"So, you have lost the pot I gave you"
„Straciłeś więc garnek, który ci dałem"
"I take pity on your situation"
„Żal mi twojej sytuacji"
"Here is another magical pot"
„Oto kolejny magiczny garnek"
"Take this pot, and make good use of it"
„Weź ten garnek i zrób z niego dobry użytek"
The Brahman was elated with joy.
Bramin był przepełniony radością.
He made obeisance to the divine couple.
Oddał hołd boskiej parze.
And he took the pot with him.
I zabrał garnek ze sobą.
Again he had to see if the pot worked.
Znów musiał sprawdzić, czy garnek działa.
He turned the pot upside down.

Odwrócił garnek do góry dnem.
And he shook the pot as before.
I potrząsnął garnkiem, jak poprzednio.
And he waited for the murukku to fall out.
I czekał, aż murukku wypadnie.
But no, horror of horrors!
Ależ nie, o zgrozo!
Murukku did not fall from the pot.
Murukku nie wypadło z garnka.
Instead of murukku, demons jumped out.
Zamiast murukku wyskoczyły demony.
They began to beat the astonished Brahman.
Zaczęli bić zdziwionego bramina.
The Brahman received punches and kicks.
Brahman był bity pięściami i kopany.
But he kept his presence of mind.
Jednak zachował przytomność umysłu.
He turned the pot the right way up.
Odwrócił garnek do właściwej pozycji.
And he covered the pot up again.
I znowu przykrył garnek.
Fortunately his quick thinking worked.
Na szczęście jego szybkie myślenie zadziałało.
The demons disappeared as soon as he did this.
Demony zniknęły natychmiast, gdy to zrobił.
The Brahman tried to understand what this meant.
Bramin próbował zrozumieć, co to znaczy.
It must be to punish the innkeeper!
To musi być kara dla karczmarza!
So he went to the innkeeper again.
Poszedł więc znów do gospodarza.
He gave him the new pot.
Dał mu nowy garnek.
He begged of him to look after the pot.
Błagał go, żeby zajął się garnkiem.
Just like he had done before.
Tak jak robił to poprzednio.

He went for his ablutions and prayers.

Poszedł dokonać ablucji i pomodlić się.

The innkeeper was delighted.

Karczmarz był zachwycony.

He had been given a second godsend.

Otrzymał drugi dar niebios.

He agreed to take the greatest care of the pot.

Zgodził się zadbać o garnek z największą starannością.

He waited for the Brahman to go.

Zaczekał, aż bramin odejdzie.

And he called his wife and children.

I zawołał swoją żonę i dzieci.

"This is another pot from the Brahman"

„To kolejny garnek od Brahmana"

"This time I hope it is not murukku"

„Mam nadzieję, że tym razem to nie murukku"

"I hope this pot is full of sandesa"

„Mam nadzieję, że ten garnek jest pełen sandesy"

"Come, be ready with the baskets"

„Chodźcie, przygotujcie koszyki"

"I will turn the pot upside down"

„Odwrócę garnek do góry dnem"

"And then I will shake the pot"

„A potem potrząsnę garnkiem"

And he did what he said he would do.

I zrobił to, co powiedział.

But the room did not fill with food.

Ale pokój nie wypełnił się jedzeniem.

This time the room filled with demons.

Tym razem pokój wypełnił się demonami.

The demons caught hold of the innkeeper.

Demony opętały karczmarza.

And the demons also caught his family.

A demony dopadły także jego rodzinę.

And the demons beat them mercilessly.

A demony biły ich bezlitośnie.

They would have completely destroyed the shop.

Zniszczyliby sklep doszczętnie.
But the victims ran to the Brahman.
Jednak ofiary pobiegły do bramina.
The Brahman had returned from his ablutions.
Bramin powrócił z ablucji.
The Brahman showed mercy to them.
Bramin okazał im miłosierdzie.
And he accepted their request.
I przystał na ich prośbę.
But there was one condition to his help.
Ale jego pomoc musiała spełniać jeden warunek.
"I will only help if I get my pot back"
„Pomogę tylko, jeśli odzyskam swój garnek"
The innkeeper didn't have much choice.
Karczmarz nie miał wielkiego wyboru.
He had to accept the Brahman's conditions.
Musiał zaakceptować warunki bramina.
The Brahman put the pot upright again.
Bramin ponownie postawił garnek w pozycji pionowej.
And he put the lid on the pot.
I przykrył garnek pokrywką.
He took his pot back from the innkeeper.
Odebrał garnek od gospodarza.
And he returned back to his village.
I wrócił do swojej wioski.
Now the Brahman had two magical pots.
Brahman miał dwa magiczne garnki.
The Brahman shut the door of his house.
Bramin zamknął drzwi swego domu.
And he called his family again.
I znów zadzwonił do rodziny.
He turned the murukku-pot upside down.
Odwrócił garnek murukku do góry nogami.
And he shook the murukku-pot as before.
I potrząsnął garnkiem murukku, jak poprzednio.
This time the magic pot worked.
Tym razem magiczny garnek zadziałał.

An endless stream of the finest murukku.
Niekończący się strumień najwspanialszych murukku.
The family devoured the sweetmeat.
Rodzina zajadała się słodyczami.
They ate to their hearts' content.
Najedli się do syta.
All the pots and pans were filled.
Wszystkie garnki i patelnie były pełne.

The next day the Brahman became confectioner.
Następnego dnia bramin został cukiernikiem.
He opened a shop in his house.
Otworzył sklep w swoim domu.
And he sold the best murukku.
I sprzedał najlepsze murukku.
The whole village came to the Brahman's house.
Cała wieś przybyła do domu bramina.
They all wanted to buy the wonderful murukku.
Wszyscy chcieli kupić cudowne murukku.
They had never seen such murukku in their life.
Nigdy w życiu nie widzieli takiego murukku.
It was the most delicious murukku they ever had.
To było najpyszniejsze murukku, jakie kiedykolwiek jedli.
No one had ever made anything like this dessert.
Nikt nigdy nie przygotował czegoś podobnego do tego
deseru.
The reputation of the Brahman's murukku spread.
Sława o murukku bramina rozprzestrzeniła się.
Soon people from outside the city came.
Wkrótce zaczęli przybywać ludzie spoza miasta.
Cartloads of the sweetmeat were sold every day.
Codziennie sprzedawano całe wozy tego słodkiego mięsa.
The Brahman quickly became very rich.
Bramin szybko stał się bardzo bogaty.
He built a large brick house.
Zbudował duży, ceglany dom.
And he lived like a nobleman of the land.

I żył jak szlachetny człowiek.
Once, however, his luck almost changed.
Pewnego razu jednak jego szczęście niemal się odmieniło.
His children had taken the wrong pot.
Jego dzieci sięgnęły po niewłaściwą pulę.
A large number of demons came out.
Wyszła wielka liczba demonów.
And they caught hold of the Brahman's wife.
I pochwycili żonę bramina.
And they also caught his children.
Złapali także jego dzieci.
They were striking them mercilessly.
Uderzali ich bezlitośnie.
Fortunately the Brahman came back into the house.
Na szczęście bramin wrócił do domu.
He turned the pot back to its proper position.
Odwrócił garnek z powrotem na właściwą pozycję.
He wanted to prevent a similar catastrophe.
Chciał zapobiec podobnej katastrofie.
So the Brahman had a private room built.
Dlatego bramin kazał zbudować sobie prywatny pokój.
And he put the pot in a secret place.
I odstawił garnek w ukryte miejsce.
Mortals, however, do not have the luck of Gods.
Śmiertelnicy jednak nie mają takiego szczęścia jak bogowie.
Uninterrupted prosperity is not their fortune.
Nieprzerwany dobrobyt nie jest ich fortuną.
The demon-pot had been put out of the way.
Garnek z demonem został odłożony na bok.
But why might accident not befall the murukku pot?
Ale dlaczego garnkowi murukku nie mógłby przytrafić się
żaden wypadek?
One day the Brahman and his wife were absent.
Pewnego dnia bramin i jego żona byli nieobecni.
The children decided to shake the pot.
Dzieci postanowiły potrząsnąć garnkiem.
Each of them wanted to do the honors.

Każdy z nich chciał czynić honory.
So there was a fight to get the pot.
Więc była walka o zdobycie puli.
In the struggle the pot fell to the ground.
W wyniku walki garnek upadł na ziemię.
Like any other earthen pot, it broke.
Jak każdy gliniany garnek, również i ten się rozbił.
Eventually the Braham came back home again.
Ostatecznie Braham powrócił do domu.
You can imagine how the news grieved him.
Można sobie wyobrazić, jak bardzo zasmuciła go ta wiadomość.
Of course the children were well cudgeled.
Oczywiście, że dzieci zostały solidnie pobite.
But anger could not replace the pot.
Ale gniew nie mógł zastąpić garnka.
After some days he went to the forest again.
Po kilku dniach poszedł znowu do lasu.
He offered many a prayer for Durga's favor.
Wielokrotnie modlił się o łaskę Durgi.
At last Siva and Durga appeared to him.
Na koniec ukazali mu się Siva i Durga.
They listened to how the pot had been broken.
Słuchali jak rozbito garnek.
Durga decided to give him another pot.
Durga postanowiła dać mu jeszcze jeden garnek.
But this pot was accompanied with a caution.
Ale do tego garnka dołączone było ostrzeżenie.
"Brahman, take care of this pot"
„Brahmanie, zajmij się tym garnkiem"
"Do not break or lose this pot again"
„Nie rozbij i nie zgub więcej tego garnka"
"Next time I will not give you another pot"
„Następnym razem nie dam ci już garnka"
The Brahman made obeisance to the Gods.
Brahman oddał pokłon bogom.
And he went straight back to his house.

I wrócił prosto do domu.
This time he did not halt at the innkeeper's.
Tym razem nie zatrzymał się u karczmarza.
He shut the door of his house.
Zamknął drzwi swojego domu.
He called his family to him.
Zaprosił do siebie swoją rodzinę.
And he turned the pot upside down.
I wywrócił garnek do góry dnem.
And then he began to shake the pot.
I zaczął potrząsać garnkiem.
They were only expecting murukku.
Spodziewali się tylko murukku.
But this time it was not murukku.
Tym razem jednak nie było to murukku.
A stream of beautiful sandesa poured out.
Wypłynął strumień pięknego sandesa.
It was the finest sandesa you can imagine.
To były najwspanialsze sandesy, jakie można sobie wyobrazić.
It truly was the food of Gods.
To naprawdę było pożywienie bogów.
The Brahman set up another shop.
Bramin założył kolejny sklep.
Now he was selling sandesa.
Teraz sprzedawał sandesę.
The fame of his shop soon drew large crowds.
Sława jego sklepu wkrótce zaczęła przyciągać tłumy.
People came from all over the country.
Ludzie przyjechali z całego kraju.
At all festivals and marriage feasts.
Na wszystkich świętach i ucztach weselnych.
And at all funeral celebrations in the area.
I na wszystkich uroczystościach pogrzebowych w okolicy.
No one bought any other sandesa.
Nikt nie kupił żadnych innych sandesów.
All day long the pot produced sandesa.
Przez cały dzień w garnku produkowano sandesę.

Gigantic jars were filled with sweet.
Gigantyczne słoiki wypełnione były słodyczami.
And the jars were sent all over the country.
A słoiki rozsyłano po całym kraju.

The Brahman's wealth made the Zemindar jealous.
Bogactwo bramina wzbudziło zazdrość Zemindara.
In these days all villages had a Zemindar.
W tamtych czasach każda wioska miała swojego Zemindara.
He had heard strange things about the sandesa.
Słyszał dziwne rzeczy o sandesach.
He heard the dessert came from a magic pot.
Słyszał, że deser pochodzi z magicznego garnka.
So he devised a plan to get this pot.
Wymyślił więc plan zdobycia tego garnka.
His son was going to get married.
Jego syn miał się żenić.
To celebrate there was a great feast.
Aby to uczcić, wydano wielką ucztę.
Many hundreds of people were invited.
Zaproszono setki osób.
Mountain-loads of sandesa were required.
Potrzebne były góry sandesy.
The Zemindar made a proposal to the Brahman.
Zemindar złożył propozycję braminowi.
"Bring the magical pot to my house"
„Przynieś magiczny garnek do mojego domu"
At first the Brahman refused to bring the pot.
Początkowo bramin odmówił przyniesienia garnka.
But the Zemindar insisted.
Jednak Zemindar nalegał.
"I will have hundreds of guests"
„Będę miał setki gości"
"I will need mountains of sandesa"
„Będę potrzebować gór sandesy"
"More sandesa than you can carry"
„Więcej sandesa niż możesz unieść"

"Bring the vessel to my house"
„Przynieś statek do mojego domu"
"It will be easier for you and me"
„Będzie łatwiej dla ciebie i dla mnie"
Eventually the Brahman agreed.
Ostatecznie bramin wyraził zgodę.
Himalayas of sandesa were shaken out.
Himalaje Sandesy zostały wytrząśnięte.
But the Zemindar got hold of the pot.
Ale Zemindarowie przejęli garnek.
The Zemindar insulted the Brahman.
Zemindar obraził bramina.
And he chased him out of his house.
I wyrzucił go z domu.
The Brahman didn't give vent to anger.
Bramin nie dał upustu gniewowi.
Instead, he quietly went back to his house.
Zamiast tego, po cichu wrócił do domu.
He went to the private room.
Poszedł do prywatnego pokoju.
And he took out the demon-pot.
I wyjął garnek z demonem.
He came back to the Zemindar's house.
Wrócił do domu Zemindara.
And he went to the door of the Zemindar.
I poszedł do drzwi Zemindaru.
He turned the pot upside down.
Odwrócił garnek do góry dnem.
And then shook the magical pot.
A potem potrząsnął magicznym garnkiem.
A hundred demons fell out of the pot.
Sto demonów wypadło z garnka.
The chaos was impossible to describe.
Tego chaosu nie sposób opisać.
The unearthly visitors flooded the party.
Nieziemscy goście zalali imprezę.
They caught hundreds of the guests.

Złapali setki gości.
And the demons beat them mercilessly.
A demony biły ich bezlitośnie.
The women were dragged by their hair.
Kobiety były ciągnięte za włosy.
The Zemindar was chased from room to room.
Zemindar był przeganiany z pokoju do pokoju.
The demons' mischief was getting out of hand.
Szczęście demonów wymykało się spod kontroli.
Someone had to put an end to their mischief.
Ktoś musiał położyć kres ich psotom.
Else all the men would have been killed.
W przeciwnym wypadku wszyscy mężczyźni zostaliby zabici.
And the house would have been torn to the ground.
A dom zostałby zrównany z ziemią.
The Zemindar fell at the feet of the Brahman.
Zemindar padł do stóp bramina.
And he begged to be shown mercy.
I błagał o okazanie mu miłosierdzia.
The Brahman showed him great mercy.
Brahman okazał mu wielkie miłosierdzie.
And he put the demons back in the pot.
I włożył demony z powrotem do garnka.
The Zemindar never disturbed the Brahman again.
Zemindar nigdy więcej nie niepokoił bramina.
Nor was he disturbed by anyone else.
Nikt inny go nie niepokoił.
And he lived for many happy years.
I żył wiele szczęśliwych lat.

The Story of the Rakshasas
Historia Rakshasów

There was once a poor dimwitted Brahman.
Był sobie biedny, tępy bramin.
This dimwitted man had a wife, but no children.
Ten nierozgarnięty człowiek miał żonę, ale nie miał dzieci.
But him not having children was probably for the best.
Ale prawdopodobnie najlepszym rozwiązaniem było dla niego to, że nie miał dzieci.
Because he was barely able to meet his own needs.
Ponieważ ledwo był w stanie zaspokoić własne potrzeby.
And he could hardly supply enough for his wife.
I ledwo wystarczało mu na utrzymanie żony.
But his dimwittedness was not even his biggest problem.
Ale jego głupota nie była jego największym problemem.
This dimwitted man was also a rather lazy man!
Ten tępy człowiek był również dość leniwy!
He was averse to making any long journeys.
Nie przepadał za dalekimi podróżami.
Had he travelled further he might have had enough.
Gdyby podróżował dalej, mógłby mieć już dość.
He could have got presents from rich men.
Mógł dostać prezenty od bogatych ludzi.
This would have enabled them to live comfortably.
Dzięki temu mogliby żyć wygodnie.
There was a great king in a neighbouring country.
W sąsiednim kraju panował potężny król.
The mother of the great king had just died.
Matka wielkiego króla właśnie umarła.
So this king was celebrating the funeral obsequies.
Więc ten król odprawiał uroczystości pogrzebowe.
And the funeral was celebrated with great pomp.
A pogrzeb odbył się z wielką pompą.
Brahmans and beggars were coming from faraway lands.
Z odległych krajów przybywali bramini i żebracy.
They all came expecting to receive rich presents.

Wszyscy spodziewali się bogatych prezentów.
The Brahman's wife requested him to also go.
Żona bramina poprosiła go, aby także poszedł.
"Seize this opportunity and get us a little money"
„Skorzystaj z okazji i zarób nam trochę pieniędzy"
But his constitutional indolence stood in the way.
Jednak jego konstytucyjna lenistwo stanęło mu na
przeszkodzie.
The woman, however, gave her husband no rest.
Kobieta jednak nie dawała mężowi spokoju.
Finally she extorted from him the promise.
W końcu wymusiła na nim tę obietnicę.
He promised his wife that he would go.
Obiecał żonie, że pojedzie.
The good woman, accordingly, cut down a plantain tree.
Dobra kobieta zatem ścięła drzewo bananowca.
And she burnt the plantain tree to ashes.
I spaliła drzewo bananowe na popiół.
With the ashes she cleaned the clothes of her husband.
Za pomocą popiołu oczyściła ubrania swego męża.
And she made his clothes as white as any cleaner could.
I uczyniła jego ubrania tak białymi, jak tylko potrafiła to
zrobić najlepsza sprzątaczka.
Her husband was going to the palace of a great king.
Jej mąż wybierał się do pałacu wielkiego króla.
The king could not be approached by men in rags.
Do króla nie mogli się zbliżać ludzie w łachmanach.
Besides, Brahman are bound to appear neat and clean.
Poza tym brahmani muszą sprawiać wrażenie schludnych i
czystych.
At last, one morning the Brahman left his house.
Pewnego ranka bramin opuścił wreszcie swój dom.
And he made his way to the palace of the great king.
I udał się do pałacu wielkiego króla.
I have already mentioned he was a dimwitted man.
Już wspomniałem, że był człowiekiem tępym.
He did not inquire which road he should take.

Nie pytał, którą drogą powinien pójść.

Instead, he walked on and on without directions.

Zamiast tego szedł dalej i dalej, bez żadnych wskazówek.

And he followed wherever his nose pointed him.

I podążał tam, dokąd wskazywał mu nos.

I don't need to say he was not on the right road.

Nie muszę mówić, że nie był na dobrej drodze.

The regions he wandered became less and less inhabited.

Regiony, po których wędrował, stawały się coraz mniej zamieszkane.

Soon he met no human being for many miles.

Wkrótce w promieniu wielu mil nie spotkał żadnej ludzkiej istoty.

But there were many other things he saw there.

Ale zobaczył tam wiele innych rzeczy.

Things he had never seen in all his life.

Rzeczy, których nigdy w życiu nie widział.

He saw hillocks of cowries on the roadside.

Zobaczył pagórki porcelanek przy drodze.

Cowries were shells used as money in those times.

Kauri to muszle, których w tamtych czasach używano jako pieniądza.

He kept going and saw hillocks of jewels.

Szedł dalej i ujrzał sterty klejnotów.

Next, he saw hillocks of four-anna pieces.

Następnie zobaczył stosy monet czteroannowych.

Further along were hillocks of eight-anna pieces.

Dalej znajdowały się pagórki składające się z ośmiu ann.

And further yet were hillocks of rupees.

A dalej były jeszcze pagórki rupii.

But the Brahman's surprise did not end there.

Ale zaskoczenie bramina na tym się nie skończyło.

Next there was a hill of burnished gold-mohurs.

Dalej znajdowało się wzgórze polerowanych złotych mohurów.

The burnished gold-mohurs were shining brightly.

Wypolerowane złote mohury błyszczały jasno.

Because the gold-mohurs had been freshly minted.
Ponieważ złote mohury zostały świeżo wybite.
Close to the hill of gold-mohurs was a large house.
Niedaleko wzgórza złotych mohurów znajdował się duży dom.
The house looked like the palace of a powerful king.
Dom wyglądał jak pałac potężnego króla.
At the door stood a lady of exquisite beauty.
W drzwiach stała dama o niezwykłej urodzie.
The lady, seeing the Brahman, said;
Kobieta widząc bramina rzekła:
"Come to me, my beloved husband"
„Przyjdź do mnie, mój ukochany mężu"
"You married me when I was young"
„Poślubiłeś mnie, gdy byłem młody"
"But you never came back after our marriage"
„Ale nigdy nie wróciłeś po naszym ślubie"
"Though I have been daily expecting you"
„Chociaż codziennie na ciebie czekałam"
"Blessed be this day," said the lady.
„Błogosławiony niech będzie ten dzień" – rzekła dama.
"On this day I see the face of my husband"
„Tego dnia widzę twarz mojego męża"
"Come, my sweet, come in," she asked of him.
„Wejdź, mój słodki, wejdź" – zwróciła się do niego.
"You must be fatigued from your long journey"
„Pewnie jesteś zmęczony długą podróżą"
"Wash your feet and rest, and eat and drink"
„Umyj nogi i odpocznij, jedz i pij"
"And after that we shall make ourselves merry"
„A potem będziemy się weselić"
The Brahman was astonished beyond measure.
Brahman był niezmiernie zdumiony.
He had no recollection marrying twice.
Nie przypominał sobie, żeby żenił się dwa razy.
He remembered marrying the wife he left at home.
Pamiętał, jak poślubił żonę, którą zostawił w domu.

But he did not remember marrying this lady.
Nie pamiętał jednak, żeby poślubił tę damę.
But he remembered that he was a Kulin Brahman.
Pamiętał jednak, że był braminem Kulin.
Perhaps his father got him married as a child.
Być może ojciec wydał go za mąż, gdy był dzieckiem.
But what he thought did not matter much.
Ale to, co myślał, nie miało większego znaczenia.
The woman was certain he was her husband.
Kobieta była pewna, że to jej mąż.
And he had no reason to say he was not her husband.
I nie miał powodu twierdzić, że nie jest jej mężem.
Because her beauty was more than he could fathom.
Ponieważ jej uroda była większa, niż mógł pojąć.
As beautiful as the Goddesses of Indra's heaven.
Piękne jak boginie z nieba Indry.
And he was sure that she was wealthy too.
Był pewien, że ona również jest bogata.
These thoughts went through the Brahman's mind.
Te myśli przeszły przez umysł bramina.
But the lady interrupted his flow of thought.
Ale kobieta przerwała jego tok myślenia.
"Are you doubting whether I am your wife?"
„Czy wątpisz, czy jestem twoją żoną?"
"Have you lost all memories of that happy event?
„Czy straciłeś wszelkie wspomnienia związane z tym
szczęśliwym wydarzeniem?
"All the pomp and circumstance of our nuptials"
„Cała pompa i okoliczności naszego ślubu"
"Come in, beloved; this is your house"
„Wejdź, ukochany, to twój dom"
"Because whatever is mine is thine also"
„Bo wszystko co moje, jest i twoje"
The fair lady easily persuaded the Brahman.
Piękna dama z łatwością przekonała bramina.
And he succumbed to her loving entreaties.
I uległ jej pełnym miłości prośbom.

And he went into the house of the lady.
I poszedł do domu owej damy.
The house was not an ordinary one.
Dom nie był zwyczajny.
The house was in fact a magnificent palace.
Dom był w rzeczywistości wspaniałym pałacem.
All the apartments were large and lofty.
Wszystkie apartamenty były duże i przestronne.
Every room in the palace was richly furnished.
Każdy pokój w pałacu był bogato umeblowany.
But one thing surprised the Brahman very much.
Ale jedna rzecz bardzo zaskoczyła bramina.
There was no other person in all the house.
W całym domu nie było nikogo innego.
The only one there was the lady herself.
Jedyną osobą tam obecną była sama dama.
He could not account for the strange phenomenon.
Nie potrafił wyjaśnić tego dziwnego zjawiska.
They meet anyone on their walks either.
Oni również spotykają kogoś na swoich spacerach.
The fact was that the lady was not a human being.
Faktem jest, że ta kobieta nie była człowiekiem.
What the lady really was was a Rakshasi.
Kobieta ta tak naprawdę była Rakshasi.
She had eaten up the king and queen.
Zjadła króla i królową.
And she had eaten all the members of the royal family.
I zjadła wszystkich członków rodziny królewskiej.
And gradually she had eaten their servants too.
I stopniowo zjadała także ich sługi.
This was why there were no humans far and wide.
Dlatego też nigdzie w okolicy nie było ludzi.
The Rakshasi and the Brahman now lived together.
Rakshasi i braminowie żyli teraz razem.
After a week the former said to the latter;
Po tygodniu pierwszy powiedział drugiemu:
"I am very anxious to see my sister"

„Bardzo nie mogę się doczekać, żeby zobaczyć moją siostrę"
"As you know, my sister is your other wife"
„Jak wiesz, moja siostra jest twoją drugą żoną "
"You must go and fetch my sister; your other wife"
„Musisz pójść i sprowadzić moją siostrę, twoją drugą żonę"
"Then we shall all live together happily"
„Wtedy będziemy żyć wszyscy razem szczęśliwie"
"You must go to get her early tomorrow"
„Musisz po nią jutro wcześnie pójść"
"I will give you clothes and jewels for her"
„Dam ci ubrania i klejnoty dla niej"
Next morning the Brahman set out for his home.
Następnego ranka bramin wyruszył do domu.
He was furnished with fine clothes.
Ubrano go w eleganckie ubrania.
And he wore around his wrists costly ornaments.
A na nadgarstkach nosił kosztowne ozdoby.

The poor woman was in great distress.
Biedna kobieta była w wielkim nieszczęściu.
The funeral ceremony of the king's mother was over.
Zakończyła się ceremonia pogrzebowa matki króla.
All the Brahmans and Pandits had returned.
Wszyscy bramini i pandici powrócili.
And they were loaded with donations.
I były obładowane darowiznami.
But her husband had not returned.
Ale jej mąż nie wrócił.
No one could give any news of him.
Nikt nie mógł udzielić o nim żadnych wiadomości.
Because no one had seen him there.
Ponieważ nikt go tam nie widział.
The woman therefore could only come to one conclusion.
Kobieta mogła więc dojść tylko do jednego wniosku.
He must have been murdered on the road by highwaymen.
Musiał zostać zamordowany na drodze przez rozbójników.
She was in this terrible suspense.

Była w strasznym napięciu.
But then one day she heard some rumors.
Ale pewnego dnia usłyszała pewne plotki.
People in her village were talking about her husband.
Ludzie w jej wiosce rozmawiali o jej mężu.
They said they saw him coming back.
Powiedzieli, że widzieli go wracającego.
And they said he was dressed in fine clothes.
I powiedzieli, że był ubrany w eleganckie ubrania.
And they said he had fine jewels for his wife.
I mówili, że ma dla swojej żony piękne klejnoty.
And sure enough the Brahman soon appeared.
I rzeczywiście, wkrótce pojawił się bramin.
And he was carrying fine jewels for his wife.
A on miał przy sobie piękne klejnoty dla swojej żony.
On seeing his wife the Brahman thus accosted her;
Ujrzawszy swą żonę, bramin zwrócił się do niej w następujący
sposób:
"Come with me, my dearest wife"
„Chodź ze mną, moja najdroższa żono"
"I have found my first wife"
„Znalazłem swoją pierwszą żonę"
"She lives in a stately palace"
„Mieszka w okazałym pałacu"
"Near her palace are hillocks of rupees"
„W pobliżu jej pałacu znajdują się pagórki rupii"
"And there is a large hill of gold-mohurs"
„I jest tam wielki pagórek złotych mohurów"
"Why should you pine away in wretchedness?"
„Dlaczego miałbyś marnieć w nędzy?"
"Why would you stay in this horrible place?"
„Po co miałbyś zostawać w tym okropnym miejscu?"
"Come with me to the house of my first wife"
„Chodź ze mną do domu mojej pierwszej żony"
"There we shall all live together happily"
„Tam będziemy wszyscy żyć razem szczęśliwie"
At first, she thought her half-witted man had gone mad.

Na początku myślała, że jej nierozgarnięty mężczyzna oszalał.
She could not imagine the hillocks of rupees.
Nie potrafiła sobie wyobrazić tych stosów rupii.
And she could not imagine a hill of gold-mohurs.
A nie mogła sobie wyobrazić wzgórza złotych mohurów.
But then she saw how he was beautifully dressed.
Ale potem zobaczyła, jak pięknie był ubrany.
Beautiful clothes of exquisite silks and satins.
Piękne ubrania z wykwintnych jedwabi i satyn.
Ornaments set with diamonds and precious stones.
Ozdoby wysadzane diamentami i kamieniami szlachetnymi.
Clothes fit for the queen of the land.
Ubrania godne królowej tej krainy.
Clothes only princesses were in the habit of putting on.
Ubrania, które nosiły wyłącznie księżniczki.
She concluded in her mind that something was amiss:
Doszła do wniosku, że coś jest nie tak:
Her stupid husband must have been tricked.
Jej głupi mąż musiał zostać oszukany.
He must have fallen into the meshes of a Rakshasi.
Musiał wpaść w sidła Rakshasi.
The Brahman, however, insisted his wife went with him.
Bramin jednak nalegał, by jego żona poszła z nim.
"Feel free to stay here and pine away in poverty"
„Możesz tu zostać i żyć w ubóstwie"
"As for me, I will return to the palace of my first wife"
„Ja zaś powrócę do pałacu mojej pierwszej żony"
The good woman did her best to stop her husband.
Dobra kobieta zrobiła wszystko, co mogła, żeby powstrzymać męża.
But in the end she resolved to go with him.
Ale ostatecznie postanowiła pójść z nim.
Perhaps she could judge the matter better at the palace.
Być może w pałacu będzie mogła lepiej ocenić sprawę.

They set out accordingly the next morning.
Następnego ranka wyruszyli w dalszą trasę.

They went the same road the Brahman had travelled.
Poszli tą samą drogą, którą podążał bramin.
The woman was not a little surprised by what she saw.
Kobieta nie była ani trochę zaskoczona tym, co zobaczyła.
She saw the hillocks of cowries and of jewels.
Widziała pagórki porcelanek i klejnotów.
And she saw hillocks of eight-anna pieces.
I zobaczyła stosy ośmioannanowych monet.
And she saw the hillocks of rupees too.
I widziała też sterty rupii.
And last of all she saw a lofty hill of gold-mohurs.
A na końcu ujrzała wysokie wzgórze złotych mohurów.
She saw also an exceedingly beautiful lady.
Zobaczyła również niezwykle piękną kobietę.
The lady of the palace was hastening towards her.
Pani pałacu spieszyła w jej kierunku.
The lady fell on the neck of the Brahman woman.
Kobieta upadła na szyję braminki.
And she wept tears of joy, and said:
I płakała łzami radości i rzekła:
"Welcome, beloved sister!"
Witaj, kochana siostro!
"This is the happiest day of my life!"
„To najszczęśliwszy dzień w moim życiu!"
"I see the face of my dearest sister again!"
„Znowu widzę twarz mojej najdroższej siostry!"
The husband and his two wives entered the palace.
Mąż i jego dwie żony weszli do pałacu.
Now he was lodged in a stately mansion.
Teraz mieszkał w okazałej rezydencji.
The most delectable food appeared, as if by enchantment.
Najpyszniejsze jedzenie pojawiło się jak za dotknięciem
czarodziejskiej różdżki.
He was caressed and endeared by his two wives.
Obie żony go głaskały i otaczały sympatią.
Both wives did their best to make him happy.
Obie żony robiły wszystko, co mogły, żeby go uszczęśliwić.

Both wives did their best to make him comfortable.
Obie żony robiły wszystko, co w ich mocy, by zapewnić mu komfort.
His two wives were competing for his love.
Jego dwie żony rywalizowały o jego miłość.
The Brahman had a jolly time of it.
Bramin świetnie się bawił.
He was steeped in an ocean of enjoyment.
Był zanurzony w oceanie przyjemności.
The Brahman lived in this state of Elysian pleasure.
Brahman żył w tym stanie rozkoszy Elizeuszów.
Some fifteen or sixteen years he spent this way.
Spędził w ten sposób około piętnastu lub szesnastu lat.
During this time his two wives presented him with two sons.
W tym czasie jego dwie żony urodziły mu dwóch synów.
The Rakshasi's son was the elder.
Syn Rakshasi był starszy.
He looked more like a god than a human being.
Wyglądał bardziej jak bóg niż człowiek.
He was named Sahasra-Dal.
Nadano mu imię Sahasra-Dal.
His name meant the thousand-branched.
Jego imię oznaczało tysiąc rozgałęziony.
The son of the Brahman woman was a year younger.
Syn kobiety braminki był o rok młodszy.
He was named Champa-Dal
Nadano mu imię Champa-Dal
His name meant the branch of a champaka tree.
Jego imię oznaczało gałąź drzewa champaka.
The two brothers loved each other dearly.
Dwaj bracia bardzo się kochali.
They were both sent to the same school.
Oboje zostali wysłani do tej samej szkoły.
The school was several miles distant from the palace.
Szkoła znajdowała się kilka mil od pałacu.
Every day they rode their two little ponies to school.

Codziennie jeździli do szkoły na swoich dwóch kucykach.
The Brahman woman had always been suspicious.
Braminka zawsze była podejrzliwa.
A thousand little circumstances gave her clues.
Tysiące drobnych okoliczności dało jej wskazówki.
She knew her sister-in-law was not a human being.
Wiedziała, że jej szwagierka nie jest człowiekiem.
She was sure her sister-in-law was a Rakshasi.
Była pewna, że jej szwagierka jest Rakshasi.
But her suspicion had not yet ripened into certainty.
Jednak jej podejrzenia nie zdążyły jeszcze przekształcić się w pewność.
Because the Rakshasi exercised great self-restraint.
Ponieważ Rakshasi wykazywali się wielką powściągliwością.
She never did anything which human beings did not do.
Nigdy nie zrobiła niczego, czego nie robiliby ludzie.
But she couldn't hide her demonic nature forever.
Jednak nie mogła wiecznie ukrywać swojej demonicznej natury.
Her demonic nature was eventually going to reveal itself.
Jej demoniczna natura prędzej czy później miała dać o sobie znać.

The Brahman had little to keep him busy.
Bramin nie miał zbyt wielu zajęć.
In order to pass his time he went hunting.
Aby zabić czas, poszedł na polowanie.
The first day he returned with an antelope.
Pierwszego dnia wrócił z antylopą.
The antelope was laid in the courtyard of the palace.
Antylopę złożono na dziedzińcu pałacu.
The Rakshasi saw the antelope with great interest.
Rakshasi obserwowali antylopę z wielkim zainteresowaniem.
At the sight of the raw meat her mouth began to water.
Na widok surowego mięsa w ustach zaczęła jej się zbierać ślina.
The antelope was never taken to the kitchen.

Antylopa nigdy nie została zabrana do kuchni.
Instead, the Rakshasi took the antelope to another room.
Zamiast tego Rakshasi zabrał antylopę do innego pokoju.
In this room she began devouring the antelope.
W tym pokoju zaczęła pożerać antylopę.
The Brahman woman saw everything from a secret room.
Braminka obserwowała wszystko z sekretnego pokoju.
Her Rakshasi sister tore a leg off the antelope.
Jej siostra Rakshasi oderwała nogę antylopy.
She saw how she opened her tremendous jaw.
Zobaczyła, jak otworzyła swoją ogromną szczękę.
And in one mouthful she swallowed up the leg.
I jednym kęsem połknęła nogę.
The other limbs were devoured in the same manner.
Pozostałe kończyny zostały pożarte w ten sam sposób.
And opening her jaw even further, she swallowed the body.
I otwierając szczękę jeszcze szerzej, połknęła ciało.
Only a little bit of the meat was kept for the kitchen.
Tylko niewielka część mięsa została zachowana dla kuchni.
On the second day the Brahman caught another antelope.
Drugiego dnia bramin upolował kolejną antylopę.
On the third day the Brahman caught another antelope.
Trzeciego dnia bramin upolował kolejną antylopę.
The Rakshasi was unable to restrain her appetite.
Rakshasi nie potrafiła powstrzymać swojego apetytu.
The raw flesh brought out her demonic nature.
Surowe mięso uwydatniło jej demoniczną naturę.
And she devoured each antelope like the last.
I pożerała każdą antylopę jak poprzednią.
On the third day the Brahman woman expressed her surprise.
Trzeciego dnia braminka wyraziła swoje zdziwienie.
"Nearly three whole antelopes have disappeared"
„Zniknęło prawie trzy całe antylopy"
"All that is left is a little bit of meat"
„Zostało tylko trochę mięsa"
The Rakshasi did not appreciate the accusation.

Rakshasi nie docenił oskarżenia.

"Do I eat raw flesh?" she asked fiercely.

„Czy mam jeść surowe mięso?" – zapytała ostro.

"Perhaps you do eat raw flesh," replied the Brahman woman.

„Być może jesz surowe mięso" – odpowiedziała braminka.

"I have nothing to prove the contrary"

„Nie mam nic, co by temu przeczyło"

The Rakshasi knew she had been discovered.

Rakshasi wiedziała, że została odkryta.

Her eyes became even fiercer than before.

Jej oczy stały się jeszcze bardziej dzikie niż wcześniej.

And she vowed to get her revenge.

I poprzysięgła zemstę.

The Brahman woman concluded her fate was sealed.

Kobieta braminka uznała, że jej los jest przesądzony.

She thought her husband would meet the same fate.

Myślała, że jej męża spotka ten sam los.

She did not expect her son to be spared either.

Nie spodziewała się, że jej syn również zostanie oszczędzony.

That night she hardly slept at all.

Tej nocy prawie w ogóle nie spała.

The Rakshasi had prevented her from seeing her husband.

Rakshasi nie pozwolił jej zobaczyć się z mężem.

Early next morning Champa-Dal went to school.

Następnego ranka Champa-Dal poszła do szkoły.

Before he went to school she gave her son a golden bottle.

Zanim poszedł do szkoły, dała swemu synowi złotą butelkę.

In the golden bottle was her own breast milk.

W złotej butelce znajdowało się jej własne mleko z piersi.

"Carefully watch the colour of the milk"

„Uważnie obserwuj kolor mleka"

"If the milk turns red, your father has been killed"

„Jeśli mleko zrobi się czerwone, twój ojciec został zabity"

"If the milk turns redder, then I have been killed"

„Jeśli mleko zrobi się bardziej czerwone, to znaczy, że mnie zabili"

"If the milk turns red you must gallop away"
„Jeśli mleko zrobi się czerwone, musisz uciekać galopem"
"Gallop as fast as your horse can carry you"
„Galopuj tak szybko, jak twój koń cię niesie"
"If you do not run away, you will be devoured"
„Jeśli nie uciekniesz, zostaniesz pożarty"
That morning the Rakshasi made a suggestion to her husband.
Tego ranka Rakshasi złożyła mężowi pewną propozycję.
"Let us bathe in the river this morning"
„Wykąpmy się dziś rano w rzece"
She would not take no for an answer.
Nie przyjmowała odmownej odpowiedzi.
The river was some distance from the palace.
Rzeka znajdowała się w pewnej odległości od pałacu.
The Brahman followed her as meekly as a lamb.
Bramin podążał za nią łagodnie jak baranek.
The Brahman woman saw that her doom was near.
Braminka zrozumiała, że jej los jest bliski.
But it was beyond her power to avert the catastrophe.
Ale zapobiegnięcie katastrofie przekraczało jej możliwości.
The Brahman and the Rakshasi did indeed reach the river.
Brahman i Rakshasi rzeczywiście dotarli do rzeki.
Soon after the Rakshasi changed into her real dimensions.
Niedługo potem Rakshasi przyjęła swoje prawdziwe wymiary.
She tore the Brahman limb from limb.
Rozerwała bramina na strzępy.
She devoured him like she had devoured the antelope.
Pożarła go tak, jak pożarła antylopę.
Then she ran back to her palace.
Następnie pobiegła z powrotem do swojego pałacu.
The wife's fate was the same as the Brahman's.
Los żony był taki sam jak bramina.

Young Champ Dal had done as his mother instructed.
Młody Champ Dal postąpił tak, jak mu kazała matka.

He was diligently observing the golden bottle.
Uważnie obserwował złotą butelkę.
He paid special attention to the colour of the milk.
Szczególną uwagę zwrócił na kolor mleka.
He was horror-struck to find the milk redden a little.
Z przerażeniem zauważył, że mleko lekko się zaczerwieniło.
"My father has been killed," he cried.
„Mój ojciec został zabity" – krzyknął.
Soon after the milk completely reddened.
Wkrótce potem mleko całkowicie zaczerwieniło się.
"Now my mother has been killed too," he cried.
„Teraz zabili także moją matkę" – krzyknął.
Quickly he rushed to mount his pony.
Szybko rzucił się, by wsiąść na kucyka.
His half-brother, Sahasra-Dal, was surprised.
Jego przyrodni brat, Sahasra-Dal, był zaskoczony.
"Where are you going, Champa?"
„Dokąd idziesz, Champa?"
"Why are you crying, brother?"
„Czemu płaczesz, bracie?"
"Let me accompany you to wherever you are going"
„Pozwól mi towarzyszyć Ci dokądkolwiek zmierzasz"
But Champa-Dal now feared his brother.
Ale Champa-Dal zaczął się teraz obawiać swego brata.
"Oh! do not come to me," he objected.
„Och, nie przychodź do mnie" – zaprotestował.
"Your mother has devoured my father and mother"
„Twoja matka pożarła mojego ojca i moją matkę"
"Don't you come and devour me"
„Nie przychodź i nie pożeraj mnie"
"I will not devour you," he promised his brother.
„Nie będę cię jadł" – obiecał bratu.
"I'll save you," he promised his brother.
„Uratuję cię" – obiecał bratu.
And he galloped after his brother, Champa-Dal.
I pogalopował za swoim bratem, Champa-Dal.
Soon his mother, the Rakshasi, appeared at a distance.

Wkrótce w oddali pojawiła się jego matka, Rakshasi.
She demanded Champa-Dal to come to her.
Zażądała, aby Champa-Dal do niej przyszedł.
But Champa-Dal knew better than to go to the Rakshasi.
Ale Champa-Dal wiedział, że nie warto iść do Rakshasi.
"Champa-Dal will not come to you, but I will"
„Champa-Dal nie przyjdzie do ciebie, ale ja tak"
And instead, Sahasra-Dal went to his mother.
Zamiast tego Sahasra-Dal udał się do swojej matki.
The young prince always carried a sword with him.
Młody książę zawsze nosił przy sobie miecz.
With his sword he cut off his mother's head.
Mieczem odciął głowę swej matce.
Champa-Dal had not stayed to witness this.
Champa-Dal nie został, aby być tego świadkiem.
He had galloped off as far as his pony could carry him.
Pogalopował tak daleko, jak tylko mógł go ponieść kucyk.
Because he was running for his life.
Ponieważ uciekał, by ratować życie.
But Sahasra-Dal soon caught up with his brother.
Jednak wkrótce Sahasra-Dal dogonił swego brata.
And he told him that his mother was no more.
I powiedział mu, że jego matki już nie ma.
This was small consolation to Champa-Dal.
Było to marnym pocieszeniem dla Champa-Dal.
The Rakshasi had already devoured both his parents.
Rakshasi pożarł już oboje swoich rodziców.
But he could still not trust Sahasra-Dal's friendship.
Ale nadal nie mógł ufać przyjaźni Sahasry-Dal.
They both rode as fast as their horses could carry them.
Obaj jechali tak szybko, jak pozwalały im na to konie.
And their horses could carry them very far.
A ich konie mogły je nieść bardzo daleko.
Because their horses were Pakshirajes horses.
Ponieważ ich konie były końmi rasy Pakshirajes.
Pakshirajes horses are the kings of birds.
Konie pakshirajes są królami ptaków.

On their horses they travelled over hundreds of miles.

Na koniach przemierzyli setki mil.

An hour or two before sundown they reached a village.

Na godzinę lub dwie przed zachodem słońca dotarli do wioski.

Here they became the guests of a respectable family.

Tutaj stali się gośćmi szanowanej rodziny.

But the two brothers saw the family was in gloom.

Jednak dwaj bracia widzieli, że rodzina jest w kryzysie.

Something was agitating the family very much.

Coś bardzo niepokoiło rodzinę.

Some of the family held private consultations.

Część rodziny prowadziła prywatne konsultacje.

And others in the family were weeping.

A inni członkowie rodziny płakali.

The mother was the eldest lady in the house.

Matka była najstarszą kobietą w domu.

"I will go, as I am the eldest," she said.

„Pójdę, bo jestem najstarsza" – powiedziała.

"I have lived long enough"

„Żyłem już wystarczająco długo"

"At most my life would be cut short by a year or two"

„Najwyżej moje życie zostałoby skrócone o rok lub dwa"

The youngest member of the house was a little girl.

Najmłodszym członkiem domu była mała dziewczynka.

"I will go, as I am young," she said.

„Pójdę, bo jestem młoda" – powiedziała.

"I am useless to the family"

„Jestem bezużyteczny dla rodziny"

"If I die, I shall not be missed"

„Jeśli umrę, nikt za mną nie będzie tęsknił"

The head of the house was the son of the old lady.

Głową domu był syn starszej pani.

"I am the representative of the family," he said.

„Jestem przedstawicielem rodziny" – powiedział.

"It is but reasonable that I should give up my life"

„To całkiem rozsądne, że oddam swoje życie"

He also had a younger brother.

Miał też młodszego brata.

"You are the pillar of the family," he said.

„Jesteś filarem rodziny" – powiedział.

"If you go the whole family is ruined"

„Jeśli odejdziesz, cała rodzina będzie zrujnowana"

"It is not reasonable that you should go"

„Nie jest rozsądne, żebyś poszedł"

"I will go, as I shall not be much missed"

„Pójdę, bo nikt mnie nie będzie bardzo tęsknił"

The two strangers listened to all this conversation.

Dwóch nieznajomych przysłuchiwało się całej tej rozmowie.

You can imagine their curiosity was not little.

Można sobie wyobrazić, że ich ciekawość nie była mała.

They wondered what the discussion could be about.

Zastanawiali się, o czym może być dyskusja.

Sahasra-Dal took the risk of being thought meddlesome.

Sahasra-Dal zaryzykowała, narażając się na oskarżenia o wścibstwo.

"What is the subject of your consultations?"

„Jaki jest przedmiot Państwa konsultacji?"

"What is the reason for your deep miserable?"

„Jaki jest powód twojego głębokiego nieszczęścia?"

"Why are your words full of countenances?"

„Dlaczego twoje słowa są pełne wyrazu twarzy?"

The head of the house gave the following answer.

Głowa domu udzieliła następującej odpowiedzi.

"There is something you must know, me worthy guests"

„Jest coś, co musicie wiedzieć, godni goście"

"These lands are infested by a terrible Rakshasi"

„Te ziemie są opanowane przez straszną Rakshasi"

"This Rakshasi has depopulated all the regions here"

„Ten Rakshasi wyludnił wszystkie regiony tutaj"

"This town, too, would have been depopulated"

„To miasto też by się wyludniło"

"But that our king became suppliant to the Rakshasi"

„Ale nasz król stał się błagalnikiem Rakshasi"

"He begged her to show mercy to us his people"
„Błagał ją, aby okazała miłosierdzie nam, swojemu ludowi"
The Rakshasi replied to the king.
Rakshasi odpowiedział królowi.
"I will consent to show mercy to your subjects"
„Zgodzę się okazać miłosierdzie twoim poddanym"
"But there is one condition for my mercy"
„Ale jest jeden warunek mojego miłosierdzia"
"Every night I demand one human being"
„Każdej nocy żądam jednego człowieka"
"I don't mind if it is a male or a female"
„Nie ma dla mnie znaczenia, czy to mężczyzna, czy kobieta"
"Put the human being in a temple for me to feast"
„Umieść człowieka w świątyni, abym mógł ucztować"
"If I get a human being every night, I will rest satisfied"
„Jeśli każdej nocy będę miał do czynienia z człowiekiem, będę
zadowolony"
**"Promise me this and I will commit no further
depredations"**
„Obiecaj mi to, a nie dopuszczę się już żadnych grabieży"
"Your subjects will be spared from my ravenous hunger"
„Twoi poddani będą oszczędzeni przed moim żarłocznym
głodem"
"Our king had no other alternative than to agree"
„Nasz król nie miał innego wyjścia, jak się zgodzić"
"What human can ever hope to contend against a Rakshasi?"
„Jaki człowiek może mieć nadzieję na walkę z Rakshasi?"
"From that day the king made a new law"
„Od tego dnia król ustanowił nowe prawo"
"Every family has to send one member to the temple"
„Każda rodzina musi wysłać jednego członka do świątyni"
"To appease the wrath of the terrible Rakshasi"
„Aby ukoić gniew straszliwego Rakshasi"
"To satisfy the endless hunger of the Rakshasi"
„Aby zaspokoić niekończący się głód Rakshasi"
"All the families in this neighbourhood have had their turn"
„Wszystkie rodziny w tej okolicy miały już swoją kolej"

"This night it is the turn of our family"
„Dziś w nocy kolej na naszą rodzinę"
"One of us is to devote ourself to destruction"
„Jeden z nas ma poświęcić się zniszczeniu"
"We are therefore discussing who should go to the Rakshasi"
„Dyskutujemy zatem, kto powinien udać się na Rakshasi"
"You can now perceive the cause of our distress"
„Teraz możesz dostrzec przyczynę naszego niepokoju"
The two friends consulted together for a few minutes.
Dwaj przyjaciele naradzali się przez kilka minut.
After this time they concluded their consultation.
Po tym czasie zakończyli konsultacje.
Sahasra-Dal was the spokesman for the brothers.
Sahasra-Dal był rzecznikiem braci.
"Most worthy host, do not any longer be sad"
„Najdostojniejszy gospodarzu, nie bądź już smutny"
"You have been very kind to us"
„Byliście dla nas bardzo mili"
"We have resolved to requite your hospitality"
„Postanowiliśmy odwdzięczyć się za waszą gościnność"
"We will go to the temple instead of you"
„Zamiast was pójdziemy do świątyni"
"We shall go as your representatives"
„Pójdziemy jako wasi przedstawiciele"
"We will become the food of the Rakshasi"
„Staniemy się pokarmem Rakshasi"
The whole family protested against the proposal.
Cała rodzina protestowała przeciwko tej propozycji.
They declared that guests were like gods.
Oświadczyli, że goście są jak bogowie.
"The host must ensure the comfort of the guests"
Gospodarz musi zadbać o wygodę gości
"The guests must not suffer for the host"
„Goście nie powinni cierpieć z powodu gospodarza"
But the two strangers could not be persuaded.
Jednak dwójka nieznajomych nie dała się przekonać.

"We will stand as proxies for your family"
„Będziemy reprezentować twoją rodzinę"
There was a great deal of objection to the proposal.
Propozycja ta spotkała się z dużym sprzeciwem.
But eventually the guests persuaded their hosts.
Jednak ostatecznie gościom udało się przekonać gospodarzy.
Finally the hosts consented to the arrangement.
Ostatecznie gospodarze wyrazili zgodę na taki układ.

Sahasra-Dal and Champa-Dal rode off on their horses.
Sahasra-Dal i Champa-Dal odjechali na koniach.
Immediately after candle light they reached the temple.
Zaraz po zapaleniu świec dotarli do świątyni.
They went into the temple, and shut the door.
Weszli do świątyni i zamknęli drzwi.
Sahasra told his brother to go to sleep.
Sahasra kazał bratu iść spać.
"I will guard over your sleep"
„Będę czuwał nad twoim snem"
"I will watch out for the terrible Rakshasi"
„Będę uważać na strasznego Rakshasi"
Champa was soon in a fine sleep.
Wkrótce Champa zasnął głębokim snem.
Sahasra lay awake, waiting for the Rakshasi.
Sahasra nie spał, czekając na Rakshasi.
Nothing happened during the early hours of the night.
Wczesnym rankiem nic się nie działo.
But then the gong of the king's bell sounded.
Ale w tej chwili rozległ się dźwięk dzwonu królewskiego.
It was midnight, the dead hour of the night.
Była północ, martwa godzina nocy.
Sahasra heard the sound as of a rushing tempest.
Sahasra usłyszała odgłos przypominający szalejącą burzę.
He used the knowledge he had of Rakshasas.
Wykorzystał wiedzę, jaką posiadał na temat Rakshasas.
He concluded the Rakshasi was nigh.
Doszedł do wniosku, że Rakshasi jest blisko.

A thundering knock was heard at the door.

Usłyszano donośne pukanie do drzwi.

The following words accompanied the knock at the door:

Poniższe słowa towarzyszyły pukaniu do drzwi:

"How, mow, khow! A human being I smell"

„Jak, koś, kich! Czuję zapach człowieka"

"Who keeps guard inside this temple?"

„Kto pełni straż w tej świątyni?"

To this question Sahasra-Dal made the following reply:

Na to pytanie Sahasra-Dal odpowiedział następująco:

"Sahasra-Dal keeps guard inside this temple"

„Sahasra-Dal pilnuje tej świątyni"

"Champa-Dal keeps guard inside this temple"

„Champa-Dal pilnuje tej świątyni"

"Two winged horses keep guard inside this temple"

„Dwa uskrzydlone konie trzymają straż wewnątrz tej świątyni"

Rakshasa blood flowed through Sahasra-Dal's veins.

Krew Rakshasa płynęła w żyłach Sahasra-Dal.

The Rakshasi knew Sahasra-Dal was not human.

Rakshasi wiedzieli, że Sahasra-Dal nie jest człowiekiem.

And so the Rakshasi turned away with a groan.

I wtedy Rakshasi odwrócił się z jękiem.

After an hour the Rakshasi returned to the temple.

Po godzinie Rakshasi wrócili do świątyni.

The Rakshasi thundered at the door again.

Rakshasi ponownie zagrzmiał do drzwi.

"How, mow, khow! A human being I smell"

„Jak, koś, kich! Czuję zapach człowieka"

"Who keeps guard inside this temple?"

„Kto pełni straż w tej świątyni?"

To this question Sahasra-Dal again replied:

Na to pytanie Sahasra-Dal odpowiedział ponownie:

"Sahasra-Dal keeps guard inside this temple"

„Sahasra-Dal pilnuje tej świątyni"

"Champa-Dal keeps guard inside this temple"

„Champa-Dal pilnuje tej świątyni"

"Two winged horses keep guard inside this temple"
„Dwa uskrzydlone konie stoją na straży tej świątyni "
The Rakshasi again groaned and went away.
Rakshasi ponownie jęknął i odszedł.
At two o'clock the Rakshasi appeared once more.
O godzinie drugiej Rakshasi pojawili się ponownie.
And at three o'clock the Rakshasi came again.
A o godzinie trzeciej Rakshasi przyszli ponownie.
Each time the Rakshasi made the same inquiry.
Za każdym razem Rakshasi zadawali to samo pytanie.
And each time the Rakshasi left with a groan.
I za każdym razem Rakshasi odchodzili z jękiem.
After three o'clock, however, Sahasra-Dal felt very sleepy.
Jednak po godzinie trzeciej Sahasra-Dal poczuła się bardzo senna.
He could not any longer keep awake.
Nie mógł już dłużej nie spać.
He therefore roused Champa.
Obudził więc Czampę.
And he told him to keep guard over the temple.
I rozkazał mu, aby strzegł świątyni.
"The Rakshasi will come again in an hour"
„Rakshasi przyjdą ponownie za godzinę"
"The Rakshasi will ask who keeps guard here"
„Rakshasi zapyta, kto tu pełni wartę"
"You must mention Sahasra's name first"
„Najpierw musisz wspomnieć imię Sahasry"
Having given these instructions he went to sleep.
Po wydaniu tych instrukcji poszedł spać.
At four o'clock the Rakshasi again made her appearance.
O godzinie czwartej Rakshasi pojawiła się ponownie.
The Rakshasi thundered at the door, and said:
Rakshasi zagrzmiał w drzwiach i powiedział:
"How, mow, khow! A human being I smell"
„Jak, koś, kich! Czuję zapach człowieka"
"Who keeps guard inside this temple?"
„Kto pełni straż w tej świątyni?"

Champa-Dal was in a terrible fright.
Champa-Dal była strasznie przestraszona.
He had forgotten the instructions of his brother.
Zapomniał instrukcji swojego brata.
"Champa-Dal keeps guard inside this temple"
„Champa-Dal pilnuje tej świątyni"
"Sahasra-Dal keeps guard inside this temple"
„Sahasra-Dal pilnuje tej świątyni"
"Two winged horses keep guard inside this temple"
„Dwa uskrzydlone konie pilnują wnętrza tej świątyni"
The Rakshasi uttered a shout of exultation.
Rakshasi wydał okrzyk radości.
And the Rakshasi laughed how only demons can laugh.
A Rakshasi śmiali się w sposób, w jaki śmieją się tylko demony.
With a dreadful noise the door broke open.
Drzwi otworzyły się z przerażającym hałasem.
The noise roused Sahasra from his sleep.
Hałas wyrwał Sahasrę ze snu.
Within a moment he sprung to his feet.
Po chwili zerwał się na równe nogi.
He had his sword with him not only by day.
Miecz nosił przy sobie nie tylko w dzień.
He had his sword with him by night too.
Miał przy sobie miecz również w nocy.
His sword was as supple as a palm-leaf.
Jego miecz był giętki jak liść palmowy.
And he cut off the head of the Rakshasi.
I odciął głowę Rakshasi.
The huge mountain of a body fell to the ground.
Ogromna góra ciała runęła na ziemię.
The body made a great noise when it fell.
Ciało narobiło dużo hałasu przy upadku.
And the body covered many surrounding acres.
A ciało pokryło wiele okolicznych akrów.
Sahasra-Dal kept the severed head of the Rakshasi.
Sahasra-Dal zatrzymał odciętą głowę Rakshasi.

And he slept again with the head near him.
I znowu zasnął z głową przy sobie.

Early in the morning some wood-cutters came.
Wczesnym rankiem przyszło kilku drwali.
The wood-cutters were passing near the temple.
Drwale przechodzili w pobliżu świątyni.
The wood-cutters saw the huge body on the ground.
Drwale zobaczyli ogromne ciało leżące na ziemi.
So they walked towards the temple.
Więc poszli w kierunku świątyni.
Soon they saw that it was a carcass.
Wkrótce zobaczyli, że to była padlina.
The carcass of the terrible Rakshasi.
Ciało straszliwego Rakshasi.
The Rakshasi that had nearly depopulated the land.
Rakshasi doprowadzili do niemal całkowitego wyludnienia kraju.
There had been a bounty for this Rakshasi.
Za tego Rakshasi wyznaczono nagrodę.
The king offered the hand of his daughter.
Król ofiarował rękę swojej córki.
And the king had offered half the kingdom.
A król zaoferował połowę królestwa.
He would trade it all for the head of the Rakshasi.
Oddałby wszystko za głowę Rakshasi.
The wood-cutters saw no claimant at hand.
Drwale nie dostrzegli żadnego pretendenta do tronu.
So they went to get the reward.
Poszli więc po nagrodę.
Each wood-cutter cut off a limb from the Rakshasi.
Każdy drwal odciął gałąź od Rakshasi.
And each wood-cutter went to the king.
I każdy drwal udał się do króla.
And each wood-cutter tried to claim the reward.
I każdy drwal próbował odebrać nagrodę.
"I am the destroyer of the great man eater"

„Jestem niszczycielem wielkiego ludojada"
"I have come to claim my reward"
„Przyszedłem odebrać swoją nagrodę"
The king knew there could only be one hero.
Król wiedział, że może być tylko jeden bohater.
So he made an inquiry with his minister.
Zapytał więc swojego ministra.
"What family's turn was it last night?"
„Która rodzina miała swoją kolej wczoraj wieczorem?"
"And who is the head of that family?"
„A kto jest głową tej rodziny?"
The king's minister set out to find the family.
Minister królewski wyruszył na poszukiwanie rodziny.
He brought the head of the family to the king.
Przyprowadził głowę rodziny przed króla.
And the head of the family told of his guests.
A głowa rodziny opowiedziała o swoich gościach.
"Last night two youthful travelers came to me"
„Wczoraj wieczorem przyszło do mnie dwóch młodych
podróżników"
"We offered to be their hosts for the night"
„Zaoferowaliśmy, że zostaniemy ich gospodarzami na noc"
"Soon they discovered the problem we had"
„Wkrótce odkryli problem, który mieliśmy"
"And they volunteered to take our place"
„I zgłosili się na ochotnika, żeby zająć nasze miejsce"
"They went to the temple, instead of one of us"
„Poszli do świątyni zamiast jednego z nas"
The king took his men to the temple.
Król zabrał swoich ludzi do świątyni.
The door of the temple was broken open.
Drzwi świątyni zostały wyważone.
They found the two brothers sleeping.
Znaleźli obu braci śpiących.
And the horses were safe in the temple too.
A konie także były bezpieczne w świątyni.
And the head of the Rakshasi was there too.

Przywódca Rakshasi również tam był.
There was no doubt about who had killed the monster.
Nie było wątpliwości, kto zabił potwora.
The real hero had been discovered.
Odkryto prawdziwego bohatera.
And the king kept true to his word.
I król dotrzymał słowa.
He gave the hand of his daughter to Sahasra-Dal.
Oddał rękę swojej córki Sahasra-Dalowi.
And he gave him half his kingdom too.
I dał mu również połowę swojego królestwa.
Champa-Dal remained with his friend.
Champa-Dal pozostał ze swoim przyjacielem.
And he rejoiced in Sahasra-Dal's prosperity.
I cieszył się dobrobytem Sahasra-Dal.
And they lived together happily for some time.
I żyli razem szczęśliwie przez jakiś czas.

But one day a misunderstanding arose between them.
Ale pewnego dnia doszło między nimi do nieporozumienia.
The queen-mother had a certain maid-servant.
Królowa-matka miała pewną służącą.
This maid-servant was the most useful domestic.
Ta służąca była najbardziej użyteczną osobą w domu.
She could turn her hand to any task.
Potrafiła podjąć się każdego zadania.
And she had uncommon strength for a woman.
I jak na kobietę miała niezwykłą siłę.
Her intelligence was not lacking either.
Jej inteligencji również nie brakowało.
And she had a remarkable amount of energy.
I miała niezwykłe pokłady energii.
She would have been quickly missed in the palace.
W pałacu szybko by jej nie było.
The zenana was completely dependent on her.
Zenana była od niej całkowicie zależna.
Hence her services were highly valued.

Dlatego jej usługi były wysoko cenione.

The queen-mother appreciated her very much.

Królowa-matka bardzo ją ceniła.

And the ladies of the palace valued her too.

A damy pałacu również ją ceniły.

But this valuable woman was not a woman.

Ale ta wartościowa kobieta nie była kobietą.

What this woman was was a Rakshasi.

Ta kobieta była Rakshasi.

She had put on the appearance of a woman.

Wyglądała jak kobieta.

She had her own nefarious reasons for doing this.

Miała swoje własne nikczemne powody, żeby to zrobić.

And then she took service in the royal household.

A potem objęła służbę w domu królewskim.

At night she used to assume her own real form.

W nocy przybierała swoją prawdziwą postać.

When everyone in the palace was asleep.

Kiedy wszyscy w pałacu spali.

And then she went about in search of food.

A potem poszła szukać jedzenia.

Because her hunger was not satisfied at the palace.

Ponieważ jej głód nie został zaspokojony w pałacu.

A Rakshasi needs much more food than a man or woman.

Rakshasi potrzebuje o wiele więcej jedzenia niż mężczyzna lub kobieta.

At this time Champa-Dal had no wife.

W tym czasie Champa-Dal nie miał żony.

So he often slept outside the zenana.

Dlatego często spał poza zenaną.

He was not far from the outer gate of the palace.

Znajdował się niedaleko zewnętrznej bramy pałacu.

And from there he could observe her.

Stamtąd mógł ją obserwować.

He saw her devouring sundry goats and sheep.

Widział ją pożerającą rozmaite kozy i owce.

And he saw her devouring horses and elephants.

I widział ją pożerającą konie i słonie.
This of course was not good for the maid-servant.
Oczywiście nie było to korzystne dla służącej.
Champa-Dal was in the way of her supper.
Champa-Dal przeszkodziła jej w zjedzeniu kolacji.
So she was determined to get rid of him.
Więc postanowiła się go pozbyć.
One day she went to the queen-mother.
Pewnego dnia udała się do królowej-matki.
"Queen-mother," she said to her.
„Królowo-matko" – rzekła do niej.
"I can no longer work in the palace"
„Nie mogę już pracować w pałacu"
"Why?" asked the queen-mother.
„Dlaczego?" zapytała królowa-matka.
"What is the matter, Dasi" she wanted to know.
„Co się stało, Dasi?" chciała wiedzieć.
"How can I go on without you?"
„Jak mogę żyć dalej bez ciebie?"
"Tell me your reasons for leaving"
„Powiedz mi, dlaczego odchodzisz"
The maid-servant explained her situation.
Służąca wyjaśniła jej sytuację.
"I am but a poor woman in this palace"
„Jestem tylko biedną kobietą w tym pałacu"
"A woman like me can't preserve her honor here"
„Kobieta taka jak ja nie może tu zachować swojego honoru"
"Your son-in-law has a friend, Champa-Dal"
„Twój zięć ma przyjaciela, Champa-Dal"
"He always cracks indecent jokes with me"
„Zawsze opowiada mi nieprzyzwoite dowcipy"
"I would rather beg for my rice than to lose my honor"
„Wolę żebrać o ryż, niż stracić honor"
"If Champa-Dal remains in the palace I must go away"
„Jeśli Champa-Dal pozostanie w pałacu, będę musiał odejść"
The maid-servant was irreplicable in the palace.
Służąca była w pałacu niezastąpiona.

The queen-mother knew what sacrifice to make.
Królowa-matka wiedziała, jaką ofiarę musi ponieść.
Champa-Dal was going to have to leave the palace.
Champa-Dal musiał opuścić pałac.
And she told Sahasra-Dal all her reasons.
I opowiedziała Sahasrze-Dal o wszystkich swoich powodach.
"Champa-Dal is a bad man"
„Champa-Dal to zły człowiek"
"His character and morals are loose"
„Jego charakter i moralność są luźne"
"He must leave this palace at once"
„Musi natychmiast opuścić ten pałac"
Sahasra-Dal did his best to persuade her otherwise.
Sahasra-Dal zrobił wszystko, co mógł, żeby ją przekonać do zmiany decyzji.
He earnestly pleaded on behalf of his friend.
Gorąco błagał w imieniu swego przyjaciela.
But his efforts were in vain.
Ale jego wysiłki poszły na marne.
The queen-mother had made up her mind.
Królowa-matka podjęła już decyzję.
He had to be driven out of the palace.
Musieli go wygnać z pałacu.
Sahasra-Dal had not the courage to tell his friend.
Sahasra-Dal nie miał odwagi powiedzieć o tym przyjacielowi.
He therefore wrote a letter to him.
Napisał więc do niego list.
In the letter he was vague about the reason.
W liście nie sprecyzował powodu.
But either way, he was going to have to leave.
Ale tak czy inaczej, musiał odejść.
Champa-Dal went to have a bath.
Champa-Dal poszła wziąć kąpiel.
And the letter was put in his room.
A list został położony w jego pokoju.
Champa-Dal was grieved upon reading the letter.
Champa-Dal była zasmucona po przeczytaniu listu.

He mounted his fleet of horses.
Wsiadł na swoje konie.
And on his horses, he left the palace.
I na koniach opuścił pałac.

Champa's horses were uncommonly fleet.
Konie Champy były niezwykle szybkie.
Soon he had traversed thousands of miles.
Wkrótce przemierzył tysiące mil.
And eventually he reached a new city.
I w końcu dotarł do nowego miasta.
He stood at the gateway of a magnificent palace.
Stał u bramy wspaniałego pałacu.
He dismounted from his horse.
Zsiadł z konia.
And he entered the palace.
I wszedł do pałacu.
But in the palace he met not a single creature.
Ale w pałacu nie spotkał ani jednego stworzenia.
He went from apartment to apartment.
Chodził od mieszkania do mieszkania.
All the rooms were richly furnished.
Wszystkie pokoje były bogato umeblowane.
But none of the rooms were lived in.
Jednak żaden z pokoi nie był zamieszkany.
But in the end he came to a different room.
Ale ostatecznie dotarł do innego pokoju.
In this room there was a young lady.
W tym pokoju była młoda dama.
The young lady was of heavenly beauty.
Młoda dama miała niebiańską urodę.
And she was lying down on a splendid bedstead.
A ona leżała na wspaniałym łożu.
The beautiful young lady was asleep.
Piękna młoda dama spała.
Champa-Dal looked upon the sleeping beauty.
Champa-Dal spojrzał na śpiącą królewnę.

He was captivated by what he was seeing.
Był oczarowany tym, co zobaczył.
He had not seen any woman so beautiful.
Nigdy nie widział tak pięknej kobiety.
Upon the bed there were two sticks.
Na łóżku leżały dwa patyki.
The two sticks were near the woman's head.
Oba patyki znajdowały się blisko głowy kobiety.
One of the sticks was made of silver.
Jeden z kijów był wykonany ze srebra.
And the other stick was made of gold.
A drugi kij był ze złota.
Champa took the silver stick into his hand.
Champa wziął srebrny kij do ręki.
And with the stick he touched the body of the lady.
I kijem dotknął ciała damy.
But no change was perceptible to her sleep.
Jednak nie zauważyła żadnych zmian w jej śnie.
He then took up the gold stick.
Następnie wziął do ręki złotą laskę.
And with the stick he touched the body of the lady.
I kijem dotknął ciała damy.
This time the young lady did awake.
Tym razem młoda dama się obudziła.
Eyeing the stranger, she inquired who he was.
Przyglądając się nieznajomemu, zapytała, kim on jest.
"I am Champa-Dal," he told her.
„Jestem Champa-Dal" – powiedział jej.
"There was once a poor dimwitted Brahman"
„Był sobie kiedyś biedny, tępy bramin"
"This dimwitted man had a wife, but no children"
„Ten tępy człowiek miał żonę, ale nie miał dzieci"
"But him not having children was probably for the best"
„Ale to, że nie miał dzieci, było prawdopodobnie najlepszym rozwiązaniem"
"Because he was barely able to meet his own needs"
„Ponieważ ledwo był w stanie zaspokoić własne potrzeby"

"And he could hardly supply enough for his wife"
„I ledwo mógł zapewnić wystarczająco dużo dla swojej żony"
"But his dimwittedness was not even his biggest problem"
„Ale jego tępota nie była nawet jego największym
problemem"
And he continued the story as we have followed it.
I kontynuował opowieść, tak jak ją śledziliśmy.
"My mother concluded her fate was sealed"
„Moja matka doszła do wniosku, że jej los jest przesądzony"
"And she thought my father would meet the same fate"
„I myślała, że mój ojciec spotka ten sam los"
"And she did not expect me to be spared either"
„I ona też nie spodziewała się, że mnie oszczędzą"
"That night she hardly slept at all"
„Tej nocy prawie w ogóle nie spała"
"The Rakshasi had prevented her from seeing my father"
„Rakshasi uniemożliwili jej spotkanie z moim ojcem"
"Early next morning I went to school"
„Następnego ranka poszedłem do szkoły"
"Before I went to school she gave me a golden bottle"
„Zanim poszedłem do szkoły, dała mi złotą butelkę"
"In the golden bottle was her own breast milk"
„W złotej butelce było jej własne mleko z piersi"
"I was told to carefully watch the colour of the milk"
„Powiedziano mi, żebym uważnie obserwował kolor mleka"
And he continued the story as we have followed it.
I kontynuował opowieść, tak jak ją śledziliśmy.
"We will stand as proxies for your family"
„Będziemy reprezentować twoją rodzinę"
"There was a great deal of objection to our proposal"
„Nasza propozycja spotkała się z wieloma sprzeciwami"
"But eventually we persuaded our hosts"
„Ale ostatecznie przekonaliśmy naszych gospodarzy"
"Finally the hosts consented to the arrangement"
„Wreszcie gospodarze zgodzili się na ten układ"
And he continued the story as we have followed it.
I kontynuował opowieść, tak jak ją śledziliśmy.

"So I often slept outside the zenana"
„Często spałem poza zenaną"
"I was not far from the outer gate of the palace"
„Byłem niedaleko zewnętrznej bramy pałacu"
"And from there I could observe her"
„I stamtąd mogłem ją obserwować"
"I saw her devouring sundry goats and sheep"
„Widziałem, jak pożerała rozmaite kozy i owce "
"And I saw her devouring horses and elephants"
„I widziałem, jak pożerała konie i słonie"
And he continued the story as we have followed it.
I kontynuował opowieść, tak jak ją śledziliśmy.
"One day a letter was put in my room"
„Pewnego dnia do mojego pokoju włożono list"
"I was grieved upon reading the letter"
„Po przeczytaniu listu poczułem smutek"
"I mounted my fleet of horses"
„Wsiadłem na swoje konie"
"And on my horses he left the palace"
„I na moich koniach opuścił pałac"
"My horse are uncommonly fleet"
„Moje konie są niezwykle szybkie"
"Soon I had traversed thousands of miles"
„Wkrótce przemierzyłem tysiące mil"
"And eventually I reached a new city"
„I w końcu dotarłem do nowego miasta"
And he continued the story as we have followed it.
I kontynuował opowieść, tak jak ją śledziliśmy.
"I took the silver stick into his hand"
„Wziąłem mu do ręki srebrny kij"
"And with the stick I touched your body"
„I kijem dotknąłem twojego ciała"
"But no change was perceptible to your sleep"
„Ale nie zauważyłem żadnej zmiany w twoim śnie"
"I then took up the gold stick"
„Potem wziąłem do ręki złotą laskę"
And with the stick he touched your body.

I kijem dotknął twojego ciała.
"This time you did awake from your sleep"
„Tym razem obudziłeś się ze snu"
The young lady had listened to Champa-Dal's story.
Młoda dama wysłuchała opowieści Champa-Dal.
The young lady was in fact a princess.
Ta młoda dama była w rzeczywistości księżniczką.
"Unhappy man! why have you come here?"
„Nieszczęśliwy człowieku! Po co tu przyszedłeś?"
"This is the country of Rakshasas"
„To jest kraj Rakshasas"
"No less than seven hundred Rakshasas live here"
„Mieszka tu nie mniej niż siedemset Rakshasów"
"Every morning the Rakshasas leave"
„Każdego ranka Rakshasowie odchodzą"
"They go to the other side of the ocean"
„Wypływają na drugą stronę oceanu"
"And they search for provisions there"
„I tam szukają zaopatrzenia"
"And before dusk they return again"
„A przed zmierzchem znów powrócą"
"My father was king in these regions"
„Mój ojciec był królem w tych regionach"
"His kingdom had millions of subjects"
„Jego królestwo miało miliony poddanych"
"They lived in flourishing towns and cities"
„Mieszkali w kwitnących miastach"
"But some years ago the Rakshasas invaded"
„Ale kilka lat temu Rakshasowie dokonali inwazji"
"And they devoured all the subjects of the kingdom"
„I pożarli wszystkich poddanych królestwa"
"The Rakshasas devoured my father and my mother"
„Rakshasowie pożarli mojego ojca i moją matkę"
"The Rakshasas devoured my brothers and sisters"
„Rakshasowie pożarli moich braci i siostry"
"And they devoured all the cattle of the country"
„I pożarli całe bydło kraju"

"There is no living human being in these regions"
„W tych regionach nie ma ani jednej żywej istoty ludzkiej"
"I am the last human living left"
„Jestem ostatnim żyjącym człowiekiem"
"I too would have been devoured long ago"
„Ja też dawno zostałbym pożarty"
"But an old Rakshasi took a liking to me"
„Ale pewien stary Rakshasi mnie polubił"
"She prevents the other Rakshasas from eating me"
„Ona powstrzymuje innych Rakshasów przed zjedzeniem
mnie"
"Do you see those sticks of silver and gold?"
„Widzisz te pałeczki ze srebra i złota?"
"Every morning she kills me with the silver stick"
„Każdego ranka zabija mnie srebrnym kijem"
"Every evening she re-animates me with the gold stick"
„Co wieczór ożywia mnie złotą pałeczką"
"I do not know how to advise you"
„Nie wiem, jak ci doradzić"
"If the Rakshasas see you, you are a dead man"
„Jeśli Rakshasowie cię zobaczą, jesteś trupem"
Then they talked in a very affectionate manner.
Potem rozmawiali w bardzo serdeczny sposób.
And they laid their heads together.
I położyli głowy razem.
And they thought to devise a means of escape.
I pomyśleli, jak obmyślić sposób ucieczki.
Some way to get out of the hands of the Rakshasas.
Jakiś sposób, żeby uwolnić się z rąk Rakshasasów.

The hour of the return of the Rakshasas was coming.
Nadeszła godzina powrotu Rakshasasów.
The seven hundred flesh-eaters were soon returning.
Siedemset mięsożerców wkrótce powróciło.
Keshavati called out to Champa-Dal.
Keshavati zawołała Champa-Dal.
(Because that was the name of the princess)

(Bo tak miała na imię księżniczka)
"Hide yourself in the heaps of the sacred trefoil"
„Ukryj się w stosach świętej koniczyny"
But first Champ Dal picked up the silver stick.
Ale najpierw Champ Dal sięgnął po srebrną pałkę.
He touched Keshavati with the silver stick.
Dotknął Keshavati srebrną pałeczką.
And as soon as he touched her, she died.
A gdy tylko jej dotknął, ona umarła.
Then he went to the center of the temple of Siva.
Następnie udał się do centrum świątyni Śiwy.
And he hid beneath the heaps of sacred trefoil.
I ukrył się pod stosami świętej koniczyny.
From his hiding place he heard the sound of wind rushing.
Ze swojego ukrycia słyszał szum wiatru.
Then he heard terrible noises in the palace.
Wtedy usłyszał straszne hałasy w pałacu.
The Rakshasas had come home from their hunt.
Rakshasowie wrócili z polowania.
They had filled their stomachs with meat.
Napełnili żołądki mięsem.
Sundry goats, sheep, cows, horses, buffaloes.
Różne kozy, owce, krowy, konie, bawoły.
And they had devoured elephants too.
A słonie też pożarli.
The old Rakshasi returned to the palace too.
Stary Rakshasi także powrócił do pałacu.
She went to the room of the sleeping princess.
Poszła do pokoju śpiącej księżniczki.
And she woke her with the stick made of gold.
I obudziła ją za pomocą laski zrobionej ze złota.
"Hye, mye, khye! A human being I smell"
„Hye, mye, khye! Czuję człowieka"
"I am the only human being here," said the princess.
„Jestem tu jedynym człowiekiem" – powiedziała księżniczka.
"Eat me if you like," added Keshavati.
„Zjedz mnie, jeśli chcesz" – dodał Keshavati.

To this the Rakshasi replied:
Na to Rakshasi odpowiedział:
"Let me eat up your enemies"
„Pozwól mi pożreć twoich wrogów"
"Why should I eat you?" she asked the princess.
„Dlaczego miałabym cię zjeść?" zapytała księżniczkę.
She laid herself down on the ground.
Położyła się na ziemi.
She was as long and high as the Vindhya Hills.
Była długa i wysoka jak wzgórza Vindhya.
And in this position she fell asleep.
I w tej pozycji zasnęła.
The other Rakshasas and Rakshasis soon fell asleep too.
Pozostali Rakshasowie i Rakshasi również wkrótce zasnęli.
Because they were tired from their gigantic labor.
Ponieważ byli zmęczeni gigantyczną pracą.
Keshavati also composed herself to sleep.
Keshavati także przygotowała się do snu.
But Champa did not dare to come out from under the leaves.
Ale Czampa nie odważył się wyjść spod liści.
And he tried his best to pray to the god of repose.
I starał się jak mógł modlić do boga spokoju.

At daybreak all seven hundred Rakshasas got up again.
O świcie wszyscy siedmiuset Rakshasasów wstało ponownie.
They went on their usual predatory excursion.
Wyruszyli na swoją zwykłą, drapieżną wycieczkę.
And along with them went the old Rakshasi.
A wraz z nimi poszedł stary Rakshasi.
But first the old Rakshasi picked up the silver stick.
Ale najpierw stary Rakshasi podniósł srebrny kij.
And she touched Keshavati with the silver stick.
I dotknęła Keshavati srebrną laską.
Soon the coast was clear for Champa-Dal.
Wkrótce wybrzeże Champa-Dal stało się wolne.
And he dared to come out from under the pile of leaves.
I odważył się wyjść spod sterty liści.

He walked back into the room of the princess.
Wrócił do pokoju księżniczki.
And he touched her with the golden stick.
I dotknął jej złotą laską.
And the princess revived from her death again.
I księżniczka znów ożyła po śmierci.
They sauntered about in the gardens.
Wędrowali po ogrodach.
They enjoyed the cool breeze of the morning.
Cieszyli się chłodnym porannym wiatrem.
They bathed in a lucid pool of water.
Kąpali się w przejrzystej kałuży wody.
And they ate and drank food in the palace.
I jedli i pili w pałacu.
And they spent the day in sweet converse.
I spędzili dzień na słodkiej pogawędce.
And they concocted a plan for their deliverance.
I ułożyli plan swojego wybawienia.
Keshavaity was going to speak to the old Rakshasi.
Keshavaity miał zamiar przemówić do starego Rakshasi.
She was going to ask on what a Rakshasa's life depended.
Zamierzała zapytać, od czego zależy życie Rakshasa.
And with that secret they were going to act accordingly.
Mając ten sekret, zamierzali działać zgodnie z nim.

The hour of the return of the Rakshasas was coming again.
Znów nadchodziła godzina powrotu Rakshasasów.
And events unfolded as they had the evening before.
A wydarzenia potoczyły się podobnie jak poprzedniego
wieczoru.
The seven hundred flesh-eaters were returning to the palace.
Siedemset mięsożerców wracało do pałacu.
Champ Dal touched Keshavati with the silver stick.
Champ Dal dotknął Keshavati srebrną pałeczką.
She died like the had died the night before.
Zmarła tak samo, jak zmarła poprzedniej nocy.
Champa-Dal went to the center of the temple of Siva.

Champa-Dal udał się do centrum świątyni Siwy.
He hid beneath the heaps of sacred trefoil again.
Znów ukrył się pod stosami świętej koniczyny.
He heard the sound of wind rushing.
Usłyszał szum wiatru.
And he heard terrible noises in the palace.
I usłyszał straszne hałasy w pałacu.
The Rakshasas had come home from their hunt.
Rakshasowie wrócili z polowania.
They had filled their stomachs with meat.
Napełnili żołądki mięsem.
Sundry goats, sheep, cows, horses, buffaloes.
Różne kozy, owce, krowy, konie, bawoły.
And they had devoured elephants too.
A słonie też pożarli.
The old Rakshasi returned to the palace too.
Stary Rakshasi także powrócił do pałacu.
She went to the room of the sleeping princess.
Poszła do pokoju śpiącej księżniczki.
And she woke her with the stick made of gold.
I obudziła ją za pomocą laski zrobionej ze złota.
"Hye, mye, khye! A human being I smell"
„Hye, mye, khye! Czuję człowieka"
"I am the only human being here," said the princess.
„Jestem tu jedynym człowiekiem" – powiedziała księżniczka.
"Eat me if you like," added Keshavati.
„Zjedz mnie, jeśli chcesz" – dodał Keshavati.
To this the Rakshasi replied:
Na to Rakshasi odpowiedział:
"Let me eat up your enemies"
„Pozwól mi pożreć twoich wrogów"
"Why should I eat you?" she asked the princess.
„Dlaczego miałabym cię zjeść?" zapytała księżniczkę.
She laid herself down on the ground.
Położyła się na ziemi.
And she looked like a part of the Himalaya mountains.
Wyglądała jak część Himalajów.

Keshavati had a phial of heated mustard oil.
Keshavati miała fiolkę z podgrzanym olejem musztardowym.
And she approached the foot of the Rakshasi.
I zbliżyła się do stóp Rakshasi.
"Mother, your feet are sore from walking"
„Mamo, bolą cię nogi od chodzenia"
"Let me rub your sore feet with oil"
„Pozwól, że natrę olejkiem twoje obolałe stopy"
And she began to rub with oil the Rakshasi's feet.
I zaczęła nacierać olejem stopy Rakshasi.
Then a few tear-drops fell from the eyes of the princess.
Wtedy z oczu księżniczki spłynęło kilka łez.
And the tear-drops landed on the monster's legs.
A łzy spadały na nogi potwora.
The Rakshasi tasted the tear-drops with her lips.
Rakshasi smakowała łzy ustami.
And she found the tear-drops tasted briny.
I stwierdziła, że łzy mają słony smak.
"Why are you weeping, darling?" asked the Rakshasi.
„Dlaczego płaczesz, kochanie?" zapytał Rakshasi.
"What aileth thee?" she wanted to know.
„Co ci jest?" chciała wiedzieć.
The princess tried to stop herself from crying.
Księżniczka próbowała powstrzymać się od płaczu.
"Mother, I am weeping because you are old"
„Matko, płaczę, bo jesteś stara"
"When you die one of the Rakshasas will devour me"
„Kiedy umrzesz, jeden z Rakshasasów mnie pożre"
"When I die?! Don't be foolish, girl"
„Kiedy umrę?! Nie bądź głupia, dziewczyno"
"Don't you know that Rakshasas never die?"
„Czy nie wiesz, że Rakshasowie nigdy nie umierają?"
"We are not naturally immortal"
„Z natury nie jesteśmy nieśmiertelni"
"There is a secret to our strength"
„Jest sekret naszej siły"
"But no human can unravel this secret"

„Ale żaden człowiek nie jest w stanie rozwikłać tej tajemnicy"
"But let me tell you the secret"
„Ale pozwól, że zdradzę ci sekret"
"So that you are comforted a little"
„Abyście się trochę pocieszyli"
"Do you see the pool of water in the palace?"
„Widzisz ten basen z wodą w pałacu?"
"In that pool of water is a Sphatikasthamba"
„W tym basenie wodnym jest Sphatikasthamba"
"The Sphatikasthamba is deep in the water"
„Sphatikasthamba jest głęboko w wodzie"
"And on the Sphatikasthamba are two bees"
„A na Sphatikasthamba są dwie pszczoły"
"A human being would have to dive into the water"
„Człowiek musiałby zanurkować do wody"
"The human being would have to bring the bees onto dry land"
„Człowiek musiałby przenieść pszczoły na suchy ląd "
"Then the human being would have to kill the two bees"
„Wtedy człowiek musiałby zabić te dwie pszczoły"
"But not a drop of their blood must touch the ground"
„Ale ani jedna kropla ich krwi nie może dotknąć ziemi"
"Only then can a human kill a Rakshasa"
„Dopiero wtedy człowiek może zabić Rakshasę"
"But if the blood touches the ground, a thousand Rakshasas will rise"
„Ale jeśli krew dotknie ziemi, powstanie tysiąc Rakshasasów"
"But what human will find out this secret?"
„Ale który człowiek odkryje tę tajemnicę?"
"And what human can achieve this feat?"
„A który człowiek jest w stanie dokonać tego wyczynu?"
"No human knows the secret to the life of a Rakshasa"
„Żaden człowiek nie zna sekretu życia Rakshasa"
"And no human can achieve such a feat"
„I żaden człowiek nie jest w stanie dokonać takiego wyczynu"
"So there is no reason to be sad, my darling"
„Więc nie ma powodu do smutku, kochanie"

"I am practically immortal," she confirmed.
„Jestem praktycznie nieśmiertelna" – potwierdziła.
Keshavati treasured the secret in her memory.
Keshavati zachowała tę tajemnicę w swojej pamięci.
And then she went back to sleep.
A potem poszła spać.

Next morning the Rakshasas, as usual, went away.
Następnego ranka Rakshasowie, jak zwykle, odeszli.
Champa came out of his hiding-place.
Champa wyszedł ze swojej kryjówki.
And he roused Keshavati from her sleep.
I wyrwał Keshavati ze snu.
The princess told him the secret she had learnt.
Księżniczka opowiedziała mu sekret, który poznała.
Champa-Dal immediately started to prepare himself.
Champa-Dal natychmiast zaczął się przygotowywać.
He brought to the pool a knife.
Przyniósł na basen nóż.
And he brought a quantity of ashes.
I przyniósł trochę popiołu.
He took off his heavy clothes.
Zdjął ciężkie ubranie.
He put a drop or two of mustard oil into each ear.
Wpuścił do każdego ucha kroplę lub dwie oleju
musztardowego.
To prevent water from entering into his ears.
Aby zapobiec przedostawaniu się wody do uszu.
He swam out into the middle of the water.
Wypłynął na środek wody.
And from there he dove down into the pool.
Stamtąd zanurkował do basenu.
Soon he reached the top of the crystal pillar.
Wkrótce dotarł na szczyt kryształowego filaru.
And on Sphatikasthamba were the two bees.
A na Sphatikasthambie były dwie pszczoły.
He caught hold of the two bees he found there.

Złapał dwie pszczoły, które tam znalazł.

And he swam up again in a singular breath.

I wypłynął ponownie na powierzchnię, jednym tchem.

He took the knife he had left at the edge of the water.

Wziął nóż, który zostawił na brzegu wody.

And over the ashes he cut up the bees.

I nad popiołem poćwiartował pszczoły.

A drop or two of the blood fell from the bees.

Z pszczół spadła kropla lub dwie krwi.

But their blood did not touch the ground.

Ale ich krew nie dotknęła ziemi.

Instead, their blood landed on the ashes.

Zamiast tego ich krew wylądowała na popiołach.

A terrible scream was heard at a distance.

Z oddali słychać było przeraźliwy krzyk.

The scream was the wailing of the Rakshasas.

Krzyk był zawodzeniem Rakshasasów.

They were all running home as fast as they could.

Wszyscy biegli do domu tak szybko, jak tylko mogli.

They wanted to prevent the bees from being killed.

Chcieli zapobiec wybijaniu pszczół.

But they could not reach the palace in time.

Jednak nie udało im się dotrzeć do pałacu na czas.

Because the bees had already perished.

Ponieważ pszczoły już wyginęły.

The moment the bees were killed, all the Rakshasas died.

W chwili zabicia pszczół wszyscy Rakshasowie zginęli.

Their carcasses fell on the very spot they were standing.

Ich ciała upadły dokładnie w miejscu, w którym stali.

Their carcasses now blocked the gateway of the palace.

Ich ciała blokowały teraz bramę pałacu.

In this manner the seven hundred Rakshasas were destroyed.

W ten sposób zniszczono siedemset Rakshasasów.

Afterwards Champa-Dal and Keshavati got married.

Później Champa-Dal i Keshavati wzięli ślub.

They made the traditional exchange of garlands of flowers.
Odbyła się tradycyjna wymiana girland z kwiatów.
The princess had never been out of the house.
Księżniczka nigdy nie wychodziła z domu.
So she naturally expressed a desire to see the outer world.
Nic więc dziwnego, że wyraziła chęć poznania świata
zewnętrznego.
Every morning and evening they went on long walks.
Każdego ranka i wieczora wybierali się na długie spacery.
There was a large river Keshavati wished to bathe in.
Była duża rzeka, w której Keshavati chciał się wykąpać.
As she bathed one of Keshavati's hairs came off.
Podczas kąpieli Keshavati wypadł jeden włos.
There was a special custom in those times.
W tamtych czasach istniał pewien szczególny zwyczaj.
A woman never threw away a hair away by itself.
Kobieta nigdy nie straciła ani jednego włosa z własnej woli.
A sea-shell was floating in the water.
Muszla unosiła się na wodzie.
So Keshavati tied the strand of hair to the sea-shell.
Keshavati przywiązała więc pasmo włosów do muszli.
And then the couple returned to the palace.
A potem para wróciła do pałacu.
Meanwhile the sea-shell floated down the stream.
Tymczasem muszla płynęła z prądem.
And in due time the sea-shell reached another bathing spot.
I w odpowiednim czasie muszla dotarła do innego miejsca
kąpieli.
This was the bathing spot Sahasra-Dal went to.
To właśnie tutaj kąpała się Sahasra-Dal.
Here Champa-Dal's brother performed his ablutions.
Tutaj brat Champa-Dal dokonał ablucji.
On this day Sahasra-Dal was in the water.
Tego dnia Sahasra-Dal znajdowała się w wodzie.
He was bathing and swimming with his friends.
Kąpał się i pływał ze swoimi przyjaciółmi.
And so the sea-shell floated past the men.

I tak muszla przepłynęła obok mężczyzn.
The men were in a playful mood that day.
Tego dnia mężczyźni byli w żartobliwym nastroju.
"Whoever gets to the sea-shell first wins"
„Kto pierwszy dotrze do muszli, wygrywa"
And so they all swam towards the sea-shell.
I tak wszyscy popłynęli w kierunku muszli.
Sahasra-Dal was the strongest swimmer among his friends.
Sahasra-Dal był najsilniejszym pływakiem wśród swoich przyjaciół.
And so he was the first the reach the sea-shell.
I tak oto jako pierwszy dotarł do muszli.
Examining the seashell, he found a hair tied to it.
Przyglądając się muszli, znalazł do niej przywiązany włos.
But it was a hair of extraordinary length.
Ale był to włos o niezwykłej długości.
He had never seen such a long hair.
Nigdy nie widział tak długich włosów.
The strand of hair was exactly seven cubits long.
Pasmo włosów miało dokładnie siedem łokci długości.
"This strand of hair must belong to a woman"
„Ten kosmyk włosów musi należeć do kobiety"
"And this woman must be very remarkable"
„A ta kobieta musi być naprawdę niezwykła"
"I must see who this remarkable woman is"
„Muszę zobaczyć, kim jest ta niezwykła kobieta"
Sahasra-Dal was determined to find the remarkable woman.
Sahasra-Dal postanowiła odnaleźć niezwykłą kobietę.
He went home from the river in a pensive mood.
Wrócił do domu znad rzeki w zamyśleniu.
And he did not proceed to the zenana for breakfast.
I nie udał się do zenany na śniadanie.
Instead he remained in the outer part of the palace.
Zamiast tego pozostał w zewnętrznej części pałacu.
The queen-mother heard about Sahasra-Dal's melancholy.
Królowa-matka dowiedziała się o smutku Sahasra-Dal.
And she heard he had not come to breakfast.

I usłyszała, że nie przyszedł na śniadanie.
So she went to him and asked the reason.
Poszła więc do niego i zapytała o przyczynę.
He showed her the strand of hair he had found.
Pokazał jej pasmo włosów, które znalazł.
"I must see the woman who's head this strand of hair adorned"
„Muszę zobaczyć kobietę, której głowę zdobi ten kosmyk włosów"
The queen-mother was happy to help her son-in-law.
Królowa matka chętnie pomogła swemu zięciowi.
"Very well," she said to him.
„Bardzo dobrze" – odpowiedziała mu.
"You shall soon have that lady in the palace"
„Wkrótce będziesz miał tę damę w pałacu"
"I promise you to bring her here"
„Obiecuję ci, że ją tu przyprowadzę"
The queen mother already had a plan.
Królowa matka miała już plan.
Her favourite maid-servant would be good at the job.
Jej ulubiona służąca na pewno sprawdziłaby się w tej pracy.
Because this maid-servant was very resourceful.
Ponieważ ta służąca była bardzo zaradna.
Of course the queen-mother did not really know her maid.
Oczywiście, królowa-matka tak naprawdę nie znała swojej służącej.
She did not know her favourite maid was a Rakshasi.
Nie wiedziała, że jej ulubiona pokojówka była Rakshasi.
"Please find the owner of this strand of hair," she asked.
„Proszę znaleźć właściciela tego włosa" – poprosiła.
And her maid-servant more than politely agreed.
A jej służąca uprzejmie się zgodziła.
"It would my pleasure to find this woman"
„Z przyjemnością odnalazłbym tę kobietę"
"I will soon bring her to the palace"
„Wkrótce przyprowadzę ją do pałacu"
"I will need a boat build from Hajol wood"

„Będę potrzebował łodzi zbudowanej z drewna Hajol"
"The oars of the boat must be made from Mon-Paban wood"
„Wiosła łodzi muszą być wykonane z drewna Mon-Paban"
The boat makers soon made the boat.
Producenci łodzi wkrótce ją zbudowali.
And the boat was launched on the stream.
I łódkę spuszczono na nurt.
The maid-servant went on board of the boat.
Służąca weszła na pokład łodzi.
With her she took some baskets of wicker.
Zabrała ze sobą kilka koszyków wiklinowych.
The baskets of wicker were of curious workmanship.
Kosze wiklinowe charakteryzowały się ciekawym wykonaniem.
She also took with her some sweetmeats.
Zabierała ze sobą także słodycze.
Into the sweetmeats some poison had been mixed.
Do słodyczy dodano odrobinę trucizny.
She snapped her fingers thrice.
Pstryknęła palcami trzy razy.
And then she uttered the following charm:
A potem wypowiedziała następujące zaklęcie:
"Boat of Hajol! Oars of Mon Paban!"
„Łódź Hajol! Wiosła Mon Paban!"
"Take me to the Ghat,"
„Zabierz mnie do Ghatu"
"The Ghat in which Keshavati bathes"
„Ghat, w którym kąpie się Keshavati"
The boat heeded to her command.
Łódź posłuchała jej polecenia.
And the boat flew like lightning over the waters.
A łódź pędziła jak błyskawica po wodach.
And the boat left many towns and cities behind.
A łódź zostawiła za sobą wiele miast i miasteczek.
At last the boat stopped at a bathing-place.
Na koniec łódź zatrzymała się w miejscu kąpielowym.
The Rakshasi maid-servant had reached her goal.

Służąca Rakshasi osiągnęła swój cel.
She concluded it was the bathing ghat of Keshavati.
Doszła do wniosku, że jest to ghat kąpielowy Keshavati.
She landed with the sweetmeats in her hand.
Wylądowała ze słodyczami w ręku.
She went to the gate of the palace, and cried aloud:
Poszła do bramy pałacu i zawołała głośno:
"Oh Keshavati! Keshavati! I am your aunt"
„O Keshavati! Keshavati! Jestem twoją ciocią"
"Oh Keshavati, I am your mother's sister"
„O Keshavati, jestem siostrą twojej matki"
"I have come to see you, my darling"
„Przyszedłem cię zobaczyć, kochanie"
"I have come after so many years"
„Przybyłem po tylu latach"
"Are you home, Keshavati?" she asked.
„Jesteś w domu, Keshavati?" zapytała.
The princess heard the words of the false-aunt.
Księżniczka usłyszała słowa fałszywej ciotki.
She came out of her room and to the entrance of the palace.
Wyszła ze swojego pokoju i podeszła do wejścia pałacu.
She had no doubt that it was really her aunt.
Nie miała wątpliwości, że to naprawdę jej ciotka.
And she embraced and kissed her aunt.
I objęła i pocałowała swoją ciotkę.
They both wept rivers of joy.
Oboje płakali ze szczęścia.
Although you should know the Rakshasi wept first.
Chociaż powinieneś wiedzieć, że Rakshasi zapłakał pierwszy.
Keshavati wept with her out of empathy.
Keshavati płakała razem z nią ze współczucia.
Champa-Dal also believed the Rakshasi to be her aunt.
Champa-Dal uważała również, że Rakshasi była jej ciotką.
They all ate and drank and enjoyed the happy occasion.
Wszyscy jedli, pili i cieszyli się tą radosną okazją.
And then they took rest in the middle of the day.
A potem odpoczywali w środku dnia.

And they celebrated again in the evening.
I wieczorem świętowali znowu.

The next day the celebrations continued at breakfast.
Następnego dnia świętowanie kontynuowano przy śniadaniu.
Champa-Dal had a habit of sleeping after breakfast.
W Champa-Dal panował zwyczaj spania po śniadaniu.
Towards afternoon, the supposed aunt said to Keshavati:
Po południu domniemana ciotka powiedziała do Keshavati:
"Let us both go to the river and wash ourselves:
„Chodźmy oboje nad rzekę i się umyjmy:
Keshavati replied, "How can we go now?"
Keshavati odpowiedziała: „Jak możemy teraz iść?"
"My husband is sleeping," she explained.
„Mój mąż śpi" – wyjaśniła.
"Do not worry about your husband's sleep," said the aunt.
„Nie martw się o sen męża" – rzekła ciotka.
"Let him sleep as much as he likes"
„Niech śpi tyle, ile chce"
"Let me put these sweetmeats near his bedside"
„Pozwól mi położyć te słodycze przy jego łóżku"
"That way, when he awakes, he has something to eat"
„W ten sposób, kiedy się obudzi, będzie miał coś do jedzenia"
Then they then went to the river-side.
Następnie udali się nad rzekę.
They went close to the spot where the boat was.
Podeszli blisko miejsca, w którym znajdowała się łódź.
From a distance Keshavati saw the baskets of wicker-work.
Z daleka Keshavati zobaczyła koszyki z wikliny.
"Aunt, what beautiful things are those!"
„Ciociu, jakie to piękne rzeczy!"
"I wish I could get some of those wicker baskets"
„Chciałbym dostać kilka z tych wiklinowych koszyków"
Her aunt happily obliged her.
Ciotka chętnie jej pomogła.
"Come, my child, and look at the wicker baskets"
„Chodź, moje dziecko, i spójrz na te wiklinowe koszyki"

"You can have as many baskets as you like"
„Możesz mieć tyle koszyków, ile chcesz"
Keshavati at first refused to go into the boat.
Keshavati początkowo odmówiła wejścia do łodzi.
But her aunt was very persuasive.
Ale jej ciotka była bardzo przekonująca.
And finally she went onto the boat.
I w końcu weszła na łódź.
But once on the boat her aunt did a strange thing.
Ale gdy już była na statku, jej ciotka zrobiła coś dziwnego.
The aunt snapped her fingers thrice and said:
Ciotka pstryknęła palcami trzy razy i rzekła:
"Boat of Hajol! Oars of Mon-Paban!"
„Łódź Hajol! Wiosła Mon-Paban!"
"Take me to the Ghat,"
„Zabierz mnie do Ghatu"
"The Ghat in which Sahasra-Dal bathes"
„Ghat, w którym kąpie się Sahasra-Dal"
And the boat heeded to her command.
I łódź posłuchała jej polecenia.
And the boat flew like an arrow over the waters.
A łódź jak strzała leciała nad wodami.
Keshavati was frightened and began to cry.
Keshavati przestraszyła się i zaczęła płakać.
But the boat went on despite her crying.
Jednak łódź płynęła dalej, mimo że ona płakała.
And the boat left behind many towns and cities.
A łódź zostawiła za sobą wiele miast i miasteczek.
In a trice the boat reached its destination.
W mgnieniu oka łódź dotarła do celu.
The ghat where Sahasra-Dal was in the habit of bathing.
Ghat, w którym Sahasra-Dal miała zwyczaj zażywać kąpieli.
Keshavati was taken to the palace.
Keshavati została zabrana do pałacu.
Sahasra-Dal admired her beauty and the length of her hair.
Sahasra-Dal podziwiał jej urodę i długość włosów.
And the ladies of the palace tried their best to comfort her.

A damy pałacu robiły, co mogły, żeby ją pocieszyć.
But she set up a loud cry of protest.
Jednak ona głośno zaprotestowała.
And she wanted to be taken back to her husband.
I chciała, żeby ją zabrano z powrotem do męża.
Finally she saw that she had been taken captive.
W końcu zobaczyła, że została wzięta do niewoli.
So she spoke to the ladies of the palace.
Więc rozmawiała z damami pałacu.
"Upon marriage I made a vow to my husband"
„Po ślubie złożyłam ślubowanie mojemu mężowi"
"I promised not to look upon the face of any other man"
„Obiecałem, że nie spojrzę w twarz żadnego innego
mężczyzny"
"I promised to uphold this vow for six months"
„Obiecałem dotrzymać tej przysięgi przez sześć miesięcy"
She was then lodged away from the others in the palace.
Następnie umieszczono ją z dala od pozostałych w pałacu.
And she was given a small house to live in.
I dano jej mały dom, w którym mogła zamieszkać.
The window of the house overlooked the road.
Okno domu wychodziło na drogę.
There she spent the livelong day.
Tam spędziła całe życie.
And there she spent the livelong night.
I tam spędziła całą noc.
Because she had very little sleep.
Ponieważ bardzo mało spała.
Because her time was spent in sighing and weeping.
Ponieważ jej czas upływał na wzdychaniu i płaczu.

In the meantime Champa-Dal awoke from his sleep.
Tymczasem Champa-Dal obudził się ze snu.
He was distracted with the grief of not finding his wife.
Był rozkojarzony smutkiem, że nie może znaleźć żony.
His suspicions turned to the aunt of Keshavati.
Jego podejrzenia skierowały się ku ciotce Keshavati.

He knew she was a cheat and an impostor.
Wiedział, że jest oszustką i oszustką.
It must have been her who carried away Keshavati.
To musiała być ona, która porwała Keshavati.
He did not eat the sweetmeats left for him.
Nie zjadł słodyczy, które mu zostawiono.
Because he suspected the sweets to have been poisoned.
Ponieważ podejrzewał, że słodycze są zatrute.
He threw one of the sweets to a crow.
Rzucił jeden ze słodyczy wronie.
The moment the crow ate the sweet, it dropped down dead.
W chwili, gdy wrona zjadła słodycz, padła martwa.
This confirmed his suspicion of the pretend aunt.
To potwierdziło jego podejrzenia co do udającej ciotkę.
Maddened with grief, he rushed out of the house.
Wściekły z żalu wybiegł z domu.
He was determined to go wherever his feet took him.
Był zdecydowany pójść dokądkolwiek poniosą go nogi.
Like a madman he blubbered, "Oh Keshavati! Oh
Keshavati!"
Jak szaleniec szlochał: „O Keshavati! O Keshavati!"
He travelled on foot day after day.
Podróżował pieszo dzień po dniu.
And he followed whatever way his feet took him.
I podążał tam, gdzie poprowadziły go nogi.
Six months he spent travelling in this wearisome manner.
Sześć miesięcy spędził podróżując w ten męczący sposób.
After six month he reached the capital of Sahasra-Dal.
Po sześciu miesiącach dotarł do stolicy Sahasra-Dal.
He passed by the gate of the palace.
Przeszedł obok bramy pałacu.
And from the road he could see a small house.
Z drogi mógł dostrzec mały domek.
And from in the house he could hear sighs.
A z domu dobiegały westchnienia.
Champa-Dal instantly recognized his wife.
Champa-Dal natychmiast rozpoznał swoją żonę.

And Keshavita instantly recognized her husband.
A Keshavita natychmiast rozpoznała swojego męża.
Keshavita told her husband everything that had happened.
Keshavita opowiedziała mężowi wszystko, co się wydarzyło.
"The woman asked to go bathing after breakfast"
„Kobieta poprosiła o możliwość kąpieli po śniadaniu"
"At the river there was a boat"
„Nad rzeką była łódź"
"The woman persuaded me onto the boat"
„Kobieta przekonała mnie, żebym wsiadł na łódkę"
"And then the boat took us to this place"
„A potem łódź zabrała nas do tego miejsca"
"I realized that I had been made captive"
„Zdałem sobie sprawę, że zostałem wzięty do niewoli"
"So I told them of my vows to you"
„Więc opowiedziałem im o moich ślubach, które ci złożyłem"
"But tomorrow will be the end of six month"
„Ale jutro minie sześć miesięcy"
There was a custom in those days.
W tamtych czasach istniał pewien zwyczaj.
The fulfilments of vows were publicly recited.
Spełnienie ślubów zostało ogłoszone publicznie.
This was normally fulfilled by a learned Brahman.
Zazwyczaj spełniał to wykształcony bramin.
They planned for Champa-Dal to take on this role.
Zaplanowali, że rolę tę przejmie Champa-Dal.
And so that evening the palace drum was beat.
I tak tego wieczoru zabrzmiał dźwięk pałacowego bębna.
The king wanted a learned Brahman to make a recitation.
Król chciał, aby wyrecytował go uczony bramin.
The story of Keshavati on the fulfilment of her vow.
Historia Keshavati i spełnienia jej ślubowania.
Champa-Dal touched the drum and volunteered.
Champa-Dal dotknął bębna i zgłosił się na ochotnika.
"I will make the recitation of Keshavita's vows"
„Wyrecytuję ślubowania Keshavity"
The next morning all assembled in the courtyard.

Następnego ranka wszyscy zebrali się na dziedzińcu.
The old king and the queen mother.
Stary król i królowa matka.
Sahasra-Dal and his wife were there.
Byli tam Sahasra-Dal i jego żona.
All the courtiers and the learned Brahmans of the country.
Wszyscy dworzanie i uczeni bramini kraju.
All royalty was under a huge canopy of silk.
Cała rodzina królewska znajdowała się pod ogromnym
baldachimem z jedwabiu.
Keshavati was also there, but behind a veil.
Keshavati także tam była, ale za zasłoną.
So that she wouldn't be exposed to the rude gaze of people.
Aby nie narażać się na wściekłe spojrzenia ludzi.
Champa-Dal, the reciter, sat on a dais.
Champa-Dal, recytator, siedział na podwyższeniu.
And he began to tell the story of Keshavati.
I zaczął opowiadać historię Keshavati.
"There was once a poor dimwitted Brahman"
„Był sobie kiedyś biedny, tępy bramin"
"This dimwitted man had a wife, but no children"
„Ten tępy człowiek miał żonę, ale nie miał dzieci"
"But him not having children was probably for the best"
„Ale to, że nie miał dzieci, było prawdopodobnie najlepszym
rozwiązaniem"
"Because he was barely able to meet his own needs"
„Ponieważ ledwo był w stanie zaspokoić własne potrzeby"
"And he could hardly supply enough for his wife"
„I ledwo mógł zapewnić wystarczająco dużo dla swojej żony"
"But his dimwittedness was not even his biggest problem"
„Ale jego tępota nie była nawet jego największym
problemem"
And he continued the story as we have followed it.
I kontynuował opowieść, tak jak ją śledziliśmy.
And sometimes he turned around to Keshavati.
A czasami zwracał się ku Keshavati.
And he asked her if he was telling the story correctly.

I zapytał ją, czy opowiada tę historię poprawnie.
And she told him he was telling the story correctly.
I powiedziała mu, że opowiada historię prawidłowo.
"The Brahman woman concluded her fate was sealed"
„Kobieta braminka doszła do wniosku, że jej los jest
przesądzony"
"And she thought her husband would meet the same fate"
„I myślała, że jej męża spotka ten sam los"
"And she did not expect her son to be spared either"
„I nie spodziewała się, że jej syn zostanie oszczędzony"
"That night she hardly slept at all"
„Tej nocy prawie w ogóle nie spała"
"The Rakshasi had prevented her from seeing her husband"
„Rakshasi uniemożliwili jej zobaczenie męża"
"Early next morning Champa-Dal went to school"
„Następnego ranka Champa-Dal poszła do szkoły"
"Before he went to school, she gave her son a golden bottle"
„Zanim poszedł do szkoły, dała swemu synowi złotą butelkę"
"In the golden bottle was her own breast milk"
„W złotej butelce było jej własne mleko z piersi"
"Carefully watch the colour of the milk"
„Uważnie obserwuj kolor mleka "
During the recitation the Rakshasi maid-servant grew pale.
W trakcie recytacji służąca Rakshasi zbladła.
**She perceived that her real character was going to be
discovered.**
Zdała sobie sprawę, że jej prawdziwy charakter wkrótce
zostanie odkryty.
**And Sahasra-Dal was astonished at the knowledge of the
reciter.**
A Sahasra-Dal zdziwił się wiedzą recytatora.
The reciter clearly told the history of the prince's life.
Recytator wyraźnie opowiedział historię życia księcia.
"A drop or two of the blood fell from the bees"
„Kropla lub dwie krwi spadły z pszczół"
"But their blood did not touch the ground"
„Ale ich krew nie dotknęła ziemi"

"Instead, their blood landed on the ashes"
„Zamiast tego ich krew wylądowała na popiołach"
"A terrible scream was heard at a distance"
„Z oddali słychać było straszny krzyk"
"The scream was the wailing of the Rakshasas"
„Krzyk był lamentem Rakshasasów"
"They were all running home as fast as they could"
„Wszyscy biegli do domu tak szybko, jak tylko mogli"
"They wanted to prevent the bees from being killed"
„Chcieli zapobiec wybijaniu pszczół"
"But they could not reach the palace in time"
„Ale nie udało im się dotrzeć do pałacu na czas"
"Because the bees had already been killed"
„Ponieważ pszczoły zostały już zabite"
"The moment the bees were killed, all the Rakshasas died"
„W chwili zabicia pszczół wszyscy Rakshasowie zginęli"
"Their carcasses fell on the very spot they were standing"
„Ich ciała padły dokładnie w miejscu, w którym stali"
"Their carcasses now blocked the gateway of the palace"
„Ich ciała zablokowały teraz bramę pałacu"
"In this manner the seven hundred Rakshasas were
destroyed"
„W ten sposób zniszczono siedemset Rakshasów"
All where enthralled by the story of the Rakshasas.
Wszyscy byli zafascynowani historią Rakshasas.
Because the story was being told by a true storyteller.
Ponieważ historię tę opowiadał prawdziwy gawędziarz.
All enjoyed the story except for the maid-servant.
Wszyscy, oprócz służącej, bawili się przy tej opowieści.
Because her real character was bound to be discovered.
Ponieważ jej prawdziwy charakter musiał zostać odkryty.
"Champa-Dal touched the drum and volunteered.
„Champa-Dal dotknął bębna i zgłosił się na ochotnika.
"I will make the recitation of Keshavita's vows"
„Wyrecytuję ślubowania Keshavity"
"The next morning all assembled in the courtyard"
„Następnego ranka wszyscy zebrali się na dziedzińcu"

"The old king and the queen mother"
„Stary król i królowa matka"
"Sahasra-Dal and his wife were there"
„Byli tam Sahasra-Dal i jego żona"
"All the courtiers and the learned Brahmans of the country"
„Wszyscy dworzanie i uczeni bramini tego kraju"
"All royalty was under a huge canopy of silk"
„Cała rodzina królewska znajdowała się pod ogromnym baldachimem z jedwabiu"
"Keshavati was also there, but behind a veil"
„Keshavati też tam była, ale za zasłoną"
"So that she wouldn't be exposed to the rude gaze of people"
„Żeby nie narażać się na wściekłe spojrzenia ludzi"
"Champa-Dal, the reciter, sat on a dais"
„Champa-Dal, recytator, siedział na podwyższeniu"
"And he began to tell the story of Keshavati"
„I zaczął opowiadać historię Keshavati"
Sahasra-Dal jumped up from his seat.
Sahasra-Dal podskoczył ze swego miejsca.
And he embraced the reciter of the story.
I objął recytatora opowieści.
"You can be none other than my brother Champa-Dal"
„Nie możesz być nikim innym, tylko moim bratem Champa-Dal"
Then the prince was inflamed with rage.
Wtedy książę zapłonął gniewem.
He ordered the maid-servant to come into his presence.
Rozkazał służącej podejść do niego.
A hole the height of a man was dug in the ground.
Wykopano w ziemi dół o wysokości człowieka.
And the maid-servant was put into the hole, standing.
I wsadzono służącą do dołu, stojąc.
Prickly thorns were heaped around her.
Wokół niej piętrzyły się kłujące ciernie.
Up to the crown of her head she was covered in thorns.
Aż po czubek głowy była pokryta cierniami.
In this way the maid-servant was buried alive.

W ten sposób służąca została żywcem pogrzebana.
After this all lived happily together for many years.
Potem wszyscy żyli razem szczęśliwie przez wiele lat.
Sahasra-Dal and his princess, and Champa-Dal and Keshavati.
Sahasra-Dal i jego księżniczka oraz Champa-Dal i Keshavati.

The Story of Swet and Bachanta
Historia Swet i Bachanty

There was once upon a time a rich merchant.
Dawno, dawno temu żył sobie bogaty kupiec.
This rich merchant had only one son.
Ten bogaty kupiec miał tylko jednego syna.
And he loved his only son very much.
I bardzo kochał swojego jedynego syna.
He gave to his son whatever he wanted.
Dał swemu synowi wszystko, czego ten zapragnął.
Of course his son wanted a beautiful house.
Oczywiście, że jego syn chciał mieć piękny dom.
And he also wanted to have a large garden.
Chciał też mieć duży ogród.
So a beautiful house was built for him.
Zbudowano mu więc piękny dom.
And a fine garden was made for him too.
A dla niego także stworzono piękny ogród.
The merchant's son was pleased with the garden.
Syn kupca był zadowolony z ogrodu.
And he enjoyed walking in the garden.
I lubił spacerować po ogrodzie.
One day a bird's nest caught his attention.
Pewnego dnia jego uwagę przykuło ptasie gniazdo.
This bird happens to be called Toontooni.
Ptak ten nazywa się Toontooni.
He put his hand into the small bird's nest.
Włożył rękę do małego ptasiego gniazda.
And in the nest he found an egg.
A w gnieździe znalazł jajko.
He took the egg out of its nest.
Wyjął jajko z gniazda.
There was an almirah in the wall of his house.
W ścianie jego domu znajdowała się szafa.
So he put the egg in the almirah.
Więc włożył jajko do szafki.

He closed the door of the almirah.
Zamknął drzwi szafy.
And then he thought no more of the egg.
I potem nie myślał już więcej o jajku.
The merchant's son had a house of his own.
Syn kupca miał własny dom.
But he had a house without a household.
Ale miał dom bez rodziny.
So in his house there was no cook.
Więc w jego domu nie było kucharza.
But he had no need for his own cook.
Ale nie potrzebował własnego kucharza.
Because his mother regularly sent him food.
Ponieważ jego matka regularnie wysyłała mu jedzenie.
In the morning she sent him breakfast.
Rano wysłała mu śniadanie.
And every day she had dinner sent to him.
I każdego dnia wysyłano mu obiad.
One day the egg in the almirah burst.
Pewnego dnia jajko w szafce pękło.
But it was not a bird that came out of the egg.
Ale z jajka nie wykluł się ptak.
Out of the egg came a beautiful infant.
Z jajka narodziło się piękne dziecko.
The infant was not a bird, but a human girl.
Niemowlę nie było ptakiem, lecz ludzką dziewczynką.
But the merchant's son knew nothing of the event.
Syn kupca jednak nic nie wiedział o tym wydarzeniu.
He had forgotten everything about the egg.
Zapomniał wszystkiego o jajku.
The door of the wall-almirah had been kept closed.
Drzwi do szafki ściennej były zamknięte.
However, the merchant's son did not lock the door.
Syn kupca jednak nie zamknął drzwi.
The child grew up within the wall-almirah.
Dziecko dorastało w ścianie-almirze.
She had no knowledge of the merchant's son.

Nie wiedziała nic o synu kupca.
Nor did she know of anyone else.
Nie znała nikogo innego.
When the child could walk it grew curious.
Gdy dziecko nauczyło się chodzić, jego ciekawość wzrosła.
And out of curiosity she opened the door.
I z ciekawości otworzyła drzwi.
That day, too, the mother had sent breakfast.
Tego dnia matka również przysłała śniadanie.
And the breakfast had been put on the floor.
A śniadanie postawiono na podłodze.
The child saw the food that was on the floor.
Dziecko zobaczyło jedzenie leżące na podłodze.
Of course the child ate from the food.
Oczywiście, że dziecko jadło.
And then the child returned into the wall.
A potem dziecko wróciło do ściany.
The merchant's mother always made a lot of food.
Matka kupca zawsze przygotowywała dużo jedzenia.
It was more food than he could possibly eat.
To było więcej jedzenia, niż mógł zjeść.
So he didn't notice that any food was missing.
Więc nie zauważył, że czegoś brakuje.
The girl of the wall-almirah came out every day.
Dziewczyna ze ściany-almiry przychodziła każdego dnia.
And every day she ate a part of the food.
I każdego dnia zjadała część jedzenia.
After eating the food she returned to the almirah.
Po zjedzeniu posiłku wróciła do szafki.
But with time the girl got older and older.
Ale z czasem dziewczyna stawała się coraz starsza.
And with age she got bigger and bigger.
A z wiekiem stawała się coraz większa.
And the bigger she got the hungrier she got.
A im była większa, tym bardziej była głodna.
And she began to eat more of the food each day.
I zaczęła jeść coraz więcej tego jedzenia każdego dnia.

Eventually the merchant's son noticed the missing food.

W końcu syn kupca zauważył brak jedzenia.

But he had no way of knowing where the food went.

Ale nie miał pojęcia, gdzie trafia jedzenie.

The last thing he suspected was a girl from inside the almirah.

Ostatnią rzeczą, jakiej się spodziewał, była dziewczyna z wnętrza szafy.

And so he came to a very different conclusion.

I doszedł więc do zupełnie innych wniosków.

"Why is mother sending such a small quantity of food?".

„Dlaczego matka wysyła tak małą ilość jedzenia?"

And he had a message sent to his mother.

I wysłał wiadomość do swojej matki.

"Why am I being sent insufficient food?".

„Dlaczego wysyłają mi za mało jedzenia?"

"And why is the dish served so slovenly?".

„A dlaczego danie jest podane tak niechlujnie?".

Of course we know why the food was insufficient.

Oczywiście wiemy, dlaczego jedzenia było za mało.

And we know why the food was presented slovenly.

I wiemy dlaczego jedzenie było podane niechlujnie.

The girl from in the wall ate from his food.

Dziewczyna ze ściany jadła z jego jedzenia.

And as she ate she fingered the rice and curry.

Jedząc, próbowała ryżu z curry.

And she always hurried back into her cell in the wall.

I zawsze szybko wracała do swojej celi w murze.

So that she would not be seen by anyone.

Aby nikt jej nie zobaczył.

She had no time to put the rice in proper order.

Nie miała czasu, żeby ułożyć ryż we właściwej kolejności.

The mother was astonished at her son's complaint.

Matka była zdziwiona skargą syna.

She gave him more than he could eat.

Dała mu więcej, niż mógł zjeść.

The food was served up on a silver plate.

Jedzenie podano na srebrnym talerzu.
And she neatly arranged the food herself.
A ona sama starannie układała jedzenie.
But her son repeated the same complaint again.
Ale jej syn powtórzył tę samą skargę.
Day after day he complained of the small portions.
Dzień po dniu narzekał na małe porcje.
Day after day he complained of the messy food.
Dzień po dniu narzekał na bałagan w jedzeniu.
And so his mother began to suspect foul play.
I tak jego matka zaczęła podejrzewać, że doszło do przestępstwa.
She told her son to watch over the food.
Kazała synowi pilnować jedzenia.
"See if anyone is eating your food".
„Sprawdź, czy ktoś zjada twoje jedzenie".
The next day a servant brought the food.
Następnego dnia służący przyniósł jedzenie.
The servant laid the food in a clean place.
Sługa położył jedzenie w czystym miejscu.
Normally the merchant's son took a bath.
Zazwyczaj syn kupca brał kąpiel.
But this day he did not go for a bath.
Ale tego dnia nie poszedł się kąpać.
Instead, on this day he hid himself nearby.
Zamiast tego, tego dnia ukrył się w pobliżu.
From his hiding place he could see the food.
Ze swojej kryjówki mógł obserwować jedzenie.
The merchant's son did not have to wait for long.
Syn kupca nie musiał długo czekać.
Soon he saw the wall-almirah open.
Wkrótce zobaczył otwartą szafkę ścienną.
And he saw a beautiful damsel step out.
I zobaczył piękną pannę wychodzącą z domu.
She could not have been more than sixteen.
Nie mogła mieć więcej niż szesnaście lat.
She sat on the carpet by the breakfast.

Usiadła na dywanie przy śniadaniu.

And she began to eat from the food left on the floor.

I zaczęła jeść to, co zostało na podłodze.

The merchant's son came out of his hiding-place.

Syn kupca wyszedł ze swojej kryjówki.

And the damsel could not escape from him.

A dziewczyna nie mogła mu uciec.

"Who are you, beautiful creature?".

„Kim jesteś, piękna istoto?".

"You do not seem to be earth-born".

„Wygląda na to, że nie urodziłeś się na Ziemi".

"Are you one of the daughters of the gods?".

„Czy jesteś jedną z córek bogów?".

The girl replied, "I do not know who I am".

Dziewczyna odpowiedziała: „Nie wiem, kim jestem".

"But there is one thing I do know," the girl continued.

„Ale jest jedna rzecz, którą wiem" – kontynuowała dziewczyna.

"One day I found myself in the almirah in the wall".

„Pewnego dnia znalazłem się w szafce w ścianie".

"And since then I have been living in the wall".

„I od tamtej pory żyję w murze".

The merchant's son thought her story was strange.

Syn kupca uważał jej historię za dziwną.

But then he thought a bit more about the story.

Ale potem zastanowił się chwilę nad tą historią.

And he remembered what happened sixteen years ago.

I przypomniało mu się, co wydarzyło się szesnaście lat temu.

He remembered the nest of the toontoori bird.

Przypomniał sobie gniazdo ptaka toontoori.

And he remembered finding an egg in the nest.

I pamiętał, że znalazł jajko w gnieździe.

And he remembered putting the egg in the almirah.

I pamiętał, jak włożył jajko do szafki.

The wall-almirah girl was of uncommon beauty.

Dziewczyna ze ściennej szafy była niezwykłej urody.

And the merchant's son was struck by her beauty.

A syn kupca był zachwycony jej urodą.
Her beauty made a deep impression on his mind.
Jej uroda wywarła głębokie wrażenie na jego umyśle.
And he resolved in his mind to marry her.
I postanowił ją poślubić.
From then on the girl didn't stay in the almirah.
Od tego momentu dziewczyna nie przebywała już w szafie.
She was given a room in the merchant's son's house.
Dano jej pokój w domu syna kupca.
The next day the merchant's son wrote a message.
Następnego dnia syn kupca napisał wiadomość.
And he had the message sent to his mother.
I wysłał wiadomość do swojej matki.
You can guess the general theme of the message.
Można się domyślić, jaki jest ogólny temat wiadomości.
The merchant's son said he would like to get married.
Syn kupca powiedział, że chciałby się ożenić.
The mother of the merchant's son reproached herself.
Matka syna kupca robiła sobie wyrzuty.
She had not tried to find a wife for his son.
Nie próbowała znaleźć żony dla jego syna.
She felt she should have thought of his marriage.
Uważała, że powinna pomyśleć o jego małżeństwie.
And so she promptly replied to her son's message.
I natychmiast odpowiedziała na wiadomość syna.
She and her father were going to send out ghataks.
Ona i jej ojciec mieli wysłać ghataki.
The ghataks were going to go to different countries.
Ghataki miały udać się do różnych krajów.
There they were going to look for suitable brides.
Tam zamierzali szukać odpowiedniej żony.
But the merchant's son said there would be no need.
Ale syn kupca powiedział, że nie będzie takiej potrzeby.
He had secured himself a lovely young lady.
Znalazł sobie śliczną młodą damę.
If they had no objection, he would introduce her to them.
Gdyby nie mieli nic przeciwko, przedstawiłby ją im.

And so the young lady was taken to the merchant's house.
I tak młodą damę zabrano do domu kupca.
The merchant and his wife welcomed the stranger.
Kupiec i jego żona powitali nieznajomego.
And they were also struck by her unmatched beauty.
Zachwyciła ich także jej niezrównana uroda.
The girl was of perfect loveliness and grace.
Dziewczyna była niezwykle piękna i pełna wdzięku.
The parents made no questions to her birth.
Rodzice nie zadawali żadnych pytań odnośnie jej narodzin.
And the nuptials were celebrated there and then.
I tam właśnie odbyła się uroczystość zaślubin.

In the course of time the merchant's son had two sons.
Z czasem synowi kupca urodziło się dwóch synów.
The elder of the sons he named Swet.
Starszemu z synów nadał imię Swet.
And the younger son he named Basanta.
A młodszemu synowi dał na imię Basanta.
After the passing of more time the old merchant died.
Po upływie pewnego czasu stary kupiec zmarł.
So the merchant's son now became the merchant.
Syn kupca stał się więc kupcem.
And after some time his mother died too.
A po pewnym czasie umarła także jego matka.
Swet and Basanta grew up to be fine lads.
Swet i Basanta wyrośli na fajnych chłopaków.
And the elder son was in due time married.
A starszy syn w stosownym czasie się ożenił.
Sometime after Swet's marriage his mother also died.
Jakiś czas po ślubie Sweta zmarła również jego matka.
The girl from in the wall was no more.
Dziewczyny ze ściany już nie było.
The widower lost no time in marrying again.
Wdowiec nie tracąc czasu, ożenił się ponownie.
And he had a new young and beautiful wife.
I miał nową, młodą i piękną żonę.

Swet's wife was older than his stepmother.
Żona Sweta była starsza od jego macochy.
So his wife became the mistress of the house.
Tak więc jego żona została panią domu.
The stepmother was like all stepmothers are.
Macocha była taka jak wszystkie macochy.
She hated Swet and Basanta with a perfect hatred.
Nienawidziła Sweta i Basanty czystą nienawiścią.
And the two ladies also couldn't stand each other.
A obie panie nie znosiły siebie nawzajem.
It so happened one day that a fisherman came.
Pewnego dnia przyszedł rybak.
The fisherman brought to the merchant a fish.
Rybak przyniósł kupcowi rybę.
This fish was of singular and remarkable beauty.
Ta ryba była wyjątkowo piękna i niezwykła.
It was unlike any other fish that had been seen.
Nie przypominała żadnej innej ryby, jaką kiedykolwiek
widziano.
And the fish had other qualities too.
A ryba ta miała jeszcze inne cechy.
The fisherman explained the wonders of the fish.
Rybak opowiedział im o cudownych właściwościach ryb.
"Two things will happen if you eat this fish".
„Jeśli zjesz tę rybę, staną się dwie rzeczy".
"When you laugh maniks will drop from your mouth".
„Kiedy się śmiejesz, z ust ci wypadną bzdury".
"And when you weep pearls will drop from your eyes".
„A gdy będziesz płakał, perły będą spadać z twoich oczu".
The merchant was astounded by what he had heard.
Kupiec był zdumiony tym, co usłyszał.
And he wanted the wonderful properties of the fish.
I chciał poznać cudowne właściwości ryby.
And so he bought the fish at one thousand rupees.
Kupił więc rybę za tysiąc rupii.
And he put the fish into the hands of Swet's wife.
I oddał rybę w ręce żony Sweta.

Because Swet's wife was the mistress of the house.
Ponieważ żona Sweta była panią domu.
He strictly instructed her to cook the fish well.
Kazał jej dokładnie przyrządzić rybę.
And he told her to give the fish to him alone to eat.
I powiedział jej, żeby dała mu rybę do zjedzenia.
The house-mother however knew the fish's secret.
Jednak gospodyni znała sekret ryby.
She had overheard what the fisherman had said.
Podsłuchała, co powiedział rybak.
Secretly she made a different plan in her mind.
W tajemnicy ułożyła w głowie inny plan.
She was going to cook the fish for her husband.
Miała ugotować rybę dla swojego męża.
And she was going to share the fish with his brother.
I zamierzała podzielić się rybą z jego bratem.
For her father-in-law she was going to prepare a frog.
Zamierzała przygotować dla swego teścia żabę.
Soon she had finished cooking the marvelous fish.
Wkrótce skończyła gotować wspaniałą rybę.
And she had finished cooking a frog too.
A także skończyła gotować żabę.
But from the kitchen she could hear a squabble.
Ale z kuchni dobiegały odgłosy kłótni.
She could hear who it was that was arguing.
Słyszała, kto się kłócił.
Her stepmother-in-law and her husband's brother.
Jej macocha i brat jej męża.
And she understood the cause of the argument.
I zrozumiała przyczynę kłótni.
Basanta was still but a young lad.
Basanta był wtedy jeszcze młodym chłopakiem.
But he was passionately fond of his pigeons.
Ale był wielkim miłośnikiem gołębi.
And he tamed his pigeons very well.
I świetnie oswoił swoje gołębie.
Nonetheless, one of his pigeons had escaped.

Jednakże jeden z jego gołębi uciekł.

And the pigeon flew into his stepmother's room.

A gołąb wleciał do pokoju macochy.

His stepmother hid the pigeon in her clothes.

Macocha ukryła gołębia w swoim ubraniu.

Basanta rushed after the pigeon into the room.

Basanta pobiegła za gołębiem do pokoju.

And he loudly demanded to have the pigeon back.

I głośno zażądał, aby oddać gołębia.

His stepmother denied having the pigeon.

Jego macocha zaprzeczyła, jakoby miała gołębia.

Swet, however, did know she had the pigeon.

Swet jednak wiedziała, że ma gołębia.

And the older brother forcibly took the bird.

A starszy brat siłą zabrał ptaka.

And he freed the pigeon from her clothes.

I uwolnił gołębicę z jej ubrania.

And he gave the pigeon back to his brother.

I oddał gołębia swemu bratu.

The stepmother cursed and swore, and added;

Macocha zaklęła i zaklęła, i dodała:

"Wait until the head of the house comes home".

„Poczekaj, aż głowa domu wróci do domu".

"He will get no water till he sheds your blood".

„Nie dostanie wody, dopóki nie przeleje twojej krwi".

Swet's wife called her husband and said to him;

Żona Sweta zawołała męża i powiedziała mu:

"My dearest lord, that woman is a most wicked woman".

„Mój najdroższy panie, ta kobieta jest najgorszą kobietą".

"And she has boundless influence over my father-in-law".

„I ma nieograniczony wpływ na mojego teścia".

"She will make him do what she has threatened".

„Ona zmusi go do zrobienia tego, czym groziła".

"All our lives are in imminent danger".

„Życie nas wszystkich jest w bezpośrednim niebezpieczeństwie".

"But let us first eat a little," she added.

„Ale najpierw coś zjemy" – dodała.
"And then let us all three run away from this place".
„A potem wszyscy troje ucieknijmy z tego miejsca".
Swet forthwith called Basanta to him.
Swet natychmiast zawołał Basantę.
And he told him what he had heard from his wife.
I opowiedział mu, co usłyszał od jego żony.
They resolved to run away before nightfall.
Postanowili uciec przed zapadnięciem zmroku.
The woman placed before her husband the fish.
Kobieta położyła przed mężem rybę.
And her brother-in-law ate of the fish too.
A jej szwagier także zjadł rybę.
And they ate of the fish heartily.
I zjedli rybę ze smakiem.
The woman packed up all her jewels in a box.
Kobieta spakowała wszystkie swoje klejnoty do pudełka.
There was only one horse in the stables.
W stajni był tylko jeden koń.
But the horse was of uncommon fleetness.
Jednak koń ten charakteryzował się niezwykłą zwinnością.
They could all sit on the horse together.
Wszyscy mogli usiąść na koniu razem.
Swet held the reins of the horse.
Swet trzymał lejce konia.
The woman sat in the middle of the horse.
Kobieta usiadła na środku konia.
And she had the jewel-box in her lap.
A szkatułkę z klejnotami trzymała na kolanach.
And Basanta sat on the rear of the horse.
A Basanta usiadł na tylnej części konia.
The horse galloped with the utmost swiftness.
Koń galopował z niezwykłą szybkością.
They passed through many a plain and noted town.
Przejeżdżali przez wiele znanych i prostych miast.
After midnight they found themselves in a forest.
Po północy znaleźli się w lesie.

And they were not far from the banks of a river.
A byli niedaleko brzegów rzeki.
Here the most untoward event took place.
Tutaj doszło do najbardziej niefortunnego zdarzenia.
Swet's wife began to feel the pains of child-birth.
Żona Sweta zaczęła odczuwać bóle porodowe.
They dismounted from the horse without delay.
Bez zwłoki zeszli z konia.
And within an hour Swet's wife gave birth to a son.
A w ciągu godziny żona Sweta urodziła syna.
What were the two brothers to do in this forest?
Co dwaj bracia mieli robić w tym lesie?
They knew that a fire had to be kindled.
Wiedzieli, że trzeba rozpalić ogień.
The mother and the new-born baby needed warmth.
Matka i noworodek potrzebowali ciepła.
But from where was there fire to be gotten?
Ale skąd można było wziąć ogień?
There were no human habitations visible.
Nie było widać żadnych ludzkich siedzib.
Nonetheless, a fire had to be procured.
Mimo wszystko ogień trzeba było rozpalić.
And it was the winter month of December.
A był to zimowy miesiąc grudzień.
The mother and the baby would certainly perish.
Matka i dziecko z pewnością zginęliby.
Swet told Basanta to sit beside his wife.
Swet kazał Basancie usiąść obok jego żony.
And he set out in the darkness of the night.
I wyruszył w ciemność nocy.
And he went in search of wood to make a fire.
I poszedł szukać drewna na ogień.
Swet walked many a mile through the darkness.
Swet przeszedł wiele mil w ciemnościach.
But despite the distance he saw no human habitations.
Ale mimo odległości nie dostrzegł żadnych ludzkich siedzib.
But eventually his eyes were given some help.

Ale w końcu jego oczom udzielono pomocy.
The genial light of Sukra somewhat illumined his path.
Genialne światło Sukry w pewnym sensie oświetliło jego drogę.
And he saw at a distance what seemed a large city.
I ujrzał z daleka coś, co wydawało się wielkim miastem.
He was congratulating himself on his journey's end.
Gratulował sobie zakończenia podróży.
And he congratulated himself for finding fire.
I pogratulował sobie znalezienia ognia.
The fire that was going to benefit his poor wife.
Ogień, który miał przynieść korzyść jego biednej żonie.
His wife that was lying cold in the forest.
Jego żona leżała zimna w lesie.
The fire that was going to save his new-born child.
Pożar, który miał uratować jego nowonarodzone dziecko.
The new-born baby born into the coldness.
Noworodek narodzony w zimnie.
Suddenly an elephant shot across his path.
Nagle drogę przeciął mu słoń.
The elephant was gorgeously caparisoned.
Słoń był wspaniale przyodziany.
And the elephant gently picked him with his trunk.
A słoń delikatnie podniósł go trąbą.
He placed him on the rich howdah on its back.
Posadził go na bogatym howdah, który miał na grzbiecie.
The elephant then walked rapidly towards the city.
Następnie słoń szybko ruszył w stronę miasta.
Swet was quite taken aback by the events.
Swet był bardzo zaskoczony tymi wydarzeniami.
He did not understand the elephant's actions.
Nie rozumiał działania słonia.
And he wondered what was in store for him.
Zastanawiał się, co go czeka.
A crown is that which was in store for him.
Korona była dla niego przeznaczona.
He was being taken to the chief city of a kingdom.

Zabrano go do głównego miasta królestwa.
In this kingdom every morning a king was elected.
W tym królestwie każdego ranka wybierano króla.
Because the kings of this city lasted but a day.
Ponieważ królowie tego miasta przetrwali tylko jeden dzień.
Every night the new king joined the queen in her room.
Każdej nocy nowy król dołączał do królowej w jej komnacie.
And every morning the previous king was found dead.
I każdego ranka poprzedniego króla znajdywano martwego.
No one knew what caused the deaths of the kings.
Nikt nie wiedział, co było przyczyną śmierci królów.
Not even the queen knew what caused their death.
Nawet królowa nie wiedziała, co było przyczyną ich śmierci.
So this kingdom had its own king-maker.
Więc to królestwo miało swojego własnego królotwórcę.
The elephant who suddenly took hold of Swet.
Słoń, który nagle chwycił Sweta.
Early in the morning the elephant roamed about.
Wczesnym rankiem słoń błąkał się po okolicy.
Sometimes the elephant went to distant places.
Czasami słoń wędrował w odległe miejsca.
And every evening the elephant returned with a man.
I każdego wieczoru słoń wracał z człowiekiem.
The man on the elephant's became their king.
Mężczyzna na słoniu został ich królem.
The elephant majestically marched through the streets.
Słoń majestatycznie maszerował przez ulice.
A crowd of people welcomed their new king.
Tłum ludzi witał nowego króla.
But Swet did not yet understand their cheers.
Ale Swet jeszcze nie rozumiał ich okrzyków.
The elephant entered the kingdom's palace.
Słoń wszedł do pałacu królestwa.
And the elephant placed Swet on the throne.
A słoń posadził Sweta na tronie.
Amid much rejoicing he was proclaimed king.
Pośród wielkiej radości został ogłoszony królem.

But there were lamentations in the crowd too.
Ale w tłumie słychać było także narzekania.
In the course of the day he heard of the curse.
W ciągu dnia usłyszał o klątwie.
The nightly death of every newly elected king.
Nocna śmierć każdego nowo wybranego króla.
But Swet was possessed of great discretion.
Ale Swet był bardzo dyskretny.
And he had the courage not to try an escape.
I miał odwagę nie próbować ucieczki.
He took every precaution that he could take.
Podjął wszelkie możliwe środki ostrożności.
But he did not know how to avert the catastrophe.
Ale nie wiedział, jak zapobiec katastrofie.
And he knew not what expedients to adopt.
I nie wiedział, jakie środki zastosować.
Because he didn't know the nature of the danger.
Ponieważ nie zdawał sobie sprawy z natury zagrożenia.
He resolved, however, upon two things;
Postanowił jednak dwie rzeczy:
He was going to go armed into the bedchamber.
Zamierzał wejść uzbrojony do sypialni.
And he was going to stay awake the whole night.
I miał nie spać całą noc.
The queen was young and of exquisite beauty.
Królowa była młoda i niezwykle piękna.
Guileless and benevolent was the expression of her face.
Wyraz jej twarzy był szczery i życzliwy.
It was impossible to attribute her any malice.
Nie dało się przypisać jej jakiejkolwiek złośliwości.
No one believed she caused all the kings' deaths.
Nikt nie wierzył, że to ona była przyczyną śmierci wszystkich
królów.
In the queen's chamber Swet spent an agreeable evening.
W komnacie królowej Swet spędził przyjemny wieczór.
As the night advanced the queen fell asleep.
Gdy zapadła noc, królowa zasnęła.

But Swet kept awake, and was on the alert.
Jednak Swet nie zasypiał i był czujny.
He looked at every creek and corner of the room.
Przyjrzał się każdemu zakamarkowi i kątowi pokoju.
And he expected every minute to be murdered.
I spodziewał się, że każda minuta będzie zamordowana.
But the queen did not rise to murder him.
Ale królowa nie ruszyła się, żeby go zabić.
And no one entered the room to murder him either.
I nikt nie wszedł do pokoju, żeby go zamordować.
Nor did he feel anything other than sleepiness.
Nie czuł niczego poza sennością.
But in the dead of night he perceived something.
Ale w środku nocy coś dostrzegł.
A thread was coming out the queen's nostril.
Z nozdrza królowej wychodziła nić.
The thread was so thin that it was almost invisible.
Nić była tak cienka, że prawie niewidoczna.
Slowly the thread reached several yards in length.
Powoli nić osiągnęła długość kilku metrów.
And eventually all the thread came out.
I w końcu cały wątek wyszedł.
Only then did the thread begin to grow thicker.
Dopiero wtedy nić zaczęła się grubszać.
Soon the thread took on its real shape.
Wkrótce nić przybrała swój prawdziwy kształt.
The thread was in fact a huge serpent.
Nić była w rzeczywistości ogromnym wężem.
Immediately Swet cut off the head of the serpent.
Swet natychmiast odciął głowę wężowi.
The body of the serpent wriggled violently.
Ciało węża wiło się gwałtownie.
He sat quiet in the room, expecting other adventures.
Siedział cicho w pokoju, spodziewając się kolejnych przygód.
But nothing else happened the rest of the night.
Ale przez resztę nocy nic więcej się nie wydarzyło.
The queen slept longer than usual.

Królowa spała dłużej niż zwykle.

Because she had been relieved of the huge snake.

Ponieważ uwolniła się od ogromnego węża.

Early next morning the ministers came.

Następnego ranka przybyli ministrowie.

They were expecting to hear of the king's death.

Spodziewali się usłyszeć o śmierci króla.

The ladies of the bedchamber knocked at the door.

Panie z sypialni zapukały do drzwi.

But to their astonishment Swet come out.

Ale ku ich zdumieniu wychodzą Swet.

The folk learned the mystery of all the kings' deaths.

Ludzie poznali tajemnicę śmierci wszystkich królów.

And now the country rejoiced their permanent king.

A teraz kraj cieszył się swoim stałym królem.

There is a strange thing you probably noticed.

Pewnie zauważyłeś coś dziwnego.

Swet did not remember his wife he left behind.

Swet nie pamiętał swojej żony, którą zostawił.

It is a strange thing, nevertheless it is true.

To dziwna rzecz, ale jednak prawdziwa.

Nor did he remember the defenseless new-born babe.

Nie pamiętał też bezbronnego noworodka.

And he did not remember his brother either.

A o bracie też nie pamiętał.

He had no time to remember when the elephant came.

Nie zdążył przypomnieć sobie, kiedy przyszedł słoń.

On the first night he had to worry for his own life.

Pierwszej nocy musiał martwić się o własne życie.

And now the crown brought on his forgetfulness.

A teraz korona sprowadziła na niego zapomnienie.

But he had entrusted his wife and child to Basanta.

Ale powierzył swoją żonę i dziecko Basancie.

And his brother sat waiting for many weary hours.

A jego brat siedział i czekał przez wiele długich, męczących godzin.

Every moment he expected to see Swet return with fire.

W każdej chwili spodziewał się, że Swet powróci z ogniem.
But the whole night passed away without his return.
Ale cała noc minęła, a on nie powrócił.
At sunrise he went to the bank of the river.
O wschodzie słońca udał się na brzeg rzeki.
There he anxiously looked about for his brother.
Tam zaczął z niepokojem rozglądać się za bratem.
But his waiting and searching were all in vain.
Jednak jego czekanie i poszukiwania poszły na marne.
Distressed beyond measure, he wept at the riverside.
Niezmiernie zrozpaczony, płakał nad brzegiem rzeki.
As he was weeping a boat was passing by.
Gdy płakał, przepływała obok łódź.
In the boat a merchant was returning from business.
Pewien kupiec wracał łodzią z interesów.
The boat was not far from the shore.
Łódź nie była daleko od brzegu.
So the merchant could see Basanta weeping.
Więc kupiec mógł zobaczyć płaczącą Basantę.
Something struck the attention of the merchant.
Coś przykuło uwagę kupca.
By the weeping man appeared to be a pile of pearls.
Obok płaczącego mężczyzny ukazał się stos pereł.
The merchant requested the boatman to halt.
Kupiec poprosił przewoźnika, aby się zatrzymał.
And the merchant went to the weeping man.
I poszedł kupiec do płaczącego człowieka.
By the weeping man was in fact a pile of pearls.
Przy płaczącym człowieku znajdował się stos pereł.
And the pearls were of the highest quality.
A perły były najwyższej jakości.
And another thing astonished the merchant.
Jeszcze coś innego zdziwiło kupca.
The pile of pearls grew larger every second.
Stos pereł rósł z każdą sekundą.
Because the man was crying, but not tears.
Ponieważ mężczyzna płakał, lecz nie miał łez.

Because his tears turned to pearls on the ground.
Ponieważ jego łzy zamieniły się w perły na ziemi.
The merchant stowed away the pearls into his boat.
Kupiec schował perły w swojej łodzi.
Then the merchant got his servants to help him.
Wtedy kupiec poprosił o pomoc swoich sług.
And together they captured the crying man.
I wspólnie schwytali płaczącego mężczyznę.
They put him on board of the vessel.
Umieścili go na pokładzie statku.
And he tied him to one of the ship's masts.
I przywiązał go do jednego z masztów statku.
Basanta, of course, tried his best to resist.
Basanta oczywiście starał się jak mógł, żeby się oprzeć.
But what could he do against so many sailors?
Ale co mógł zrobić w starciu z tak wieloma marynarzami?
He thought of his brother who never returned.
Myślał o swoim bracie, który nigdy nie wrócił.
He thought of his sister-in-law in the forest.
Pomyślał o swojej szwagierce w lesie.
And he thought of his newly born niece.
I pomyślał o swojej nowo narodzonej siostrzenicy.
And he cried even more bitterly than before.
I zapłakał jeszcze bardziej gorzko niż przedtem.
His weeping mightily pleased the merchant.
Jego płacz bardzo ucieszył kupca.
Because even more pearls were falling to the ground.
Ponieważ jeszcze więcej pereł spadało na ziemię.
And the merchant became richer and richer.
A kupiec stawał się coraz bogatszy.
Eventually the merchant reached his native town.
W końcu kupiec dotarł do swojego rodzinnego miasta.
When they got there he confined Basanta in a room.
Gdy tam dotarli, zamknął Baantę w pokoju.
At stated hours every day he had him whipped.
Codziennie o ustalonych godzinach kazał go chłostać.
In order to make him shed yet more tears.

Aby skłonić go do wylania jeszcze większej ilości łez.
And every tear converted into a bright pearl.
A każda łza zamieniła się w jasną perłę.
The merchant one day said to his servants;
Pewnego dnia kupiec powiedział do swoich sług:
"The fellow is making me rich by his weeping".
„Ten człowiek czyni mnie bogatym swoim płaczem".
"Let us see what he gives me by laughing".
„Zobaczmy, co mi da śmiech".
Accordingly, he began to tickle his captive.
Zaczął więc łaskotać swego jeńca.
Upon being tickled Basanta began to laugh.
Gdy Basanta poczuła łaskotanie, zaczęła się śmiać.
Of course he was not laughing out of happiness.
Oczywiście, że nie śmiał się ze szczęścia.
But none the less maniks dropped from his mouth.
Ale mimo wszystko z jego ust posypały się bzdury.
After this Basanta was not just whipped anymore.
Po tym Basanta nie była już tylko biczowana.
Now he was alternately whipped and tickled.
Teraz był na przemian chłostany i łaskotany.
All day and far into the night he was exploited.
Był wykorzystywany przez cały dzień i długą noc.
The merchant's wealth increased day and night.
Bogactwo kupca rosło z dnia na dzień.
Soon he became the wealthiest man in the land.
Wkrótce stał się najbogatszym człowiekiem w kraju.
But let us return to Basanta's subjugation later.
Powróćmy jednak później do kwestii podporządkowania
Basanty.
Now let us turn our attention to Swet's wife.
Teraz zwróćmy uwagę na żonę Sweta.

Swet's abandoned wife was still in the forest.
Porzucona żona Sweta nadal przebywała w lesie.
She had just given birth to her child.
Właśnie urodziła dziecko.

But now she was alone in the forest.

Ale teraz była sama w lesie.

First her husband had abandoned her.

Najpierw porzucił ją mąż.

And now her brother-in-law abandoned her too.

A teraz porzucił ją także jej szwagier.

Imagine how overwhelmed with grief she felt.

Wyobraź sobie, jak bardzo była pogrążona w smutku.

Alone, and in a forest, far from civilization.

Samotnie, w lesie, daleko od cywilizacji.

Her case was indeed deserving of sympathy.

Jej przypadek rzeczywiście zasługiwał na współczucie.

She wept rivers of sad and lonely tears.

Płakała strumieniami smutnych i samotnych łez.

Excessive grief, however, brought her relief.

Jednak nadmierny smutek przyniósł jej ulgę.

She fell asleep with the new-born in her arms.

Zasnęła z noworodkiem na rękach.

While she was deep in sleep another tragedy took place.

Gdy spała głęboko, wydarzyła się kolejna tragedia.

It so happened that the Kotwal was passing by.

Tak się złożyło, że Kotwal akurat przechodził.

He had recently suffered his own misfortune.

Niedawno spotkało go własne nieszczęście.

But his misfortune was of a different nature.

Ale jego nieszczęście miało inny charakter.

The children his wife bore died shortly after birth.

Dzieci jego żony zmarły wkrótce po porodzie.

And he was now going to bury the last infant.

A teraz miał pochować ostatnie niemowlę.

He was heading to the banks of the river.

Zmierzał w stronę brzegów rzeki.

The place where the other infants were buried.

Miejsce, w którym pochowano pozostałe niemowlęta.

But then he saw the woman sleeping in the forest.

Ale potem zobaczył kobietę śpiącą w lesie.

And in her arms he saw her holding a baby.

A w jej ramionach zobaczył ją trzymającą dziecko.
The infant was a lively and beautiful boy.
Niemowlę było żywym i pięknym chłopcem.
His liveliness did not disturb his mother's sleep.
Jego żywotność nie zakłócała snu matki.
The Kotwal wanted the lovely infant very much.
Kotwal bardzo pragnął tego ślicznego dziecka.
He quietly took the child from his mother.
Po cichu odebrał dziecko matce.
And in her arms he placed his own dead child.
I w jej ramionach złożył swoje martwe dziecko.
Of course this is not what he could tell his wife.
Oczywiście, że nie to mógł powiedzieć żonie.
"We both thought that our son had died".
„Oboje myśleliśmy, że nasz syn nie żyje".
"And I carried his body to the river bank".
„I zaniosłem jego ciało na brzeg rzeki".
"And that was when a miracle occurred".
„I wtedy zdarzył się cud".
"Once more our son opened his young eyes".
„Nasz syn znów otworzył swoje młode oczy".
"And now we have a beautiful and lively boy".
„A teraz mamy pięknego i żywego chłopca".
But Swet's wife did not know the true events.
Ale żona Sweta nie znała prawdziwych wydarzeń.
When she woke she held the dead child in her arms.
Kiedy się obudziła, trzymała w ramionach martwe dziecko.
And she thought it was her child that had died.
I myślała, że to jej dziecko umarło.
The distress of her mind may easily be imagined.
Łatwo sobie wyobrazić cierpienie jej umysłu.
The whole world became dark to her.
Cały świat stał się dla niej ciemny.
She was distracted by the loss of her child.
Była rozkojarzona stratą dziecka.
And in her distraction she formed a resolution.
A w swoim roztargnieniu podjęła pewną decyzję.

She had resolved to take her own life.

Postanowiła odebrać sobie życie.

The river was not far from where she had slept.

Rzeka była niedaleko miejsca, w którym spała.

And she determined to drown herself in the river.

I postanowiła utopić się w rzece.

She took in her hand the bundle of jewels.

Wzięła do ręki paczkę klejnotów.

And then she proceeded to the river-side.

Następnie udała się w stronę rzeki.

An old Brahman was at no great distance.

Stary bramin znajdował się niedaleko.

The Brahman was performing his morning ablutions.

Bramin wykonywał poranne ablucje.

He noticed the woman going into the water.

Zauważył kobietę wchodzącą do wody.

Naturally he thought that she was going to bathe.

Naturalnie myślał, że ona idzie się wykąpać.

But then he saw her going into the deep waters.

Ale potem zobaczył ją wchodzącą na głęboką wodę.

Something akin to suspicion arose in his mind.

W jego umyśle zrodziło się coś na kształt podejrzenia.

The Brahman discontinued his devotions.

Bramin zaprzestał praktyk religijnych.

He too waded out towards the river's depth.

On także ruszył w głąb rzeki.

And he ordered the woman to come to him.

I rozkazał tej kobiecie przyjść do siebie.

Swet's wife heard the old man calling her.

Żona Sweta usłyszała, jak starszy mężczyzna ją woła.

So she retraced her steps to the old man.

Wróciła się więc do starca.

"What were your intentions?" asked the Braham.

„Jakie były twoje intencje?" zapytał Braham.

And the woman confirmed his suspicions.

A kobieta potwierdziła jego podejrzenia.

"I was going to put an end to my life".

„Miałem zamiar zakończyć swoje życie".
And she thanked the Brahman for saving her.
I podziękowała braminowi za uratowanie jej życia.
"Accept these jewels as a sign of appreciation".
„Przyjmij te klejnoty jako znak wdzięczności".
The Brahman accepted the sign of appreciation.
Brahman przyjął znak wdzięczności.
But he was more interested in her story.
Ale on był bardziej zainteresowany jej historią.
And at his request she related her story.
I na jego prośbę opowiedziała mu swoją historię.
She had escaped from her stepmother in law.
Uciekła od swojej macochy.
In the forest she gave birth to a child.
W lesie urodziła dziecko.
First her husband went looking for fire.
Najpierw jej mąż poszedł szukać ognia.
But her husband never came back to her.
Jednak jej mąż nigdy do niej nie wrócił.
Then her brother-in-law looked for her husband.
Następnie jej szwagier zaczął szukać jej męża.
But her brother-in-law did not return either.
Ale jej szwagier również nie wrócił.
Eventually she fell asleep with her child.
W końcu zasnęła razem ze swoim dzieckiem.
But when she woke her child was dead.
Ale gdy się obudziła, jej dziecko nie żyło.
And that's when she decided to drown herself.
I wtedy postanowiła się utopić.
She felt the relieve of telling her fate.
Poczuła ulgę, mogąc opowiedzieć swój los.
The Brahman invited the woman to his house.
Bramin zaprosił kobietę do swego domu.
And the woman was accepted into his family.
I kobieta została przyjęta do jego rodziny.
The Brahman's wife treated her like a daughter.
Żona bramina traktowała ją jak córkę.

And she spent years with her new family.
I spędziła lata ze swoją nową rodziną.
Swet spend those years in his kingdom.
Swet spędził te lata w swoim królestwie.
Basanta spent those years being tortured.
Basanta spędziła te lata na torturach.
And the adopted son of the Kotwal grew up.
I adoptowany syn Kotwala dorósł.
The Brahman's house was not far from the Kotwal's.
Dom bramina znajdował się niedaleko domu Kotwala.
So the Kotwal's son met the Brahman's adopted daughter.
Tak więc syn Kotwala spotkał adoptowaną córkę bramina.
And the lad thought he fell in love with her.
A chłopak myślał, że się w niej zakochał.
He spoke to his father about the woman.
Rozmawiał ze swoim ojcem o tej kobiecie.
And the father spoke to the Brahman about the woman.
I ojciec rozmawiał z braminem o kobiecie.
The Brahman's rage knew no bounds.
Gniew bramina nie znał granic.
"What is this insolence!" the Brahman protested.
„Cóż to za bezczelność?" – zaprotestował bramin.
"Your son is the son of an infidel".
„Twój syn jest synem niewiernego".
"How can he aspire to the hand of a Brahman's daughter!?".
„Jak może on pragnąć ręki córki bramina!?".
"A dwarf may as well aspire to catch hold of the moon!".
„Krasnolud może równie dobrze pragnąć złapać księżyc!".
But the Kotwal's son determined to have her by force.
Jednak syn Kotwala postanowił zdobyć ją siłą.
One day he scaled the wall of the Brahman's house.
Pewnego dnia wspiął się na mur domu bramina.
He got upon the thatched roof of the cow-house.
Wszedł na strzechę obory.
And from that lofty position he reconnoitered.
I z tej wysokiej pozycji dokonał rozpoznania.
And he saw two young calves below him.

A pod sobą zobaczył dwa młode cielęta.
And he overheard the conversation of two young calves.
I podsłuchał rozmowę dwóch młodych cieląt.
"Men accuse us of brutish ignorance and immorality".
„Ludzie oskarżają nas o zwierzęcą ignorancję i niemoralność".
"But in my opinion men are fifty times worse".
„Ale moim zdaniem mężczyźni są pięćdziesiąt razy gorsi".
"What makes you say so, brother?" the calf asked.
„Dlaczego tak mówisz, bracie?" zapytał cielę.
"Have you witnessed instances of human depravity?".
„Czy byłeś świadkiem przejawów ludzkiej deprawacji?".
"Who is a greater monster than the Kotwal's son?".
„Kto jest większym potworem niż syn Kotwala?".
"The same lad standing on the thatched roof".
„Ten sam chłopak stojący na strzesze".
"The roof of this hut above our heads".
„Dach tej chaty nad naszymi głowami".
"I thought he was just the son of our Kotwal".
„Myślałem, że to po prostu syn naszego Kotwala".
"I never heard that he was exceptionally vicious".
„Nigdy nie słyszałem, żeby był wyjątkowo okrutny".
"You may have never heard of his wickedness".
„Możesz nigdy nie słyszeć o jego niegodziwości".
"But now you will hear of his wickedness from me".
„Ale teraz usłyszysz ode mnie o jego niegodziwości".
"This wicked lad is now making immoral plans".
„Ten niegodziwy chłopak teraz snuje niemoralne plany".
"He is trying get married to his own mother!".
„On próbuje poślubić swoją własną matkę!".
The First Calf then related the whole story.
Następnie Pierwsze Cielę opowiedziało całą historię.
And the inquisitive Second Calf listened.
A ciekawski Drugi Cielak słuchał.
And the calf told Swet's and Basanta's story.
A cielę opowiedziało historię Sweta i Basanty.
"A merchant built a house for his son"
„Kupiec zbudował dom dla swojego syna"

"In the garden of the house was a Toontooni bird"
„W ogrodzie domu mieszkał ptak Toontooni"
"In the nest of the Toontooni bird was an egg"
„W gnieździe ptaka Toontooni znajdowało się jajko"
"The merchant's son put the egg in an almirah"
„Syn kupca włożył jajko do szafy"
"Out of the egg came a beautiful girl"
„Z jajka wyszła piękna dziewczyna"
"Eventually the merchant's son married this beautiful girl"
„W końcu syn kupca poślubił tę piękną dziewczynę"
"Together they had two children; Swet and Basanta"
„Razem mieli dwójkę dzieci: Sweta i Basantę"
"Some time later the grandfather of the children died"
„Po pewnym czasie dziadek dzieci zmarł"
"Some time later again their grandmother died too"
„Po pewnym czasie ich babcia również umarła"
"At the right time, the oldest son, Swet, got married"
„W odpowiednim czasie najstarszy syn, Swet, ożenił się"
"His mother, the Toontooni woman, died sometime later"
„Jego matka, kobieta Toontooni, zmarła jakiś czas później"
"Soon after their father married a younger woman"
„Wkrótce po tym, jak ich ojciec poślubił młodszą kobietę"
"But their new stepmother hated her stepsons"
„Ale ich nowa macocha nienawidziła swoich pasierbów"
"And she also hated her new stepdaughter-in-law"
„A także nienawidziła swojej nowej pasierbicy"
"One day a fisherman happened to visit the merchant"
„Pewnego dnia rybak przypadkiem odwiedził kupca"
"The Fisherman had sold the merchant a magical fish"
„Rybak sprzedał kupcowi magiczną rybę"
"Whoever ate the fish would laugh maniks"
„Ktokolwiek zjadł rybę, śmiałby się do rozpuku"
"And whoever ate the fish would weep pearls"
„A kto zjadł rybę, płakał perłami"
"The same day there was an argument over some pigeons"
„Tego samego dnia doszło do kłótni o gołębie"
"The stepmother was terribly vengeful to her stepsons"

„Macocha była strasznie mściwa wobec swoich pasierbów"
"And she swore revenge on her stepsons"
„I poprzysięgła zemstę swoim pasierbom "
"That day Swet, his wife, and Basanta escaped"
„Tego dnia Swet, jego żona i Basanta uciekli"
"But before leaving they ate the magical fish"
„Ale zanim odeszli, zjedli magiczną rybę"
"On their journey Swet's wife gave birth to a baby boy"
„Podczas podróży żona Sweta urodziła chłopca"
"Swet went to look for wood to make a fire"
„Swet poszedł szukać drewna na ognisko"
"But he was carried away by an elephant"
„Ale porwał go słoń"
"He was taken to a Queen haunted by a snake"
„Zabrano go do królowej nawiedzanej przez węża "
"But he succeeded in killing the serpent"
„Ale udało mu się zabić węża"
"And so he became king of the land"
„I tak został królem tej krainy"
"Basanta went looking for his brother"
„Basanta poszedł szukać swojego brata"
"But he was captured by a merchant"
„Ale został schwytany przez kupca"
"And now he's flogged and tickled daily"
„A teraz jest codziennie bity i łaskotany"
"And he cries pearls and laughs maniks"
„I płacze perłami i śmieje się głupawo"
"The Kotwal's son had died that night"
„Syn Kotwala zmarł tej nocy"
"So the Kotwal exchanged the two babies"
„Więc Kotwal wymienił się dwójką dzieci"
"The mother couldn't bear the loss of her child"
„Matka nie mogła znieść straty dziecka"
"So she made the decision to drown herself"
„Więc podjęła decyzję o utopieniu się"
"But there was a Brahman that saved her life"
„Ale był bramin, który uratował jej życie"

"And this Brahman took her into his home"
„I ten bramin przyjął ją do swego domu"
"The Kotwal's son grew up a hardy boy"
„Syn Kotwala wyrósł na dzielnego chłopca"
"And he fell in love with the woman"
„I zakochał się w tej kobiecie"
"And now he stands on the roof"
„A teraz stoi na dachu"
"And he's intent on having the woman"
„A jemu zależy na zdobyciu kobiety"
All this the Kotwal's son heard.
Wszystko to usłyszał syn Kotwala.
And he was struck with horror.
I ogarnęło go przerażenie.
He forthwith got down from the thatch.
Natychmiast zszedł ze strzechy.
And he went home to his father.
I wrócił do domu, do swego ojca.
And he said he must speak with the king.
I powiedział, że musi porozmawiać z królem.
The father protested against the request.
Ojciec zaprotestował przeciwko tej prośbie.
But he got an interview with the king.
Ale udało mu się przeprowadzić wywiad z królem.
He told the king about the two calves.
Opowiedział królowi o dwóch cielętach.
And he repeated the whole story.
I powtórzył całą historię.
The king now remembered his poor wife.
Król przypomniał sobie o swojej biednej żonie.
So a servant was sent to the Brahman.
Wysłano więc sługę do bramina.
And the Brahman was richly rewarded.
I bramin został hojnie wynagrodzony.
And his wife was brought back to the palace.
A jego żonę sprowadzono z powrotem do pałacu.
His wife was put in her proper position.

Jego żona została postawiona na swoim miejscu.
And she became queen of the kingdom.
I została królową królestwa.
The reputed son of the Kotwal was readopted.
Podobno syn Kotwala został ponownie adoptowany.
And he was proclaimed heir to the throne.
I został ogłoszony następcą tronu.
Basanta was brought out of the dungeon.
Basantę wyprowadzono z lochu.
And the wicked merchant was buried alive.
A niegodziwy kupiec został żywcem pogrzebany.
And thorns were put in his burying-place.
A w jego grobie położono ciernie.
And all lived together happily for many years.
I wszyscy żyli szczęśliwie przez wiele lat.
Swet, his wife and son, and Basantas.
Swet, jego żona i syn oraz Basantas.

The Evil Eye of Sani
Złe oko Saniego

Once upon a time Sani and Lakshmi fell out with each other.

Pewnego razu Sani i Lakshmi pokłócili się ze sobą.

Sani, also known as Saturn, is the God of bad luck.

Sani, znany również jako Saturn, jest bogiem pecha.

And Lakshmi is the Goddess of good luck.

A Lakszmi jest boginią szczęścia.

And these two Gods fell out with each other in heaven.

I ci dwaj bogowie pokłócili się ze sobą w niebie.

Sani said he was higher in rank than Lakshmi.

Sani powiedział, że miał wyższą rangę niż Lakshmi.

And Lakshmi said she was higher in rank than Sani.

A Lakszmi powiedziała, że ma wyższą rangę niż Sani.

But there were just as many Gods as there were Goddesses.

Ale bogów było tyle samo, co bogiń.

Therefore the dispute could not be settled in heaven.

Dlatego spór nie mógł zostać rozstrzygnięty w niebie.

The contending deities agreed to refer the matter to humans.

Spierające się bóstwa zgodziły się przedstawić tę sprawę ludziom.

The humans had a name for wisdom and justice.

Ludzie mieli nazwę oznaczającą mądrość i sprawiedliwość.

There lived at that time upon earth a man named Sribatsa.

W tamtych czasach żył na ziemi człowiek o imieniu Sribatsa.

(Sri is another name of Lakshmi).

(Sri to inne imię Lakszmi).

(And "batsa" is another word for child).

(A „batsa" to inne słowo oznaczające dziecko).

(so Sribatsa literally means "the child of fortune").

(więc Sribatsa dosłownie oznacza „dziecko fortuny").

Sribatsa had as much wisdom as he had wealth.

Sribatsa miał tyle samo mądrości, co bogactwa.

And he was as fair as he was rich, too.

Był on równie piękny, co bogaty.

He was therefore a good judge for the dispute.

Był więc dobrym sędzią w tym sporze.
And the God and Goddess agreed he could judge their case.
A Bóg i Bogini zgodzili się, że może on osądzić ich sprawę.
One day, accordingly, Sribatsa was contacted.
Pewnego dnia skontaktowano się ze Sribatsą.
He was told that Sani and Lakshmi would come to him.
Powiedziano mu, że Sani i Lakshmi przyjdą do niego.
And he was told they wished for him to settle their dispute.
Powiedziano mu, że chcą, aby rozstrzygnął ich spór.
This put Sribatsa in a delicate situation.
Postawiło to Sribatsę w delikatnej sytuacji.
He could say Sani was higher in rank than Lakshmi.
Mógł powiedzieć, że Sani była wyżej w hierarchii niż
Lakshmi.
But then she would be angry with him and forsake him.
Ale potem rozgniewałaby się na niego i go opuściła.
He could say Lakshmi was higher in rank than Sani.
Mógł powiedzieć, że Lakszmi miała wyższą rangę niż Sani.
But then Sani would cast his evil eye upon him.
Ale potem Sani zaczął rzucać na niego swoje złe oko.
He made up his mind not to say anything directly.
Postanowił nie mówić niczego wprost.
The god and the goddess had to observe his actions.
Bóg i bogini musieli obserwować jego działania.
And from his actions they could gather their opinions.
A na podstawie jego działań mogli wyrobić sobie opinię.
Sribatsa ordered two chairs to be made.
Sribatsa zamówił wykonanie dwóch krzeseł.
One of the chairs was made from gold.
Jedno z krzeseł było wykonane ze złota.
And the other chair was made from silver.
A drugie krzesło było wykonane ze srebra.
And he placed the two chairs beside himself.
I postawił obok siebie dwa krzesła.
The day came when Sani and Lakshmi visited Sribatsa.
Nadszedł dzień, w którym Sani i Lakshmi odwiedziły
Sribatsę.

He told Sani to sit upon the silver chair.
Kazał Saniemu usiąść na srebrnym krześle.
And he told Lakshmi to sit upon the gold chair.
I kazał Lakszmi usiąść na złotym krześle.
Sani became mad with rage, and spoke angrily;
Sani wpadł we wściekłość i przemówił gniewnie:
"You consider me lower in rank than Lakshmi"
„Uważasz, że mam niższą rangę niż Lakszmi"
"I will cast my eye on you for three years"
„Będę na ciebie patrzył przez trzy lata"
"We shall see how you fare at the end of that period"
„Zobaczymy, jak ci pójdzie na koniec tego okresu"
The god then went away in great anger.
Bóg odszedł, bardzo rozgniewany.
Lakshmi, before she went away, said to Sribatsa;
Lakshmi, zanim odeszła, powiedziała do Sribatsy:
"My child, do not fear. I'll befriend you"
„Moje dziecko, nie bój się. Zaprzyjaźnię się z tobą"
The god and the goddess then went away.
Potem bóg i bogini odeszli.
Sribatsa spoke to his wife, Chantamani;
Sribatsa rozmawiał ze swoją żoną, Chantamani;
"Dearest, the evil eye of Sani will be upon me"
„Najdroższy, złe oko Saniego będzie na mnie"
"I had better go away from the house"
„Lepiej będzie, jeśli odejdę z domu"
"If I stay evil will befall you and me"
„Jeśli zostanę, zło spotka ciebie i mnie"
"But if I go, evil will overtake me only"
„Ale jeśli pójdę, spotka mnie tylko zło"
Chintamani said, "it cannot be that way"
Chintamani powiedział: „tak być nie może"
"Wherever you go, I will go with you"
„Gdziekolwiek pójdziesz, pójdę z tobą"
"Your good luck shall be my good luck"
„Twoje szczęście będzie moim szczęściem"
"And your bad luck shall be my bad luck"

„A twój pech będzie moim pechem"
The husband tried hard to persuade his wife to stay.
Mąż bardzo starał się namówić żonę, żeby została.
But all his efforts were of no use.
Ale wszystkie jego wysiłki były daremne.
She refused to abandon her husband.
Odmówiła porzucenia męża.
Sribatsa told his wife to make an opening in their mattress.
Sribatsa powiedział żonie, żeby zrobiła otwór w materacu.
And he told her to stow away all their money and jewels.
I kazał jej schować wszystkie pieniądze i klejnoty.
On the eve of leaving their house, Sribatsa invoked Lakshmi.
W przeddzień opuszczenia domu Sribatsa wezwał Lakszmi.
Upon being invoked, Lakshmi forthwith appeared.
Po wezwaniu Lakszmi natychmiast się pojawiła.
"Mother Lakshmi, the evil eye of Sani is upon us"
„Matko Lakszmi, złe oko Saniego jest nad nami"
"We are going away into exile"
„Wyjeżdżamy na wygnanie"
"Please befriend us, and take care of our property"
„Proszę, zaprzyjaźnij się z nami i dbaj o naszą własność"
The goddess of good luck answered.
Odpowiedziała bogini szczęścia.
"Do not fear; I'll befriend you"
„Nie bój się, zaprzyjaźnię się z tobą"
"In the end all will be right"
„Na końcu wszystko będzie dobrze"
They then set out on their journey.
Następnie wyruszyli w podróż.
Sribatsa rolled up the mattress and put it on his head.
Sribatsa zwinął materac i położył go sobie na głowie.
They had not gone many miles when they saw a river.
Nie przejechali wielu mil, gdy zobaczyli rzekę.
There was a canoe with a man sitting in it.
Była tam łódź, w której siedział mężczyzna.
The travelers requested the ferryman to take them across.

Podróżni poprosili przewoźnika, aby ich przewiózł.

The ferryman said he could only take one at a time.

Przewoźnik powiedział, że może zabrać tylko jedną osobę na raz.

"Tere are three of you," he objected.

„Jest was trzech" – zaprotestował.

"There is you, your wife, and your mattress"

„Jesteś ty, twoja żona i twój materac"

Sribatsa proposed in what order they should ferry over the river.

Sribatsa zaproponował, w jakiej kolejności należy przeprawić się przez rzekę.

"First my wife should be taken across the river"

„Najpierw trzeba przewieźć moją żonę przez rzekę"

"After my wife, take the mattress across the river"

„Po mojej żonie zabierz materac na drugą stronę rzeki"

"And then you can take me across the river"

„A potem możesz mnie zabrać przez rzekę"

But the ferryman would not hear of it.

Lecz przewoźnik nie chciał o tym słyszeć.

"Only one at a time," he repeated.

„Tylko po jednym na raz" – powtórzył.

"First let me take across the mattress"

„Najpierw pozwól mi przenieść się przez materac"

Sribatsa saw no reason to object to the proposal.

Sribatsa nie widział powodu, aby sprzeciwiać się tej propozycji.

The ferryman started taking the mattress across the river.

Przewoźnik zaczął przewozić materac na drugą stronę rzeki.

He had reached halfway across the river.

Dotarł do połowy rzeki.

But then, from nowhere, a fierce gale arose.

Ale nagle, niespodziewanie, zerwał się gwałtowny wiatr.

The ferryman lost control of his canoe.

Przewoźnik stracił panowanie nad łodzią.

The mattress was blown into the river.

Materac został zdmuchnięty do rzeki.

The river carried everything away with it.
Rzeka zabrała ze sobą wszystko.
And the ferrymen, canoe, and mattress were never seen again.
A przewoźników, łodzi i materaca nigdy już nie widziano.
But that was not even the strangest events.
Ale to nie było najdziwniejsze wydarzenie.
Because the river also disappeared into thin air.
Ponieważ rzeka również rozpłynęła się w powietrzu.
Where there was water there was now dry ground.
Tam, gdzie była woda, teraz był suchy ląd.
Sribatsa knew the evil eye of Sani had been watching.
Sribatsa wiedział, że złe oko Saniego ich obserwowało.

Sribatsa and his wife had not a pice in their pockets.
Sribatsa i jego żona nie mieli ani grosza w kieszeni.
Together, impoverished, they went to a nearby village.
Razem, ubodzy, udali się do pobliskiej wioski.
The village was dwelt in mostly by wood-cutters.
Wieś zamieszkiwali głównie drwale.
At sunrise the woodcutters went to cut wood.
O wschodzie słońca drwale wyruszyli, aby rąbać drewno.
And the wood they cut they sold in a faraway town.
A ścięte drewno sprzedali w odległym mieście.
Sribatsa asked to work with the wood-cutters.
Sribatsa poprosił o współpracę z drwalami.
And the wood-cutters agreed to let him cut wood.
A drwale pozwolili mu ściąć drewno.
He could fell trees as well as the best of them.
Potrafił ścinać drzewa równie dobrze, jak najlepsi z nich.
But Sribatsa was different from the wood-cutters.
Ale Sribatsa różnił się od drwali.
The wood-cutters cut any and every sort of wood.
Drwale ścinają każdy rodzaj drewna.
But Sribatsa cut only the precious types of wood.
Ale Sribatsa ścinał tylko najcenniejsze gatunki drewna.
His efforts were focused on cutting down sandal-wood.

Skupił swoje wysiłki na ścinaniu drzewa sandałowego.

The wood-cutters brought to market large loads of common wood.

Drwale przywozili na rynek duże ilości pospolitego drewna.

Sribatsa brought only a few pieces of sandal-wood to the market.

Sribatsa przywiózł na rynek tylko kilka kawałków drewna sandałowego.

He was paid a great deal more money than the others.

Zapłacono mu o wiele więcej niż pozostałym.

Things went on this way for some days.

Tak to wyglądało przez kilka dni.

And the wood-cutters became jealous of Sribatsa.

A drwale zaczęli zazdrościć Sribatsy.

In their jealousy they plotted against Sribatsa.

Z zazdrości uknuli spisek przeciwko Sribatsie.

And finally they drove Sribatsa and his wife from the village.

Na koniec wyrzucili Sribatsę i jego żonę z wioski.

Sribatsa and his wife made their way to another village.

Sribatsa i jego żona udali się do innej wioski.

In this village there were many women that weaved.

W tej wiosce było wiele kobiet, które zajmowały się tkaniem.

Here Chintamani made herself useful by spinning cotton.

Tutaj Chintamani znalazła sobie pożytek, przędząc bawełnę.

Chintamani was an intelligent and skillful woman.

Chintamani była inteligentną i zręczną kobietą.

So she spun finer thread than the other women.

Więc przędła cieńszą nić niż inne kobiety.

And she got paid more money than the other women.

I zarabiała więcej niż inne kobiety.

This roused the envy of the native women of the village.

To wzbudziło zazdrość wśród kobiet z wioski.

But the envy of the other women was not all.

Ale zazdrość innych kobiet nie była jedynym powodem.

Sribatsa wanted to gain the good grace of the weavers.

Sribatsa chciał zyskać przychylność tkaczy.
So he invited the women that spun cotton to a feast.
Zaprosił więc kobiety przędące bawełnę na ucztę.
The dishes of the feat were all cooked by his wife.
Wszystkie potrawy, które towarzyszyły wyczynowi, zostały przygotowane przez jego żonę.
Chintamani was a good weaver, and an excellent in cook.
Chintamani była dobrą tkaczką i znakomitą kucharką.
She placed the delicacies before the women.
Położyła przysmaki przed kobietami.
And the barbarous weavers were quite charmed.
A barbarzyńscy tkacze byli zachwyceni.
The men went to their homes with their bellies full.
Mężczyźni rozeszli się do domów z pełnymi brzuchami.
But when they got home, they reproached their wives.
Ale gdy wrócili do domu, zaczęli wyrzucać swoim żonom.
"Why do you not cook like the wife of Sribatsa"
„Dlaczego nie gotujesz jak żona Sribatsy?"
And the men called their wives good-for-nothing women.
A mężczyźni nazywali swoje żony nicponiami.
This made the women hate Chintamani the more.
To sprawiło, że kobiety jeszcze bardziej znienawidziły Chintamani.

One day Chintamani went to the river-side.
Pewnego dnia Chintamani udał się nad rzekę.
She wanted to bathe along with the other women of the village.
Chciała się wykąpać razem z innymi kobietami z wioski.
A boat had been lying on the bank, stranded on the sand.
Łódź leżała na brzegu, osiadła na piasku.
The boat had been stranded there for many days.
Łódź utknęła tam na wiele dni.
They had tried to move the boat, but in vain.
Próbowali ruszyć łódką, lecz na próżno.
It so happened that Chintamani touched the boat.
Zdarzyło się, że Chintamani dotknął łodzi.

It was an accident, for she did not mean to touch the boat.
To był wypadek, bo nie chciała dotknąć łodzi.
But whether she meant to or not, the boat moved.
Ale niezależnie od tego, czy chciała, czy nie, łódź ruszyła.
And soon the boat was heading off to the river.
I wkrótce łódź ruszyła w stronę rzeki.
The boatmen were astonished by what they had seen.
Przewoźnicy byli zdumieni tym, co zobaczyli.
They thought that the woman had uncommon power.
Uważali, że kobieta ma niezwykłą moc.
And so they thought she might be useful in future.
I pomyśleli, że może się przydać w przyszłości.
They therefore caught hold of her, against her will.
Więc ją pojmali, wbrew jej woli.
And they put her in the boat, and rowed off.
Wsadzili ją do łodzi i odpłynęli.
The women of the village were present for this kidnapping.
Kobiety z wioski były obecne przy tym porwaniu.
But they did not offer Chintamani any assistance.
Jednak nie zaoferowali Chintamaniemu żadnej pomocy.
Because Chintamani had put them in a bad light.
Ponieważ Chintamani przedstawił ich w złym świetle.

Sribatsa heard how his wife had been carried away by boatmen.
Sribatsa usłyszał, jak jego żonę porwali przewoźnicy.
I will let you imagine how he became mad with grief.
Pozostawię wam wyobrażenie, jak bardzo oszalał z żalu.
He left the village and went to the river-side.
Opuścił wioskę i udał się nad rzekę.
And he resolved to follow the course of the stream.
Postanowił więc podążać z biegiem rzeki.
Along the stream he was sure to meet the kidnappers' boat.
Idąc wzdłuż strumienia, był pewien, że natknie się na łódź porywaczy.
He travelled on and on, along the side of the river.
Podróżował dalej i dalej, wzdłuż brzegu rzeki.

And he travelled till it eventually became dark.
I podróżował, aż w końcu zapadła ciemność.
Where he was there were no huts to be seen.
W miejscu, w którym przebywał, nie było widać żadnych chat.
So he climbed into a tree to sleep for the night.
Wszedł więc na drzewo, żeby spędzić tam noc.
In the next morning he got down from the tree.
Następnego ranka zszedł z drzewa.
At the foot of the tree he saw a Kapila-cow.
U stóp drzewa zobaczył krowę-Kapilę.
A Kapila-cow never has any calves of her own.
Krowa rasy Kapila nigdy nie ma własnych cieląt.
But she can be milked at all hours of the day.
Ale można ją doić o każdej porze dnia.
Sribatsa milked the cow without her objecting.
Sribatsa wydoił krowę bez żadnych sprzeciwów.
And he drank the milk to his heart's content.
I wypił mleko do syta.
And then he noticed something else about the cow.
A potem zauważył coś jeszcze związanego z krową.
The dung of the cow was of a bright yellow color.
Łajno krowy miało jaskrawożółty kolor.
In fact, the dung of the cow was made of pure gold.
W rzeczywistości krowie łajno było wykonane z czystego
złota.
The golden cow dung was still in a soft state.
Złote krowie łajno było nadal miękkie.
So he was able to write his name in the golden dung.
Dzięki temu mógł napisać swoje imię na złotym łajnie.
During the course of the day the dung hardened.
W ciągu dnia obornik stwardniał.
And finally the dung looked like a brick of gold.
A na koniec łajno wyglądało jak cegła złota.
The tree he had slept in grew on the river-side.
Drzewo, w którym spał, rosło nad brzegiem rzeki.
And the Kapila-cow supplied him with milk all day.
A krowa Kapila dostarczała mu mleka przez cały dzień.

So Sribatsa decided to wait there for the boat.
Sribatsa postanowił więc poczekać tam na łódź.
In the morning the cow deposited the precious article.
Rano krowa zostawiła cenny przedmiot.
And at night the cow deposited the precious article.
A nocą krowa złożyła cenny przedmiot.
So the gold bricks increased every day.
W ten sposób ilość sztabek złota rosła z każdym dniem.
And on each golden brick he had engraved his name.
A na każdej złotej cegle miał wyryte swoje imię.
He stacked the bricks on top of each other.
Układał cegły jedną na drugiej.
From a distance it looked like a hillock of gold.
Z daleka wyglądało to jak pagórek złota.

But now we must leave Sribatsa to stack his gold.
Ale teraz musimy pozwolić Sribatsie zgromadzić złoto.
And we must turn our attention to Chintamani.
Musimy zwrócić uwagę na Chintamani.
Chintamani was a graceful woman of great beauty.
Chintamani była piękną i pełną wdzięku kobietą.
She had worried her beauty might be her ruin.
Martwiła się, że jej uroda może ją zrujnować.
So she offered a prayer as she was being kidnapped.
Dlatego też modliła się, gdy ją porwano.
"Lakshmi, O Mother Lakshmi! have pity upon me"
„Lakszmi, o Matko Lakszmi! Zmiłuj się nade mną"
"Thou hast made me beautiful, you have"
„Uczyniłeś mnie piękną, uczyniłeś"
"But now my beauty will undoubtedly be my ruin"
„Ale teraz moja uroda niewątpliwie będzie moją zgubą"
"I am bound to loss my honor and my chastity"
„Spodziewam się utraty honoru i czystości"
"I therefore beseech thee, gracious Mother;"
„Dlatego proszę Cię, łaskawa Matko;"
"Take my beauty from me, and make me ugly"
„Zabierz mi moje piękno i uczyń mnie brzydkim"

"Cover my body with some loathsome disease"
„Pokryj moje ciało jakąś obrzydliwą chorobą"
"That way the boatmen might not touch me"
„W ten sposób przewoźnicy mnie nie dotkną"
Chintamani was in the arms of the boatmen.
Chintamani była w ramionach przewoźników.
But the Goddess of good fortune heard her prayer.
Ale bogini szczęścia wysłuchała jej modlitwy.
In the twinkling of an eye her form changed.
W mgnieniu oka jej postać uległa zmianie.
Her naturally beautiful form faded away.
Jej naturalnie piękna postać zniknęła.
And she was turned into a vile carcass.
I zamieniła się w ohydne ciało.
The boatmen were putting her down in the boat.
Przewoźnicy umieszczali ją w łodzi.
They found her body was covered with loathsome sores.
Odkryli, że jej ciało było pokryte odrażającymi ranami.
And the sores were giving out a disgusting stench.
A rany wydzielały obrzydliwy zapach.
They therefore threw her into the hold of the boat.
Wrzucili ją więc do ładowni łodzi.
And they left her amongst the cargo of the ship.
I zostawili ją wśród ładunku statku.
Morning and evening they sent her some food.
Rano i wieczorem wysyłali jej trochę jedzenia.
A little boiled rice, and some water to drink.
Trochę gotowanego ryżu i wody do picia.
Chintamani was miserable in the hull of the ship.
Chintamani czuł się nieszczęśliwy w kadłubie statku.
But she greatly preferred misery to the alternative.
Ale ona zdecydowanie wolała nieszczęście od alternatywy.
She would rather be miserable than loss her chastity.
Ona wolałaby być nieszczęśliwa, niż stracić czystość.

The boatmen had gone to some port to sell cargo.
Przewoźnicy udali się do portu, aby sprzedać ładunek.

While sailing back they caught sight something.
Płynąc z powrotem coś dostrzegli.
By the river-side there seemed to be a hillock of gold.
Nad brzegiem rzeki znajdował się pagórek pełen złota.
Sribatsa had been keeping watch by the river.
Sribatsa czuwał nad rzeką.
So he was delighted to see a boat approach him.
Dlatego ucieszył się, gdy zobaczył zbliżającą się do niego łódź.
Because he fondly imagined his wife might be on board.
Ponieważ z czułością wyobrażał sobie, że jego żona może być
na pokładzie.
The boatmen went greedily to the hillock of gold.
Przewoźnicy chciwie ruszyli w stronę pagórka złota.
Of course Sribatsa told them the gold was his.
Sribatsa oczywiście powiedział im, że złoto należy do niego.
But that didn't help Sribatsa very much.
Ale to nie pomogło Sribatsie zbyt wiele.
The sailors took him prisoner on the boat.
Marynarze wzięli go do niewoli na statku.
And they loaded the gold onto their vessel.
I załadowali złoto na statek.
They happened to imprison him close to the ugly woman.
Tak się złożyło, że uwięzili go blisko brzydkiej kobiety.
Of course the husband and wife recognized each other.
Oczywiście, że mąż i żona się rozpoznali.
In spite of the change Chintamani had undergone.
Pomimo zmian, jakie zaszły w Chintamanim.
And despite their excitement they kept their composure.
Mimo podniecenia zachowali spokój.
And they thought it prudent not to speak to each other.
I uznali za rozsądne nie rozmawiać ze sobą.
Instead they communicated their ideas through gestures.
Zamiast tego przekazywali swoje idee za pomocą gestów.
There is something you should know about the boatmen.
Jest coś, co powinieneś wiedzieć o przewoźnikach.
These boatmen were very fond of playing at dice.
Przewoźnicy bardzo lubili grać w kości.

Sribatsa appeared to them to be a respectable man.
Sribatsa wydał im się szanowanym człowiekiem.
So they always asked him to join in the game.
Dlatego zawsze zapraszali go do gry.
Sribatsa happened to be an expert dice player.
Okazało się, że Sribatsa był ekspertem w grze w kości.
Despite their efforts he won almost every game.
Pomimo ich wysiłków wygrał prawie każdy mecz.
You can imagine how the sailors felt about losing.
Można sobie wyobrazić, co czuli marynarze po przegranej.
And in jealousy the boatmen threw him overboard.
A przewoźnicy z zazdrości wyrzucili go za burtę.
Chintamani saw the men throw her husband overboard.
Chintamani widziała, jak mężczyźni wyrzucili jej męża za burtę.
Fortunately for Sribatsa, his wife had great presence of mind.
Na szczęście dla Sribatsy, jego żona wykazała się dużą przytomnością umysłu.
The boatmen had allowed her a pillow to rest her head.
Przewoźnicy pozwolili jej położyć głowę na poduszce.
And she simultaneously threw this pillow into the water.
I jednocześnie wrzuciła tę poduszkę do wody.
Sribatsa was able to grab hold of the pillow.
Sribatsa zdołał chwycić poduszkę.
And the pillow helped him float down the stream.
A poduszka pomogła mu spłynąć z nurtem.
Up until nightfall the river carried him downstream.
Aż do zapadnięcia zmroku rzeka niosła go w dół.
At nightfall he arrived at what seemed to be a garden.
Wieczorem dotarł do miejsca, które przypominało ogród.
Because it was dark there was nothing he could do.
Ponieważ było ciemno, nie mógł nic zrobić.
So all night he stayed in the garden, cold and wet.
Więc całą noc spędził w ogrodzie, zmarznięty i mokry.
I should tell you who this garden belonged to.
Powinienem ci powiedzieć, do kogo należał ten ogród.

This was the garden of an old widowed woman.
To był ogród starej wdowy.
This woman used to supply flowers for the king.
Ta kobieta dostarczała kwiaty dla króla.
But one day some blight had come over her garden.
Pewnego dnia jednak jej ogród zaatakowała plaga.
Almost all the trees and plants ceased flowering.
Prawie wszystkie drzewa i rośliny przestały kwitnąć.
She had therefore given up the business she had.
Zrezygnowała więc z prowadzonego przez siebie biznesu.
And she was no longer the royal flower supplier.
I nie była już królewską dostawczynią kwiatów.
However, Sribatsa's arrival had rejuvenated her garden.
Jednak przybycie Sribatsy odświeżyło jej ogród.
She could scarcely believe her eyes in the morning.
Rano ledwo mogła uwierzyć własnym oczom.
The whole garden was ablaze with flowers again.
Cały ogród znów rozbłysnął kwiatami.
There was no plant that was not in bloom.
Nie było rośliny, która nie kwitłaby.
And every tree she had was begemmed with flowers.
A każde drzewo, które miała, było ozdobione kwiatami.
She had no way of knowing the cause of the miracle.
Nie miała pojęcia, co było przyczyną cudu.
And so she took a walk through the garden.
I tak wybrała się na spacer po ogrodzie.
But she soon found the cause of all the flowers.
Ale wkrótce znalazła przyczynę wszystkich kwiatów.
At the edge of her garden was a cold, wet man.
Na skraju jej ogrodu stał zimny i mokry mężczyzna.
He was shivering and almost dead from hypothermia.
Trząsł się z zimna i był bliski śmierci z powodu hipotermii.
She immediately brought the man into to her cottage.
Natychmiast przyprowadziła mężczyznę do swojego domku.
And she lighted a fire to give him some warmth.
I rozpaliła ogień, żeby go trochę ogrzać.
She nursed him and showed him every attention.

Opiekowała się nim i okazywała mu całą uwagę.
And she ascribed the miracle to his presence.
I przypisała cud jego obecności.
She made him as comfortable as she could.
Zapewniła mu jak największy komfort.
And then she ran to the king's palace.
A potem pobiegła do pałacu królewskiego.
She asked to speak to the king's chief servant.
Poprosiła o rozmowę z głównym sługą króla.
And she told him the good fortune she had had.
I opowiedziała mu o szczęściu, jakie ją spotkało.
"I can again supply the palace with flowers"
„Mogę znów zaopatrywać pałac w kwiaty"
Her flowers had been very much missed at the palace.
Jej kwiaty były bardzo nieobecne w pałacu.
So she was immediately restored to her former position.
Została więc natychmiast przywrócona na poprzednie
stanowisko.
She was again the flower-woman of the royal household.
Znów została kobietą-kwiatkiem na dworze królewskim.

Sribatsa spent a few more days recovering his health.
Sribatsa spędził jeszcze kilka dni na rekonwalescencji.
And eventually he had all his vitality back.
I w końcu odzyskał wszystkie siły witalne.
He asked the woman if he could speak with a minister.
Zapytał kobietę, czy może porozmawiać z duchownym.
So the woman took him to the palace with her.
Kobieta zabrała go więc ze sobą do pałacu.
One of the king's ministers gave him an appointment.
Jeden z ministrów królewskich dał mu nominację.
And he was at once found to be a man of intelligence.
I od razu okazało się, że jest to człowiek inteligentny.
So was offered a position in the king's service.
Zaproponowano mu więc stanowisko w służbie królewskiej.
In fact, he was allowed to choose what job he wanted.

W rzeczywistości pozwolono mu wybrać, jaką pracę chciał wykonywać.

He asked to be collector of tolls on the river.

Poprosił, aby umożliwiono mu pobieranie opłat za przeprawę przez rzekę.

The minister was happy to give Sribatsa the job.

Minister chętnie powierzył Sribatsie to zadanie.

The kingdom needed someone to collect river-tolls.

Królestwo potrzebowało kogoś, kto pobierałby opłaty za korzystanie z rzek.

And Sribatsa immediately started his new job.

I Sribatsa natychmiast rozpoczął nową pracę.

It wasn't long before his plan came to fruition.

Niedługo potem jego plan zaczął przynosić owoce.

The boat his wife was on was coming down the river.

Łódź, na której płynęła jego żona, płynęła rzeką.

Under the king's authority he detained the boat.

Z upoważnienia króla zatrzymał łódź.

And he charged the boatmen with the theft of gold-bricks.

I oskarżył przewoźników o kradzież złotych cegieł.

The king liked the sound of a boat full of gold.

Królowi spodobał się dźwięk łodzi pełnej złota.

So the king himself came to the river-side.

Król więc sam przybył nad rzekę.

Even he was amazed by the quantity of gold they had.

Nawet on był zdumiony ilością posiadanego przez nich złota.

And every gold brick had Sribatsa's inscription.

A na każdej złotej cegle widniał napis Sribatsa.

At the same time he rescued his wife from the boatmen.

W tym samym czasie uratował swoją żonę z rąk przewoźników.

Back on dry land she returned to her previous beauty.

Po powrocie na suchy ląd odzyskała dawną urodę.

He told the king the story of their misfortune.

Opowiedział królowi historię swego nieszczęścia.

And the king had them as a guest in his palace.

A król gościł ich w swoim pałacu.

The king gave them presents of horses and elephants.
Król podarował im konie i słonie.
And on the horses and elephants they rode to their country.
I na koniach i słoniach jechali do swojego kraju.
The evil eye of Sani was now turned away from Sribatsa.
Złe oko Saniego odwróciło się teraz od Sribatsy.
And he again became what he formerly was.
I znów stał się tym, kim był dawniej.
He was again Sribatsa; the Child of Fortune.
Znów był Sribatsą, Dzieckiem Fortuny.

The Boy whom Seven Mothers Suckled
Chłopiec, którego wykarmiło siedem matek

Once on a time there reigned a king who had seven queens.

Dawno, dawno temu panował król, który miał siedem królowych.

He was very sad, for the seven queens were all barren.

Był bardzo smutny, ponieważ wszystkie siedem królowych było bezpłodnych.

One day, however, he met a holy mendicant.

Pewnego dnia spotkał jednak świętego żebraka.

The holy mendicant told the king about a certain forest.

Święty żebrak opowiedział królowi o pewnym lesie.

In this forest there grew a special kind of tree.

W tym lesie rósł szczególny rodzaj drzewa.

On a branch of this tree hung seven mangoes.

Na gałęzi tego drzewa wisiało siedem mango.

These mangos could restore the fertilities of his queens.

Te mango mogłyby przywrócić płodność jego królowym.

But the king had to pluck the mangoes himself.

Ale król musiał sam zerwać mango.

The king followed the advice of the mendicant.

Król posłuchał rady żebraka.

And he set off to go to the forest with the mango tree.

I poszedł do lasu, w którym rosło drzewo mangowe.

Soon he had found the tree the mendicant spoke of.

Wkrótce znalazł drzewo, o którym mówił żebrak.

And he plucked the seven mangoes that grew upon one branch.

I zerwał siedem mango, które wyrosły na jednej gałęzi.

He gave a mango to each of the queens to eat.

Dał każdej z królowych do zjedzenia mango.

In a short time the king's heart was filled with joy.

W krótkim czasie serce króla napełniło się radością.

He was told that the seven queens were all with child.

Powiedziano mu, że wszystkie siedem królowych było w ciąży.

One day the king was out hunting.

Pewnego dnia król wybrał się na polowanie.

On his path he saw a young lady of peerless beauty.

Na swojej drodze zobaczył młodą damę o niezrównanej urodzie.

He instantly fell in love with the beautiful woman.

Od razu zakochał się w pięknej kobiecie.

And he brought her to his palace, and married her.

I przyprowadził ją do swego pałacu i poślubił.

This lady was, however, not a human being.

Ta kobieta jednak nie była człowiekiem.

But what this woman was was a Rakshasi.

Ale ta kobieta była Rakshasi.

But the king of course did not know this.

Ale król oczywiście o tym nie wiedział.

The king became dotingly fond of her.

Król darzył ją ogromną miłością.

And he did whatever she told him to do.

I zrobił wszystko, co mu kazała.

One day she made a very particular request of the king.

Pewnego dnia zwróciła się do króla z bardzo szczególną prośbą.

"You say that you love me more than anyone else"

„Mówisz, że kochasz mnie bardziej niż kogokolwiek innego"

"Let me see whether you really love me as much as you say"

„Pozwól mi sprawdzić, czy naprawdę kochasz mnie tak mocno, jak mówisz"

"If you love me, make your seven other queens blind"

„Jeśli mnie kochasz, spraw, by pozostałe siedem twoich królowych oślepło"

"And once they are blind, let them be killed"

„A gdy już oślepną, niech zostaną zabici"

The king became very sad at the terrible request.

Król bardzo zasmucił się z powodu tej strasznej prośby.

He was especially sad because the queens were all pregnant.

Był szczególnie smutny, ponieważ wszystkie królowe były w
ciąży.
But he had no choice but to comply with her request.
Ale nie miał innego wyjścia, jak spełnić jej prośbę.

The eyes of the queens were plucked out of their sockets.
Królowym wyrwano oczy z oczodołów.
And the queens were delivered up to the chief minister.
A królowe zostały oddane premierowi.
It was up to the chief minister to destroy the queens.
To premier miał obowiązek zniszczyć królowe.
But the chief minister was a merciful man.
Ale premier był człowiekiem miłosiernym.
In the side of the hill there was secret a cave.
Na zboczu wzgórza znajdowała się sekretna jaskinia.
Instead of killing the queens, the minister hid them.
Zamiast zabić królowe, minister je ukrył.
In course of time the eldest of the seven queens gave birth.
Z czasem najstarsza z siedmiu królowych urodziła.
"What shall I do with the child," said she.
„Co mam zrobić z dzieckiem?" – zapytała.
"We are blind and are dying for want of food."
„Jesteśmy ślepi i umieramy z głodu".
"Let me kill the child," she proposed.
„Pozwól mi zabić to dziecko" – zaproponowała.
"Let us all eat of the child's flesh," she added.
„Jedzmy wszyscy ciało tego dziecka" – dodała.
Just as she said she would, she killed the infant.
Zgodnie z obietnicą zabiła niemowlę.
She gave to each of her sister-queens a part of the child.
Dała każdej ze swoich sióstr-królowych część dziecka.
And the sister queens ate their part of the child.
A siostry-królowe zjadły swoją część dziecka.
But the youngest queen did not eat her share.
Ale najmłodsza królowa nie zjadła swojej porcji.
Instead, she laid her part of the child beside her.
Zamiast tego położyła część dziecka obok siebie.

In a few days the second queen also was delivered of a child.
Kilka dni później druga królowa również urodziła dziecko.
She did with her child as her eldest sister had done with hers.
Postąpiła ze swoim dzieckiem tak samo, jak jej najstarsza siostra ze swoim.
So did the third, the fourth, the fifth, and the sixth queen.
Tak samo uczyniła trzecia, czwarta, piąta i szósta królowa.
Eventually the seventh queen gave birth to a son.
Ostatecznie siódma królowa urodziła syna.
But she did not follow the example of her sister-queens.
Ale nie poszła w ślady swoich sióstr-królowych.
Instead, she resolved to raise the child.
Zamiast tego postanowiła wychować dziecko.
The other queens demanded their portions of the newly-born.
Pozostałe królowe domagały się należnych im części nowo narodzonych.
But she still had the portions she had not eaten.
Ale nadal miała porcje, których nie zjadła.
And she gave her sister-queens back their children's parts.
I oddała swym siostrom-królowym części ich dzieci.
The other queens at once perceived that their portions were dry.
Pozostałe królowe od razu zauważyły, że ich porcje są suche.
Therefore the parts could not be of the newly born child.
Zatem części te nie mogły pochodzić od nowo narodzonego dziecka.
"I have decided not to kill me child," she explained.
„Postanowiłam nie zabijać mojego dziecka" – wyjaśniła.
"I will not eat him, but try to raise him instead"
„Nie zjem go, ale spróbuję go wychować"
The others were glad to hear this news.
Pozostali byli zadowoleni, słysząc tę nowinę.
They all said that they would help her in nursing the child.
Wszyscy powiedzieli, że pomogą jej w karmieniu dziecka.
And so the child was suckled by seven mothers.

I tak dziecko było karmione piersią przez siedem matek.
And the child became the hardiest and strongest boy that ever lived.
I dziecko stało się najwytrwalszym i najsilniejszym chłopcem, jaki kiedykolwiek żył.

In the meantime the Rakshasi-queen was doing infinite mischief.
Tymczasem królowa Rakshasi wyrządzała nieskończone szkody.
And she got the royal household into all sorts of trouble.
I wpędziła rodzinę królewską w mnóstwo kłopotów.
What she ate at the royal table did not fill her capacious stomach.
To, co jadła przy królewskim stole, nie zapełniało jej pojemnego żołądka.
She therefore, in the darkness of night, went hunting.
Wybrała się więc w mroku nocy na polowanie.
Gradually she ate up all the members of the royal family.
Stopniowo pochłonęła wszystkich członków rodziny królewskiej.
She ate all the king's servants, and his attendants.
Zjadła wszystkich sług królewskich i jego świtę.
She ate all his horses, elephants, and cattle.
Zjadła wszystkie jego konie, słonie i bydło.
And eventually only her royal consort and the king were left.
I ostatecznie pozostali jej jedynie królewscy małżonkowie i król.
After that she used to go out in the evenings into the city.
Później wychodziła wieczorami do miasta.
And she ate up stray human beings wherever she found any.
I zjadała zabłąkanych ludzi, gdziekolwiek ich znalazła.
The king was left without any servants.
Król został bez żadnej służby.
There was no person left to cook for him.
Nie było już nikogo, kto mógłby dla niego gotować.

Because no one would accept this job.
Ponieważ nikt nie chciał przyjąć tej pracy.
But at last someone volunteered their services.
Ale w końcu ktoś zaoferował swoje usługi.
The boy who had been suckled by seven mothers.
Chłopiec, którego wykarmiło siedem matek.
He had now grown up to be a stalwart youth.
Wyrósł na dzielnego młodzieńca.
He attended on the king and prepared his food.
Usługuje królowi i przygotowuje mu jedzenie.
But he took every care while with the queen.
Ale będąc z królową zachowywał szczególną ostrożność.
And he made sure that she did not swallow him up.
I uważał, żeby go nie połknęła.
The Rakshasi-queen seized her victims only at night.
Królowa Rakshasi porywała swoje ofiary tylko w nocy.
So the boy he went home long before nightfall.
Więc chłopiec wrócił do domu na długo przed zapadnięciem zmroku.
So she had to find another way to get rid of the boy.
Musiała więc znaleźć inny sposób, żeby pozbyć się chłopca.

The boy always boasted that he could do any work.
Chłopiec zawsze chwalił się, że potrafi wykonać każdą pracę.
So the queen invented a disease for herself.
Więc królowa wymyśliła dla siebie chorobę.
She said that there was a cure for her disease.
Powiedziała, że istnieje lekarstwo na jej chorobę.
But she said the cure was not easy to get.
Ale dodała, że znalezienie lekarstwa nie jest łatwe.
This made the boy even more interested in the task.
To sprawiło, że chłopiec jeszcze bardziej zainteresował się tym zadaniem.
She said there was a melon which cured her disease.
Powiedziała, że melon wyleczył ją z choroby.
The melon was twelve cubits in length.
Melon miał dwanaście łokci długości.

But the stone of the lemon was thirteen cubits long.
Ale pestka cytryny miała trzynaście łokci długości.
The fruit could only be gotten from her mother.
Owoce można było zdobyć tylko od matki.
And her mother lived on the other side of the ocean.
A jej matka mieszkała po drugiej stronie oceanu.
She gave him a letter of introduction to her mother.
Dała mu list polecający do swojej matki.
But actually the note told her to eat the boy.
Ale tak naprawdę w notatce napisano, że ma zjeść chłopca.
The boy had suspected there was some foul play.
Chłopiec podejrzewał, że doszło do przestępstwa.
So he tore up the letter and proceeded on his journey.
Podarł więc list i ruszył w dalszą podróż.
The dauntless youth passed through many lands.
Nieustraszona młodzież przemierzyła wiele krain.
After much travel he stood on the shore of the ocean.
Po długiej podróży stanął na brzegu oceanu.
On the other side of the ocean was the country of the
Rakshasis.
Po drugiej stronie oceanu znajdował się kraj Rakshasi.
He then bawled as loud as he could, and said;
Potem zaczął wrzeszczeć najgłośniej jak potrafił i powiedział:
"Granny! granny! come and save your daughter"
„Babciu! Babciu! Przyjdź i uratuj swoją córkę"
"Your daughter, my mother, is dangerously ill"
„Twoja córka, moja matka, jest niebezpiecznie chora"
On the other side of the ocean an old Rakshasi heard him.
Po drugiej stronie oceanu usłyszał go stary Rakshasi.
The old Rakshasi crossed the ocean to the boy.
Stary Rakshasi przepłynął ocean, by dotrzeć do chłopca.
The boy told her the message of the queen.
Chłopiec przekazał jej wiadomość od królowej.
And the Rakshasi took the boy on her back.
A Rakshasi wzięła chłopca na plecy.
She re-crossed the ocean to the land of the Rakshasi.
Ponownie przepłynęła ocean, by dotrzeć do krainy Rakshasi.

And the boy was at once given the medicinal melon.
I chłopcu natychmiast dano leczniczego melona.
The Rakshasi told him to hurry back to her daughter.
Rakshasi kazała mu szybko wrócić do córki.
But the boy said he was too tired to keep travelling.
Chłopiec stwierdził jednak, że jest zbyt zmęczony, by
kontynuować podróż.
And he begged to be allowed to rest one day.
I błagał, by pozwolono mu choć raz odpocząć.
The old Rakshasi consented to her grandson's wishes.
Stara Rakshasi spełniła życzenia wnuka.

The boy noticed interesting things in the Rakshasi's room.
Chłopiec zauważył ciekawe rzeczy w pokoju Rakshasi.
There was a stout club and a rope hanging in the room.
W pokoju wisiała mocna maczuga i lina.
The boy inquired what the stout club and rope were for.
Chłopiec zapytał, do czego służą gruba maczuga i lina.
"Child, with that club and rope I cross the ocean"
„Dziecko, z tą maczugą i liną przepłynę ocean"
"One just has to take the club and the rope in his hands"
„Trzeba tylko wziąć kij i linę w ręce"
"And then you have to say the following magical words:"
„A potem musisz wypowiedzieć następujące magiczne
słowa:"
"O stout club! O strong rope!"
„O, mocna maczugo! O, mocna lino!"
"Take me at once to the other side"
„Zabierz mnie natychmiast na drugą stronę"
"Then they will take him to the other side of the ocean"
„Następnie zabiorą go na drugą stronę oceanu"
The boy noticed another interesting thing in the room.
Chłopiec zauważył w pokoju jeszcze jedną ciekawą rzecz.
There was a bird in a cage in the corner of the room.
W kącie pokoju znajdował się ptak w klatce.
The boy also wanted to know what this bird was for.
Chłopiec chciał też wiedzieć, do czego służy ten ptak.

"The bird contains a secret, my child"
„Ptak skrywa tajemnicę, moje dziecko"
"But that secret must not be disclosed to mortals"
„Ale tej tajemnicy nie wolno ujawniać śmiertelnikom"
"But how can I hide this secret from my own grandchild?"
„Ale jak mogę ukryć ten sekret przed własnym wnukiem?"
"That bird, child, contains the life of your mother.
„Ten ptak, dziecko, zawiera życie twojej matki.
"If the bird is killed, your mother will at once die"
„Jeśli ptak zostanie zabity, twoja matka natychmiast umrze"
Armed with these secrets, the boy went to bed that night.
Uzbrojony w te sekrety chłopiec poszedł spać tej nocy.

Next morning the old Rakshasi went to distant countries.
Następnego ranka stary Rakshasi udał się do odległych
krajów.
Together with all the other Rakshasis, she went to forage.
Razem z innymi Rakshasi wyruszyła na poszukiwanie
pożywienia.
The boy took down the bird-cage from the ceiling.
Chłopiec zdjął klatkę dla ptaków z sufitu.
And the boy took the club and the rope.
A chłopiec wziął kij i linę.
And then he spoke the magic words to the club and rope.
A potem wypowiedział magiczne słowa do maczugi i liny.
"O stout club! O strong rope!"
„O, mocna maczugo! O, mocna lino!"
"Take me at once to the other side"
„Zabierz mnie natychmiast na drugą stronę"
In the twinkling of an eye the boy was put on this side of the
ocean.
W mgnieniu oka chłopiec znalazł się po tej stronie oceanu.
He then retraced his steps, back to the queen.
Następnie wrócił tą samą drogą, wracając do królowej.
To her astonishment he really had the medicinal lemon.
Ku jej zdumieniu rzeczywiście miał przy sobie leczniczą
cytrynę.

But the bird in the cage he kept carefully concealed.
Ale ptaka w klatce trzymał starannie ukryty.

In the course of time the people of the city came to the king.
Z czasem mieszkańcy miasta przybyli do króla.
And they told the king of their troubles.
I opowiedzieli królowi o swoich kłopotach.
"A monstrous bird comes from the palace every evening"
„Co wieczór z pałacu przylatuje potworny ptak"
"The bird seizes the people in the streets"
„Ptak chwyta ludzi na ulicach"
"And the bird swallows the people up whole"
„A ptak połyka ludzi w całości"
"This has been going on for a long time"
„To trwa już od dłuższego czasu"
"And now the city has become almost desolate"
„A teraz miasto stało się prawie opustoszałe"
The king did not know what this monstrous bird was.
Król nie wiedział, czym jest ten potworny ptak.
But the king's servant, the boy, said he knew.
Ale chłopiec, sługa królewski, powiedział, że wie.
"I will kill the monstrous bird," he offered.
„Zabiję tego potwornego ptaka" – zaproponował.
"But the queen has to stand beside us," he added.
„Ale królowa musi stać obok nas" – dodał.
The king saw no reason to object to the proposal.
Król nie widział powodu, aby sprzeciwić się tej propozycji.
And so the queen was made to stand beside the king.
I tak królowa stanęła obok króla.
The boy then took the bird out from its cage.
Następnie chłopiec wyjął ptaka z klatki.
On seeing the bird she fell into a fainting fit.
Na widok ptaka zemdlała.
Then the boy turned to the king, and spoke.
Potem chłopiec zwrócił się do króla i przemówił.
"King, you will soon perceive who the monstrous bird is"
„Królu, wkrótce dowiesz się, kim jest ten potworny ptak"

"You will see what devours your people every evening"
„Zobaczysz, co pożera twój lud każdej nocy"
"I tear off each limb of this bird"
„Odrywam każdą kończynę temu ptakowi"
"The corresponding limb of the man-eater will fall off"
„Odpowiednia kończyna ludojada odpadnie"
The boy then tore off one leg of the bird in his hand.
Chłopiec oderwał wtedy ptakowi jedną nogę, którą trzymał w ręku.
All assembled were astonished at what happened next.
Wszyscy zebrani byli zdumieni tym, co wydarzyło się później.
One of the legs of the queen fell off.
Jedna z nóg królowej odpadła.
Then the boy squeezed the throat of the bird.
Wtedy chłopiec ścisnął gardło ptaka.
And as he squeezed the bird, the queen gave up the ghost.
I gdy tylko ścisnął ptaka, królowa wyzionęła ducha.
The boy then retold his history to the king.
Chłopiec opowiedział królowi swoją historię.
"You used to have seven barren wives"
„Miałeś kiedyś siedem niepłodnych żon"
"To treat their barrenness, you gave them each a mango"
„Aby wyleczyć ich niepłodność, dałeś każdemu mango"
"And each of your wives fell pregnant with a child"
„I każda z waszych żon zaszła w ciążę i urodziła dziecko"
"However, you then married an eighth wife"
„Ale potem poślubiłeś ósmą żonę"
"This wife ordered you to blind your other wives"
„Ta żona kazała ci oślepiać twoje pozostałe żony"
"And she ordered you to have your other wives killed"
„I kazała ci zabić pozostałe żony"
"Your minister blinded your seven wives"
„Twój minister oślepił twoje siedem żon"
"But he was too good hearted to kill your wives"
„Ale on był zbyt dobry, żeby zabić twoje żony"
"Your seven wives were taken to a hiding place"
„Twoje siedem żon zabrano do kryjówki"

"And in this hiding place they each gave birth"

„I w tej kryjówce każda z nich rodziła"

"But they were forced to eat their newly born children"

„Ale byli zmuszani do jedzenia swoich nowo narodzonych dzieci"

"Only my mother did not let me be eaten"

„Tylko moja matka nie pozwoliła mnie zjeść"

"Instead, I was suckled by seven mothers"

„Zamiast tego karmiło mnie siedem matek"

"And I grew up strong and capable"

„I wyrosłem na silnego i zdolnego"

"Eventually I came to work in your palace"

„W końcu przyszedłem pracować w twoim pałacu"

"Your wife, my stepmother, sent me on a mission"

„Twoja żona, moja macocha, wysłała mnie na misję"

"She sent me to her mother for a medicine"

„Wysłała mnie do swojej matki po lekarstwo"

"However, her mother was a Rakshasi"

„Jednak jej matka była Rakshasi"

"From her I found the secret of your wife's life"

„Od niej odkryłem sekret życia twojej żony"

"And so I brought the bird that held your wife's life"

„I tak przyniosłem ptaka, który trzymał w sobie życie twojej żony"

The king had listened to the story his son told him.

Król wysłuchał historii, którą opowiedział mu syn.

The seven queens were brought back to the palace.

Siedem królowych powróciło do pałacu.

And their eyes were miraculously restored.

A ich oczy zostały cudownie przywrócone.

The boy that was suckled by seven mothers was crowned.

Chłopiec, którego wykarmiło siedem matek, został ukoronowany.

And he was recognized by the king as his rightful heir.

Król uznał go za swojego prawowitego następcę.

And they lived together happily.

I żyli razem szczęśliwie.

The Story of Prince Sobur
Historia księcia Soburu

Once upon a time there lived a merchant.
Dawno, dawno temu żył sobie pewien kupiec.
This merchant had seven daughters.
Kupiec ten miał siedem córek.
One day the merchant asked them a question.
Pewnego dnia kupiec zadał im pytanie.
"From whose fortune do you live?"
„Z czyjego majątku żyjesz?"
The eldest daughter answered first.
Pierwsza odpowiedziała najstarsza córka.
"Papa, I live from your fortune"
„Tato, żyję z twojego majątku"
The second daughter gave the same answer.
Druga córka dała tę samą odpowiedź.
The same answer was given by the third daughter.
Tę samą odpowiedź dała trzecia córka.
His fourth daughter also lived from his fortune.
Jego czwarta córka również żyła z jego majątku.
His fifth daughter was no different.
W przypadku jego piątej córki nie było inaczej.
And his sixth daughter was like the rest.
A jego szósta córka była taka sama jak pozostałe.
But his youngest daughter surprised him.
Ale jego najmłodsza córka go zaskoczyła.
She had a very different answer.
Jej odpowiedź była zupełnie inna.
"I live from my own fortune"
„Żyję z własnego majątku"
He did not like this answer.
Nie spodobała mu się ta odpowiedź.
Her answer made the merchant very angry.
Jej odpowiedź bardzo rozgniewała kupca.
"You are very ungrateful," he told her.
„Jesteś bardzo niewdzięczna" – powiedział do niej.

"See how well you do on your own"
„Zobacz, jak dobrze sobie poradzisz sam"
"I am kicking you out of my house"
„Wyrzucam cię z domu"
"You will not have a rupee in your pocket"
„Nie będziesz miał ani rupii w kieszeni"
He called his palanquins to come.
Zawołał swoje palankiny, żeby przyszły.
And he ordered them to take the girl away.
I rozkazał im zabrać dziewczynę.
"Leave her in the midst of a forest"
„Zostaw ją w środku lasu"
The girl begged to be allowed one thing.
Dziewczyna błagała, żeby pozwolono jej na jedno.
"Please let me take my work-box"
„Proszę pozwolić mi zabrać moje pudełko z pracą"
"In the box are my needles and threads"
„W pudełku są moje igły i nici"
Her father allowed her to take her box.
Jej ojciec pozwolił jej zabrać pudełko.
She got into the seat of the palanquins.
Usiadła na siedzeniach w lektyce.
And the bearers lifted her up.
A nieśli ją podnieśli.
And they put her onto their shoulders.
I wzięli ją na ramiona.
As the bearers ran they chanted.
Tragarze biegli i skandowali.
"Hoon! Hoon! Hoon! Hoon! Hoon!"
„Hoon! Hoon! Hoon! Hoon! Hoon!"
But they didn't get very far.
Ale nie zaszli daleko.
An old woman stood in their way.
Na ich drodze stanęła starsza kobieta.
She came up to the carriage.
Podeszła do powozu.
"Where are you taking my daughter?"

„Dokąd zabierasz moją córkę?"
She was the maid of the child.
Była służącą dziecka.
"We have been given orders by the merchant"
„Otrzymaliśmy rozkazy od kupca"
"He told us to take her away"
„Powiedział nam, żebyśmy ją zabrali"
"We will leave her in a forest"
„Zostawimy ją w lesie"
"We are going to do his bidding"
„Zrobimy, co zechce"
"I must go with her," said the old woman.
„Muszę iść z nią" – powiedziała staruszka.
But the bearers were not sure.
Ale nosiciele nie byli pewni.
Bearers run when they carry a sedan chair.
Nosiciele biegną, gdy niosą lektykę.
"How will you be able to keep pace with us?"
„Jak dotrzymasz nam kroku?"
The old woman was not deterred.
Starsza kobieta nie dała się odstraszyć.
"It does not matter how I do it"
„Nie ma znaczenia, jak to zrobię "
"I must go where my daughter goes"
„Muszę iść tam, gdzie idzie moja córka"
The youngest daughter begged the bearers.
Najmłodsza córka prosiła tragarzy o jałmużnę.
"Please carry my mother with me"
„Proszę zabrać ze sobą moją mamę"
And the bearers gracefully agreed.
A tragarze łaskawie się zgodzili.
They carried mother and child to the forest.
Zanieśli matkę i dziecko do lasu.
"Hoon! Hoon! Hoon! Hoon! Hoon!"
„Hoon! Hoon! Hoon! Hoon! Hoon!"
In the afternoon they reached a dense forest.
Po południu dotarli do gęstego lasu.

They went deeper and deeper into the forest.
Zapuszczali się coraz głębiej w las.
Towards sunset they reached their goal.
O zachodzie słońca dotarli do celu.
They stopped at the foot of an old tree.
Zatrzymali się u stóp starego drzewa.
They lowered the girl and the old woman.
Spuścili dziewczynę i staruszkę.
And they left them in the forest.
I zostawili ich w lesie.
Then they retraced their steps home.
Następnie wrócili do domu.

The merchant's youngest daughter looked around.
Najmłodsza córka kupca rozejrzała się dookoła.
You would not have wanted to be in her shoes.
Nie chciałbyś być na jej miejscu.
Her situation was truly pitiable.
Jej sytuacja była naprawdę żałosna.
She was hardly fourteen years old.
Miała zaledwie czternaście lat.
She had grown up in luxury.
Wychowała się w luksusie.
But now there was no luxury for her.
Ale teraz nie było dla niej luksusu.
She was in the heart of a dark forest.
Znajdowała się w sercu ciemnego lasu.
She had not a rupee in her pocket.
Nie miała ani rupii w kieszeni.
And she had nothing for protection.
I nie miała niczego, co mogłoby ją chronić.
Nothing except an old, decrepit, woman.
Nic, oprócz starej, schorowanej kobiety.
Even the trees of the forest pitied her.
Nawet drzewa w lesie okazywały jej współczucie.
The young girl and old woman sat together.
Młoda dziewczyna i starsza kobieta siedziały razem.

They were at the foot of an old tree.
Stali u stóp starego drzewa.
And together they cried over their situation.
I razem płakali nad swoją sytuacją.
I should say this all happened long ago.
Powinienem powiedzieć, że to wszystko wydarzyło się dawno temu.
In these times the trees could talk.
W tamtych czasach drzewa potrafiły mówić.
And the old tree spoke to the girl.
A stare drzewo przemówiło do dziewczyny.
"Unhappy women, I much pity you"
„Nieszczęśliwe kobiety, bardzo wam współczuję"
"There are wild beasts in this forest"
„W tym lesie są dzikie bestie"
"Soon they will come out of their lairs"
„Wkrótce wyjdą ze swoich kryjówek"
"They will roam about for prey"
„Będą wędrować w poszukiwaniu zdobyczy"
"And they are sure to devour you two"
„I na pewno was oboje pożrą"
"But I can help you, if you want"
„Ale mogę ci pomóc, jeśli chcesz"
"I will make an opening for you"
„Zrobię ci otwarcie"
"When you see the opening, go into it"
„Kiedy zobaczysz otwór, wejdź do niego"
"And then I will close the opening up"
„A potem zamknę otwór"
"As long as you are in me you'll be safe"
„Dopóki jesteś we mnie, będziesz bezpieczny"
"This way the wild beasts can't touch you"
„W ten sposób dzikie bestie nie będą mogły cię dotknąć"
And then the tree split itself in two.
A potem drzewo podzieliło się na dwie części.
The two women went inside the tree.
Obie kobiety weszły do środka drzewa.

And the old tree resumed its natural shape.
A stare drzewo powróciło do swojego naturalnego kształtu.

The shade of night darkened the forest.
Cień nocy zaciemniał las.
Everything the tree had said was true.
Wszystko co powiedziało drzewo było prawdą.
The wild beasts came out of their lairs.
Dzikie bestie wyszły ze swoich legowisk.
The fierce tiger came out at night.
W nocy pojawił się groźny tygrys.
The wild bear left his lair.
Dziki niedźwiedź opuścił swoją kryjówkę.
The rhinoceros roamed the forest.
Nosorożec wędrował po lesie.
The bushy bear was there that night.
Tej nocy był tam ten puszysty niedźwiedź.
The great elephant could be heard.
Słychać było wielkiego słonia.
And there was the horned buffalo.
A oto rogaty bawół.
They all growled as they circled the tree.
Wszystkie warczały, krążąc wokół drzewa.
They had gotten the scent of human blood.
Poczuli zapach ludzkiej krwi.
They could hear the growls of the beasts.
Słychać było warczenie bestii.
The beasts came dashing against the tree.
Bestie rzuciły się na drzewo.
They broke the old tree's branches.
Połamali gałęzie starego drzewa.
Their horns pierced the tree's trunk.
Ich rogi przebiły pień drzewa.
They scratched its bark with their claws.
Podrapali jego korę pazurami.
But all their efforts were in vain.
Ale wszystkie ich wysiłki poszły na marne.

The girl and woman were safe in the tree.
Dziewczynka i kobieta były bezpieczne na drzewie.
Towards dawn the wild beasts went away.
O świcie dzikie zwierzęta odeszły.
After sunrise the good tree spoke again.
Po wschodzie słońca dobre drzewo znów przemówiło.
"The wild beasts have gone back"
„Dzikie bestie wróciły"
"They are in their lairs again"
„Znowu są w swoich kryjówkach"
"But they did their best to torment me"
„Ale oni robili co mogli, żeby mnie dręczyć"
"The sun has risen up again"
„Słońce znów wzeszło"
"So you can come out now"
„Więc możesz już wyjść"
The tree split itself into two again.
Drzewo znów podzieliło się na dwie części.
The girl and the old woman came out.
Dziewczyna i starsza kobieta wyszły.
They saw the extent of the damage.
Widzieli skalę zniszczeń.
The tree's branches had been broken off.
Gałęzie drzewa zostały połamane.
The tree's trunk had been pierced.
Pień drzewa został przebity.
The bark had been stripped off.
Kora została zdarta.
"Good mother, we thank you"
„Dobra matko, dziękujemy Ci"
"You have been very kind to us"
„Byliście dla nas bardzo mili"
"You gave us shelter from the beasts"
„Daliście nam schronienie przed bestiami"
"But it was at a great cost to yourself"
„Ale to było dla ciebie bardzo kosztowne"
"You have many wounds from the wilds beasts"

„Masz wiele ran zadanych przez dzikie bestie"

"You must be in great pain?"

„Musisz bardzo cierpieć?"

Close by there was a flowing river.

Niedaleko płynęła rzeka.

The young girl went to the river bank.

Młoda dziewczyna poszła nad brzeg rzeki.

At the bank of the river she found mud.

Na brzegu rzeki znalazła błoto.

She covered the tree with the mud.

Przykryła drzewo błotem.

She especially covered the damaged parts.

Szczególnie zakryła uszkodzone części.

The tree thanked her for the treatment.

Drzewo podziękowało jej za leczenie.

"My good girl, I thank you"

„Moja dobra dziewczynko, dziękuję ci"

"I am greatly relieved of my pain"

„Ból znacznie ustąpił"

"I am, however, more concerned for you"

„Jednak bardziej martwię się o ciebie"

"You must be hungry"

„Musisz być głodny"

"You have not eaten since yesterday"

„Nie jadłeś od wczoraj"

"But what can I give you?"

„Ale co mogę ci dać?"

"I have no fruit of my own"

„Nie mam własnych owoców"

"But I do have some advice"

„Ale mam pewną radę"

"Give the old woman whatever money you have"

„Daj starej kobiecie wszystkie pieniądze, jakie masz"

"Let her go into the city"

„Pozwól jej iść do miasta"

"In the city she can buy some food"

„W mieście może kupić trochę jedzenia"

They explained their situation to the tree.

Wyjaśnili drzewu swoją sytuację.

"We have been sent out with no money"

„Wysłano nas bez pieniędzy "

But she searched through her work-box anyway.

Ale i tak przeszukała swoją skrzynkę z pracami.

And in the box she found five cowries.

A w pudełku znalazła pięć porcelanek.

The tree continued to give its advice.

Drzewo nadal udzielało rad.

"Go with your cowries to the city"

„Idź ze swoimi porcelankami do miasta"

"Use the cowries to buy some fried rice"

„Użyj porcelanek, żeby kupić trochę smażonego ryżu"

So the old woman went to the city.

Więc staruszka poszła do miasta.

Fortunately the city was not far away.

Na szczęście miasto nie było daleko.

She went to the first shopkeeper she found.

Poszła do pierwszego napotkanego sprzedawcy.

"Please give me five cowries worth of rice"

„Proszę, daj mi ryżu za pięć porcelanek"

The shopkeeper laughed at her.

Właściciel sklepu roześmiał się z niej.

"Where can rice be had for five cowries?"

„Gdzie można dostać ryż za pięć porcelanek?"

"Be off, you old hag," he told her.

„Odejdź, stara wiedźmo" – powiedział do niej.

So she tried to barter at another shop.

Więc spróbowała się potargować w innym sklepie.

This shopkeeper could see her distress.

Właściciel sklepu widział jej rozpacz.

And the shopkeeper took pity on her.

I sklepikarz zlitował się nad nią.

She gave her a large quantity of rice.

Dała jej dużą ilość ryżu.

The old woman returned with the rice.

Starsza kobieta wróciła z ryżem.
And the tree gave further instructions.
A drzewo udzieliło dalszych instrukcji.
"Eat less than half of the rice"
„Zjedz mniej niż połowę ryżu"
"Go to the embankments of the river bank"
„Idź na nabrzeże rzeki"
"Cast the remaining rice on the river bank"
„Pozostałą część ryżu rozrzuć na brzegu rzeki"
They did not understand the sense of it.
Nie rozumieli sensu tego wszystkiego.
"Why sow the riverbank with rice?"
„Po co obsiewać brzeg rzeki ryżem?"
But they did as they were advised.
Ale postąpili tak, jak im radzono.
And they threw their rice onto the ground.
I rzucili ryż na ziemię.

They spent the day lamenting their fate.
Cały dzień ubolewali nad swoim losem.
Just as before the beasts came out at night.
Tak jak przedtem, gdy bestie wyszły nocą.
The tree housed them inside of its trunk again.
Drzewo ponownie umieściło je w swoim pniu.
Again they mutilated and tortured the tree.
Ponownie okaleczyli i torturowali drzewo.
But that night something else happened.
Ale tej nocy wydarzyło się coś jeszcze.
The women only saw it the next day.
Kobiety zobaczyły to dopiero następnego dnia.
The rice had attracted hundreds of peacocks.
Ryż przyciągnął setki pawi.
The peacocks competed for the rice.
Pawie rywalizowały o ryż.
And their feathers fell on the floor.
A ich pióra spadły na podłogę.
The tree had known what would happen.

Drzewo wiedziało, co się stanie.
And the tree advised them what to do next.
A drzewo poradziło im, co mają zrobić dalej.
"Go back to the bank of the river"
„Wróć na brzeg rzeki"
"Go to where you cast the rice"
„Idź tam, gdzie rzucasz ryż"
"There you will see many feathers"
„Tam zobaczysz wiele piór"
"Collect all the feathers you can find"
„Zbierz wszystkie pióra, jakie znajdziesz"
"Use the feathers to make a beautiful fan"
„Użyj piór, aby stworzyć piękny wachlarz"
"And take the feather-fan to the city"
„I weź wachlarz z piór do miasta"
The two women did as they were advised.
Obie kobiety postąpiły zgodnie z radą.
It was good the girl had taken her work-box.
Dobrze, że dziewczyna zabrała ze sobą pudełko z pracami.
In her work-box was some string.
W jej pudełku z robótkami znajdował się sznurek.
The tied the feathers together.
Związali pióra razem.
And she had made a fan from the feathers.
I zrobiła wachlarz z piór.
She took the feather fan to the city.
Wzięła wachlarz z piór i poszła do miasta.
The son of the king happened to be there.
Tak się złożyło, że syn króla był tam obecny.
He admired the feathers greatly.
Bardzo podziwiał pióra.
He paid a large sum of money for the feathers.
Zapłacił dużą sumę pieniędzy za pióra.
Each morning a quantity of feathers was collected.
Każdego ranka zbierano pewną ilość piór.
And each day a feather fan was made and sold.
I każdego dnia wykonywano i sprzedawano wachlarz z piór.

Within a short time the two women got rich.
W krótkim czasie obie kobiety się wzbogaciły.
The tree then advised them to build a house.
Następnie drzewo poradziło im, aby zbudowali dom.
"Employ men to burn bricks for you"
„Zatrudnij ludzi, żeby wypalili ci cegły"
"Get them to cut beams and rafters"
„Niech pokroją belki i krokwie"
"Make them plaster the walls with lime"
„Niech otynkują ściany wapnem"
In a few months a stately house was built.
W ciągu kilku miesięcy zbudowano okazały dom.
The tree was pleased for the women.
Drzewo cieszyło się z obecności kobiet.
"You should add a garden to your house"
„Powinieneś dodać ogród do swojego domu"
"And you want to be able to store water"
„I chcesz móc magazynować wodę"
"Dig a water tank in your garden"
„Wykop zbiornik na wodę w swoim ogrodzie"

The girl had not had much time.
Dziewczyna nie miała wiele czasu.
So she didn't think of her family.
Więc nie myślała o swojej rodzinie.
The merchant's luck had taken a turn.
Szczęście się do kupca uśmiechnęło.
The goddess of wealth frowned upon him.
Bogini bogactwa spojrzała na niego z dezaprobatą.
He was struck by a sudden misfortune.
Spotkało go nagłe nieszczęście.
All at once he lost all of his money.
Nagle stracił wszystkie swoje pieniądze.
He was forced to sell his house.
Zmuszony był sprzedać swój dom.
But he made a great loss on the property.
Ale nieruchomość przyniosła mu wielką stratę.

He and his family were left penniless.
On i jego rodzina zostali bez środków do życia.
So they were forced to live elsewhere.
Zostali więc zmuszeni do zamieszkania gdzie indziej.
They happened to move to a nearby village.
Zdarzyło im się przeprowadzić do pobliskiej wioski.
The palace was not far from their new house.
Pałac znajdował się niedaleko ich nowego domu.
But the merchant was not rich anymore.
Ale kupiec nie był już bogaty.
And he still had to support his family.
A mimo to musiał utrzymać rodzinę.
He had been reduced to doing manual labor.
Został zredukowany do wykonywania pracy fizycznej.
He applied for the job at the palace.
Złożył podanie o pracę w pałacu.
He was going to dig the hole for the water.
Zamierzał wykopać dół na wodę.
His wife also offered to work with him.
Jego żona również zaproponowała mu współpracę.
But they got there too late to work.
Ale dotarli tam za późno, żeby podjąć pracę.
The water tank had already been finished.
Zbiornik na wodę był już ukończony.
And they did not know whose house it was.
A nie wiedzieli, czyj to dom.
The merchant's daughter was looking out the window.
Córka kupca patrzyła przez okno.
She happened to see her parents in the garden.
Przypadkiem zobaczyła swoich rodziców w ogrodzie.
She could see the rags they were wearing.
Widziała szmaty, które mieli na sobie.
Her eyes filled with tears at the sight.
Na ten widok jej oczy napełniły się łzami.
She could not believe what she saw.
Nie mogła uwierzyć w to, co zobaczyła.
Her parents had come to her for work.

Jej rodzice przyjechali do niej w związku z pracą.
She immediately called her servants.
Natychmiast zawołała swoje sługi.
"Outside in the garden are my parents"
„Na zewnątrz, w ogrodzie, są moi rodzice"
"Please offer them these fine clothes"
„Proszę zaoferować im te piękne ubrania"
"And ask them to come into the palace"
„I poproś ich, żeby przyszli do pałacu"
Her servants did as they were told.
Jej słudzy zrobili, jak im kazano.
But her parents were frightened beyond measure.
Ale jej rodzice byli przerażeni ponad miarę.
They had seen that the tank was finished.
Widzieli, że czołg jest ukończony.
There used to be a strange tradition.
Dawniej istniała pewna dziwna tradycja.
In those days human sacrifices were offered.
W tamtych czasach składano ofiary z ludzi.
One of those occasions was after digging a pool.
Jedna z takich sytuacji miała miejsce po wykopaniu basenu.
You can imagine her parents' fear.
Można sobie wyobrazić strach jej rodziców.
They had come to dig the water tank.
Przyjechali wykopać zbiornik na wodę.
But now servants were calling them.
Ale teraz słudzy ich wołali.
They thought they going to be sacrificed.
Myśleli, że zostaną poświęceni.
"Throw away your rags" they said.
„Wyrzuć swoje szmaty" – powiedzieli.
"Here, wear these fine clothes"
„Proszę, załóż te piękne ubrania"
And their fears increased even more.
A ich obawy jeszcze bardziej wzrosły.
But they did not have to fear for long.
Jednak nie musieli się obawiać długo.

Their rich daughter came out to meet them.
Ich bogata córka wyszła im na spotkanie.
She hugged and kissed her parents.
Przytuliła i pocałowała swoich rodziców.
And she told them everything that had happened.
I opowiedziała im wszystko, co się wydarzyło.
The father felt that she had been right.
Ojciec uważał, że miała rację.
"You do live from your own fortune"
„Żyjesz z własnego majątku"
The daughter did not blame her father.
Córka nie obwiniała ojca.
And she gave him a large fortune.
I dała mu wielki majątek.
With the money he moved back to the city.
Za pieniądze wrócił do miasta.
Soon he became a merchant again.
Wkrótce znów został kupcem.
And he went to distant countries for trade.
I udał się do odległych krajów w celach handlowych.

One day he got ready for another business venture.
Pewnego dnia zabrał się za kolejne przedsięwzięcie
biznesowe.
But that day something strange happened.
Ale tego dnia wydarzyło się coś dziwnego.
The ship was ready to leave the port.
Statek był gotowy do opuszczenia portu.
But for some reason the ship did not move.
Ale z jakiegoś powodu statek się nie poruszył.
No one could explain what was happening.
Nikt nie potrafił wyjaśnić, co się dzieje.
But the merchant had an idea.
Ale kupiec miał pomysł.
"Perhaps my daughters would like presents"
„Może moje córki chciałyby dostać prezenty"
"I need to ask them what they would like"

„Muszę ich zapytać, czego by chcieli"
He went to see his daughters.
Poszedł odwiedzić swoje córki.
He asked them what they would like.
Zapytał ich, czego by sobie życzyli.
And he promised to bring them presents.
I obiecał im przynieść prezenty.
But the ship would still not move.
Ale statek nadal nie chciał się ruszyć.
He had not asked all his daughters.
Nie zapytał wszystkich swoich córek.
His youngest daughter was not there.
Jego najmłodszej córki tam nie było.
She was living in a different city.
Mieszkała w innym mieście.
So he ordered his servants go to her palace.
Rozkazał więc swoim sługom udać się do jej pałacu.
The messenger came at the wrong time.
Posłaniec przybył w złym czasie.
The young girl was engaged in devotions.
Młoda dziewczyna oddawała się nabożeństwom.
But the messenger asked her anyway.
Ale posłaniec i tak ją zapytał.
She just told him "sobur"
Powiedziała mu po prostu „sobur"
The meaning of this was "wait"
Znaczenie tego było takie: „czekaj"
But the messenger didn't know this.
Ale posłaniec o tym nie wiedział.
He thought she wanted something called "sobur"
Myślał, że chciała czegoś, co nazywało się „sobur"
So he went back to the city of the merchant.
Wrócił więc do miasta kupca.
And he delivered the message he received.
I przekazał otrzymaną wiadomość.
"Your daughter wants something called 'sobur'"
„Twoja córka chce czegoś, co nazywa się „sobur""

This time the ship could move again.
Tym razem statek znów mógł się ruszyć.
So the merchant started on his travels.
Więc kupiec wyruszył w swoją podróż.
He visited many ports on his journey.
Podczas swojej podróży odwiedził wiele portów.
And he made good profits from his trades.
I osiągnął dobre zyski ze swoich transakcji.
Finding the presents was not difficult.
Znalezienie prezentów nie było trudne.
He found everything his oldest daughters wanted.
Znalazł wszystko, czego pragnęły jego najstarsze córki.
But his youngest daughter's wish was difficult.
Jednak życzenie jego najmłodszej córki było trudne do
spełnienia.
He could not find the thing called "sobur"
Nie mógł znaleźć czegoś, co nazywa się „sobur"
He asked at every port he came to.
Pytał w każdym porcie, do którego zawijał.
"Do you have something called 'sobur'?"
„Czy macie coś takiego jak 'sobur'?"
But the merchants all shook their heads.
Ale kupcy pokręcili głowami.
"We've never heard of 'sobur'"
„Nigdy nie słyszeliśmy o 'sobur'"
His voyage had almost come to its end.
Jego podróż dobiegała już niemal końca.
He was soon going to head back home.
Wkrótce miał wrócić do domu.
But he wanted "sobur" for his daughter.
Ale chciał „sobur" dla swojej córki.
So he went calling through the streets.
Więc poszedł i nawoływał na ulicach.
"Sobur, does anyone have sobur?!"
„Sobur, czy ktoś ma sobur?!"
The son of the King was in his castle.
Syn króla był w swoim zamku.

He happened to be looking out the window.
Tak się złożyło, że patrzył przez okno.
And the calls attracted his attention.
A te połączenia przykuły jego uwagę.
Because his name happened to be Sobur.
Ponieważ tak się złożyło, że jego imię brzmiało Sobur.
He came to the merchant to speak with him.
Przyszedł do kupca, żeby z nim porozmawiać.
"I have the Sobur that you want"
„Mam Sobur, którego chcesz"
"Take this box, but be careful with it"
„Weź to pudełko, ale uważaj z nim"
"In the box is a magical feather fan and mirror"
„W pudełku znajduje się magiczny wachlarz z piór i lusterko"
"This is the Sobur your daughter wishes for"
„To jest Sobur, którego pragnie twoja córka"
The merchant thanked the prince for the box.
Kupiec podziękował księciu za pudełko.
And he returned back to his country.
I wrócił do swojego kraju.

He gave the box to his daughter.
Dał pudełko swojej córce.
But the daughter didn't think about it.
Ale córka o tym nie myślała.
She thought it was just a common box.
Myślała, że to po prostu zwykłe pudełko.
She had forgotten about the messenger.
Zapomniała o posłańcu.
But one day she decided to open the box.
Ale pewnego dnia postanowiła otworzyć pudełko.
Inside the box she found a beautiful fan.
W pudełku znalazła piękny wachlarz.
In the feather fan there was a beautiful mirror.
W wachlarzu z piór znajdowało się piękne lustro.
She waved the feather fan to cool herself.
Pomachała wachlarzem z piór, żeby się ochłodzić.

And Prince Sobur appeared before her.
I ukazał się jej książę Sobur.
"You called me, so here I am," he said.
„Wzywałeś mnie, więc jestem" – powiedział.
"What is it you wish for?" he asked.
„Czego sobie życzysz?" zapytał.
She was astonished at what she saw.
Była zdumiona tym, co zobaczyła.
A handsome prince had suddenly appeared!
Nagle pojawił się przystojny książę!
"Who are you?" she asked the prince.
„Kim jesteś?" zapytała księcia.
"And how did you suddenly appear?"
„A jak się nagle pojawiłeś?"
The prince explained what had happened.
Książę wyjaśnił, co się wydarzyło.
"Your father was looking for 'sobur'"
„Twój ojciec szukał „sobur""
"I am prince Sobur," he explained.
„Jestem książę Sobur" – wyjaśnił.
"I gave your father a box"
„Dałem twojemu ojcu pudełko"
"In this box there is a feather fan and mirror"
„W tym pudełku jest wachlarz z piór i lusterko"
"When you shake the feather fan I will appear"
„Kiedy potrząśniesz wachlarzem z piór, pojawię się"
She asked the prince to stay as a guest.
Poprosiła księcia, aby został u niej jako gość.
And for two days the prince stayed with her.
I przez dwa dni książę pozostał u niej.
And she entertained him in her palace.
I ugościła go w swoim pałacu.
During that time the two fell in love.
W tym czasie ta dwójka się w sobie zakochała.
They made their vows to each.
Złożyli sobie nawzajem śluby.
And they became husband and wife.

I zostali mężem i żoną.
After this the prince returned to his father.
Potem książę wrócił do swego ojca.
He told him that he had selected a wife.
Powiedział mu, że wybrał żonę.
The day for the wedding was decided.
Ustalono dzień ślubu.
All the family was invited.
Zaproszono całą rodzinę.
And they had a beautiful wedding.
I mieli piękny ślub.

But there was a death in the marriage bed.
Ale w łożu małżeńskim nastąpił zgon.
The six daughters of the merchant were envious.
Sześć córek kupca było zazdrosnych.
They were jealous of their sister's success.
Zazdrościli siostrze sukcesu.
So they decided to destroy her happiness.
Postanowili więc zniszczyć jej szczęście.
They broke several glass bottles.
Rozbili kilka szklanych butelek.
And they ground the glass into fine powder.
I zmielili szkło na drobny proszek.
Then they scattered the powder on the bed.
Następnie rozsypali proszek na łóżku.
The prince suspected no danger.
Książę nie podejrzewał żadnego niebezpieczeństwa.
He laid himself down in the bed.
Położył się na łóżku.
Soon he felt an acute pain.
Wkrótce poczuł ostry ból.
All of his whole body ached.
Bolało go całe ciało.
The powder had gone through his skin.
Proszek przeniknął przez jego skórę.
The prince became restless through pain.

Książę stał się niespokojny z powodu bólu.
And he started to kick and scream.
I zaczął kopać i krzyczeć.
He was taken away to his own country.
Został zabrany do swojego kraju.
The king and queen were very worried.
Król i królowa byli bardzo zmartwieni.
They consulted all the kingdom's physicians.
Zasięgnęli rady wszystkich lekarzy królestwa.
But their efforts were in vain.
Ale ich wysiłki poszły na marne.
Day and night the young prince was screaming.
Młody książę krzyczał dniem i nocą.
No one could ascertain the disease.
Nikt nie potrafił stwierdzić tej choroby.
So they had no way of knowing the remedy.
Nie mieli więc pojęcia, jakie jest lekarstwo.
You can imagine the grief of his wife.
Można sobie wyobrazić smutek jego żony.
The marriage knot had only just been tied.
Ślub dopiero co został zawarty.
She thought a terrible disease had attacked him.
Myślała, że zaatakowała go straszna choroba.
Then he was carried hundreds of miles away.
Następnie został przeniesiony setki mil dalej.
She had never been to his country.
Nigdy nie była w jego kraju.
But she was determined to go there.
Ale była zdecydowana tam pojechać.
And she was determined to nurse him better.
I była zdecydowana lepiej się nim opiekować.
She put on the garb of a Sannyasi.
Założyła strój sannyasi.
And she carried a dagger in her hand.
A w ręku trzymała sztylet.
And then she set out on her journey.
A potem wyruszyła w podróż.

The princess was still relatively young.
Księżniczka była jeszcze stosunkowo młoda.
She was unaccustomed to long journeys.
Nie była przyzwyczajona do długich podróży.
And she wasn't used to walking so far.
A ona nie była przyzwyczajona do tak dalekich spacerów.
She soon got weary of walking.
Wkrótce znudziło jej się chodzenie.
So she sat under a tree to rest.
Usiadła więc pod drzewem, żeby odpocząć.
On the top of the tree there was a nest.
Na szczycie drzewa znajdowało się gniazdo.
It was the nest of two divine birds.
Było to gniazdo dwóch boskich ptaków.
Bihangami and Bihangama lived here.
Mieszkali tu Bihangami i Bihangama.
They were not in their nest at the time.
W tym czasie nie było ich w gnieździe.
But two of their chicks were in the nest.
Ale dwójka ich piskląt była w gnieździe.
Suddenly the chicks gave a scream.
Nagle pisklęta zaczęły krzyczeć.
This roused the half-drowsy princess.
To wyrwało z zamyślenia na wpół senną księżniczkę.
The little birds had seen huge serpent.
Małe ptaszki zobaczyły ogromnego węża.
The snake was about to climb the tree.
Wąż zamierzał wspiąć się na drzewo.
This would have been the end of the birds.
To byłby koniec ptaków.
But the Sannyasi took out her dagger.
Ale sannyasi wyjęła sztylet.
And she cut the serpent in two.
I przecięła węża na pół.
Of course even this frightened the young birds.
Oczywiście, nawet to wystraszyło młode ptaki.

And they flew from the nest screaming.
I wyleciały z gniazda krzycząc.
Bihangama and Bihangami were on their way back.
Bihangama i Bihangami wracały.
They came sailing through the air.
Przybyli żeglując przez powietrze.
They thought they already knew what had happened.
Myśleli, że już wiedzą, co się stało.
"I don't expect to see our children"
„Nie spodziewam się zobaczyć naszych dzieci"
"The nest will be empty again"
„Gniazdo znów będzie puste"
"All our previous children were eaten"
„Wszystkie nasze poprzednie dzieci zostały zjedzone"
"They were eaten by our great enemy the serpent"
„Zostali zjedzeni przez naszego wielkiego wroga, węża"
"They will have met the same fate"
„Spotka ich ten sam los"
"I do not hear the cries of my young ones"
„Nie słyszę krzyków moich dzieci"
The two birds got to their nest.
Dwa ptaki dotarły do swojego gniazda.
And as predicted, the nest was empty.
I jak przewidywano, gniazdo było puste.
This seemed to confirm their suspicions.
To zdawało się potwierdzać ich podejrzenia.
But soon the young birds returned.
Ale wkrótce młode ptaki powróciły.
The divine birds were pleasantly surprised.
Boskie ptaki były mile zaskoczone.
The young birds told them what had happened.
Młode ptaki opowiedziały im, co się wydarzyło.
"There was a young Sannyasi under the tree"
„Pod drzewem siedział młody sannyasi"
"He destroyed the serpent"
„Zniszczył węża"
"He cut the snake in two with his dagger"

„Przeciął węża na pół swoim sztyletem"
The parents went to foot of the tree.
Rodzice podeszli do stóp drzewa.
Two halves of the snake were still there.
Dwie połówki węża nadal tam były.
"The young Sannyasi has saved our offspring"
„Młody sannyasi uratował nasze potomstwo"
"I wish we could do him some service in return"
„Chciałbym, żebyśmy mogli mu się jakoś odwdzięczyć"
The divine bird Bihangama replied.
Boski ptak Bihangama odpowiedział.
"We shall do our service to HER"
„Oddamy JEJ swoją przysługę"
"The Sannyasi under the tree is not a man"
„Sannyasi pod drzewem nie jest mężczyzną"
"The Sannyasi under the tree is a woman"
„Sannyasi pod drzewem to kobieta"
"Last night she got married to Prince Sobur"
„Wczoraj wieczorem wyszła za mąż za księcia Sobura"
"Shortly after their marriage he was poisoned"
„Krótko po ślubie został otruty"
"His skin was pierced with small shards of glass"
„Jego skóra była przebita małymi odłamkami szkła"
"His sisters-in-law envied his wife"
„Jego szwagierki zazdrościły jego żonie"
"Her sisters spread the powder over the bed"
„Jej siostry rozsypały puder po łóżku"
"He is still suffering from his pain"
„On nadal cierpi z powodu bólu"
"But he is in his native land"
„Ale on jest w swojej ojczyźnie"
"And now he is at the point of death"
„A teraz jest u kresu życia"
"Beneath the tree is his heroic bride"
„Pod drzewem jest jego bohaterska oblubienica"
"She is wearing the garb of a Sannyasi"
„Nosi strój sannyasi"

"And she is going to nurse him"
„I ona będzie go karmić piersią"
The Bihangami asked the Bihangama.
Bihangami zapytał Bihangamę.
"Is there no cure for the prince?"
„Czy nie ma lekarstwa na księcia?"
"Yes, there is a cure" replied the Bihangama.
„Tak, istnieje lekarstwo" odpowiedział Bihangama.
"There is hardened dung lying on the ground"
„Na ziemi leży stwardniały gnój"
"She must take this hardened dung"
„Musi wziąć ten stwardniały gnój"
"Then she must reduce the dung to powder"
„Wtedy musi zredukować łajno do postaci proszku"
"And then she must bathe the prince"
„A potem musi wykąpać księcia"
"She must bathe him in seven jars of water"
„Musi go wykąpać w siedmiu dzbanach wody"
"Then she must bathe him in seven jars of milk"
„Wtedy musi go wykąpać w siedmiu dzbanach mleka "
"Then she must apply the powder to his body"
„Następnie musi posypać jego ciało pudrem"
"After this Prince Sobur will get well"
„Po tym książę Sobur wyzdrowieje"
"I have no doubts about this remedy"
„Nie mam wątpliwości co do tego środka"
The Bihangami saw a problem though.
Bihangami jednak dostrzegli pewien problem.
"The princess is but a young girl"
„Księżniczka jest tylko młodą dziewczyną"
"She cannot walk such a distance"
„Ona nie może przejść takiej odległości"
"The journey would take her many days"
„Podróż zajmie jej wiele dni"
"By that time the poor prince will have died"
„Do tego czasu biedny książę już umrze"
"I can," replied the Bihangama.

„Mogę", odpowiedział Bihangama.
"I will take the young lady on my back"
„Wezmę młodą damę na plecy"
"I will fly her to Prince Sobur's city"
„Zabiorę ją do miasta księcia Sobura"
"If she takes no presents, I will fly her back"
„Jeśli nie przyjmie prezentów, wrócę z nią samolotem"
The merchant's daughter heard this conversation.
Córka kupca słyszała tę rozmowę.
She begged the Bihangama to take her on his back.
Błagała Bihangamę, aby wziął ją na plecy.
And of course the bird willingly consented.
I oczywiście ptak chętnie się zgodził.
First she gathered some of the bird's dung.
Najpierw zebrała trochę ptasiego odchodów.
And then she reduced the dung to fine powder.
Następnie zmieliła obornik na drobny proszek.
She was armed with this potent medicine.
Była uzbrojona w to potężne lekarstwo.
And she got on the back of the kind bird.
I wsiadła na grzbiet miłego ptaka.

The Bihangama flew as fast as lightning.
Bihangama leciała z prędkością błyskawicy.
They soon reached Prince Sobur's city.
Wkrótce dotarli do miasta księcia Sobura.
The young Sannyasi went up to the palace.
Młody sannyasi udał się do pałacu.
And she spoke to the guards at the gate.
I przemówiła do strażników przy bramie.
"Send word to the king that I have a medicine"
„Powiedz królowi, że mam lekarstwo"
"This medicine will save the prince's life"
„To lekarstwo uratuje życie księciu"
"Within hours I will have cured the prince"
„W ciągu kilku godzin wyleczę księcia"
The king had tried all the best doctors.

Król wypróbował wszystkich najlepszych lekarzy.
But no doctor had been able to cure his son.
Jednak żaden lekarz nie potrafił wyleczyć jego syna.
So he didn't believe the Sannyasi's words.
Dlatego nie uwierzył słowom sannyasina.
But his councilors advised him otherwise.
Jednak jego doradcy doradzili mu co innego.
The Sannyasi ordered for seven jars of water.
Sannyasi zamówił siedem dzbanów wody.
And seven jars of milk were ordered.
I zamówiono siedem słoików mleka.
He poured a jar of water on the prince.
Wylał na księcia dzban wody.
And he poured a jar of milk on the prince.
I wylał na księcia dzban mleka.
He had a feather from the divine bird.
Miał pióro od boskiego ptaka.
And he used the feather to apply the powder.
A do nakładania pudru używał pióra.
All of the prince's body was covered.
Całe ciało księcia było pokryte.
This was repeated another six times.
Czynność tę powtórzono jeszcze sześć razy.
The last treatment did the magic.
Ostatnie leczenie zdziałało cuda.
The prince started to feel well again.
Książę zaczął znów czuć się lepiej.
The king was happier than words can describe.
Król był szczęśliwszy, niż można to opisać słowami.
"Give the Sannyasi the finest treasures"
„Podaruj Sannyasi najwspanialsze skarby"
But the Sannyasi refused to take presents.
Jednak sannyasi odmówił przyjęcia prezentów.
"Let me have the ring on the prince's finger"
„Pozwól mi założyć pierścień na palec księcia"
The king and the prince were happy.
Król i książę byli szczęśliwi.

And they gave him what he wanted.
I dali mu to, czego chciał.
The merchant's daughter hastened back.
Córka kupca pospieszyła z powrotem.
The Bihangama was waiting at the sea-shore.
Bihangama czekał na brzegu morza.
They reached the tree of the divine birds.
Dotarli do drzewa boskich ptaków.
The young bride walked back to her palace.
Młoda panna młoda wróciła do swojego pałacu.

The following day she shook the magical feather fan.
Następnego dnia potrząsnęła magicznym wachlarzem z piór.
Just as before, her husband appeared.
Tak jak poprzednio, pojawił się jej mąż.
Of course he was happy to see his wife.
Oczywiście, że cieszył się na widok żony.
But he was infinitely surprised.
Ale był niezmiernie zaskoczony.
She had his ring on her finger.
Miała jego pierścionek na palcu.
His own wife was his doctor.
Jego żoną była jego lekarka.
It was his wife that had cured him!
To jego żona go wyleczyła!
The prince took his bride to his palace.
Książę zabrał swoją narzeczoną do swojego pałacu.
He forgave his sisters-in-law.
Wybaczył swoim szwagierkom.
They lived happily for many years.
Żyli szczęśliwie przez wiele lat.
And they were blessed with children.
I zostali pobłogosławieni dziećmi.

The Origins of Opium
Początki opium

Once upon on a time there lived a Rishi.
Dawno, dawno temu żył pewien Rishi.
He lived on the banks of the holy Ganges.
Mieszkał nad brzegiem świętego Gangesu.
This Rishi was a very religious man.
Ten Rishi był bardzo religijnym człowiekiem.
He spent his days performing religious rites.
Spędzał całe dnie na odprawianiu obrzędów religijnych.
From sunrise to sunset he sat on the river bank.
Od wschodu do zachodu słońca przesiadywał na brzegu rzeki.
For the whole time he sat engaged in devotion.
Przez cały czas siedział oddany modlitwie.
At night he took shelter in his hut.
Na noc schronił się w swojej chacie.
His hut was made from palm-leaves.
Jego chata była zbudowana z liści palmowych.
The palms he had grown from saplings.
Palmy, które wyhodował z młodych drzewek.
There was no one around for miles.
W promieniu wielu kilometrów nie było nikogo.
However, in the hut there was a mouse.
Jednak w chacie była mysz.
She lived from what the Rishi left for her.
Żyła z tego, co zostawił jej Rishi.
The Rishi was a kind-hearted man.
Rishi był człowiekiem o dobrym sercu.
He would not hurt any living thing.
Nie skrzywdziłby żadnej żywej istoty.
So our mouse never ran away from him.
Więc nasza mysz nigdy przed nim nie uciekła.
In fact, our mouse went to him.
W rzeczywistości nasza mysz podążyła do niego.
She touched his feet when he was sitting.

Dotknęła jego stóp, gdy siedział.
And she enjoyed playing with him.
I lubiła się z nim bawić.
The Rishi also liked the little mouse.
Rishi również lubił małą myszkę.
So he wanted to be kind to her.
Więc chciał być dla niej miły.
And he wanted someone to talk to.
I chciał z kimś porozmawiać.
So he gave her the power of speech.
Więc dał jej moc mowy.

One night the mouse stood up.
Pewnej nocy mysz wstała.
She got onto her hind legs.
Stanęła na tylnych łapach.
And she stood in front of the Rishi.
I stanęła przed Rishim.
And she put her front paws together.
I złożyła przednie łapy razem.
"Holy Sage, you have been kind to me"
„Święty Mędrcze, byłeś dla mnie dobry"
"And you have given me human language"
„I dałeś mi język ludzki"
"I hope it doesn't displease your reverence"
„Mam nadzieję, że to nie sprawi przykrości Waszej
Dostojności"
"But I have one more boon to ask"
„Ale mam jeszcze jedną prośbę"
The Rishi listened to his mouse.
Rishi posłuchał swojej myszy.
"What is it?" asked the Rishi.
„Co się stało?" zapytał Rishi.
"Say what you want, little mouse"
„Mów co chcesz, mała myszko"
The mouse answered the Rishi.
Mysz odpowiedziała Rishiemu.

"By day your reverence goes to the river"
„W dzień Wasza Dostojność udaje się do rzeki "
"And there you practice your devotions"
„I tam praktykujesz swoją pobożność"
"During this time a cat comes to the hut"
„W tym czasie do chaty przychodzi kot"
"This cat has been trying to catch me"
„Ten kot próbował mnie złapać"
"She still has some fear of your reverence"
„Ona nadal ma pewne obawy co do Waszej Dostojności"
"Otherwise she would have eaten me long ago"
„W przeciwnym razie dawno by mnie zjadła"
"But I fear the cat will eat me someday"
„Ale boję się, że pewnego dnia kot mnie zje"
"So I have one prayer to ask of you"
„Mam więc jedną modlitwę, o którą cię proszę"
"Please may I be changed into a cat!"
„Proszę, spraw, abym zamienił się w kota!"
"Then I would be a match for my foe"
„Wtedy byłbym godnym przeciwnikiem dla mojego wroga"
The Rishi understood the mouse's plight.
Rishi rozumiał trudne położenie myszy.
He threw some holy water on the mouse.
Polał myszkę wodą święconą.
And the mouse instantly turned into a cat.
A mysz w jednej chwili zamieniła się w kota.

She had lived as a cat for some days.
Przez kilka dni żyła jako kot.
One night she went to the Rishi again.
Pewnej nocy poszła ponownie do Rishi.
And the Rishi spoke to his pet.
I Rishi przemówił do swojego pupila.
"Well, little kitty, how are you!"
„No, mały kotku, jak się masz!"
"How do you like your present life!"
„Jak ci się podoba twoje obecne życie!"

The cat thought about what to say.
Kot zastanawiał się co powiedzieć.
But she didn't have to say anything.
Ale nie musiała nic mówić.
The Rishi could tell by her expression.
Rishi mógł to wywnioskować z jej wyrazu twarzy.
"Why don't you like it?" asked the sage.
„Dlaczego ci się nie podoba?" zapytał mędrzec.
"Are you not as strong as the other cats!"
„Czy nie jesteś tak silny jak inne koty!"
"Yes, I am strong enough," answered the cat.
„Tak, jestem wystarczająco silny" – odpowiedział kot.
"Your reverence has made me a strong cat"
„Wasza Wielebność uczyniła ze mnie silnego kota"
"As strong as any cat in the world"
„Silny jak każdy kot na świecie"
"Now I do not fear cats anymore"
„Teraz już nie boję się kotów"
"But now I have got a new foe"
„Ale teraz mam nowego wroga"
"By day your reverence goes to the river"
„W dzień Wasza Dostojność udaje się do rzeki"
"During this time dogs come to the hut"
„W tym czasie psy przychodzą do chaty"
"These dogs have been barking at me"
„Te psy na mnie szczekają"
"And I have been frightened for my life"
„I bałem się o swoje życie"
"So I have one more prayer to ask of you"
„Mam więc jeszcze jedną modlitwę, o którą cię proszę"
"Please may I be changed into a dog!"
„Proszę, spraw, abym zamienił się w psa!"
The Rishi understood the cat's plight.
Rishi zrozumiał trudną sytuację kota.
He threw some holy water on the cat.
Polał kota wodą święconą.
And the cat instantly became a dog.

A kot natychmiast stał się psem.

She lived as a dog for some days.
Przez kilka dni żyła jak pies.
But one night she spoke to the Rishi.
Ale pewnej nocy rozmawiała z Rishim.
"I cannot thank your reverence enough"
„Nie mogę wystarczająco podziękować Waszej Dostojności"
"You have been most kind to me"
„Byłeś dla mnie bardzo miły"
"I was but a poor mouse"
„Byłem tylko biedną myszą"
"You not only gave me speech"
„Nie tylko dałeś mi przemowę"
"But you also turned me into a cat"
„Ale ty też zamieniłeś mnie w kota"
"And your kindness didn't end there"
„A twoja dobroć na tym się nie skończyła"
"Then you changed me into a dog"
„Potem zmieniłeś mnie w psa"
"As a dog, however, I suffer greatly"
„Jako pies jednak bardzo cierpię"
"I do not get enough to eat"
„Nie mam dość jedzenia"
"My only food is what you leave me"
„Moim jedynym pożywieniem jest to, co mi zostawisz"
"That was fine when I was a mouse"
„To było w porządku, kiedy byłem myszą "
"But you have made me much larger"
„Ale uczyniłeś mnie o wiele większym"
"And it is not enough to fill my mouth"
„I to nie wystarczy, żeby napełnić moje usta"
"OH your reverence, how I envy those monkeys"
„Och, Wasza Dostojność, jak zazdroszczę tym małpom"
"They jump about from tree to tree"
„Skaczą z drzewa na drzewo"
"They eat all sorts of delicious fruits!"

„Jedzą wszelkiego rodzaju pyszne owoce!"
"Please may reverence not get angry"
„Proszę, niech Wasza Dostojność się nie złości"
"I pray to be changed into a monkey"
„Modlę się o to, żebym zmienił się w małpę"
The sage was a very understanding man.
Mędrzec był bardzo wyrozumiałym człowiekiem.
His heart was filled with patience.
Jego serce było pełne cierpliwości.
He was happy to grant his pet's wish.
Z radością spełnił życzenie swojego pupila.
He threw some holy water on the dog.
Polał psu wodą święconą.
And the dog instantly became a monkey.
A pies natychmiast zamienił się w małpę.

Our monkey was at first wild with joy.
Nasza małpka na początku była dzika z radości.
She leaped from one tree to another.
Skakała z jednego drzewa na drugie.
She sucked every luscious fruit.
Wyssała każdy soczysty owoc.
But her joy was short-lived again.
Ale jej radość znów nie trwała długo.
Summer had brought with it its drought.
Lato przyniosło ze sobą suszę.
Monkeys find it hard to climb down.
Małpom trudno jest zejść na dół.
So she couldn't drink from the river.
Więc nie mogła pić z rzeki.
She saw how the wild boars lived.
Widziała jak żyją dziki.
All day they splashed in the water.
Cały dzień pluskali się w wodzie.
She envied their life now.
Zazdrościła im teraz życia.
"Oh how happy those wild boars are!"

„O, jakie szczęśliwe są te dziki!"
"All day their bodies are cooled"
„Cały dzień ich ciała są chłodzone"
"All day they are refreshed by water"
„Cały dzień są orzeźwiani wodą"
"How I wish I were a wild boar"
„Jakże chciałbym być dzikiem"
That night she went to the Rishi.
Tej nocy poszła do Rishi.
She recounted her troubles to him.
Opowiedziała mu o swoich kłopotach.
She told him all about the wild boars.
Opowiedziała mu wszystko o dzikach.
"Oh how pleasant their lives must be"
„Och, jak przyjemne musi być ich życie"
And she begged to be changed again.
I znów błagała, żeby ją przemienić.
"I pray to be changed into a wild boar"
„Modlę się, abym zmienił się w dzika"
The sage's kindness knew no bounds.
Łaskawość mędrca nie znała granic.
and he complied with his pet's request.
i spełnił prośbę swojego pupila.
He threw some holy water on the monkey.
Polał małpę wodą święconą.
And the monkey instantly became a wild boar.
A małpa w jednej chwili zamieniła się w dzika.

Our boar was now very content.
Nasz dzik był teraz bardzo zadowolony.
She kept her body soaking wet.
Utrzymywała swoje ciało przemoczone.
Every day she went to the river.
Codziennie chodziła nad rzekę.
She splashed about in her favorite element.
Pluskała się w swoim ulubionym żywiole.
But life is not safe for wild boars.

Jednak życie dzików nie jest bezpieczne.
One day the king was out hunting.
Pewnego dnia król wybrał się na polowanie.
He was riding on an adorned elephant.
Jechał na ozdobionym słoniu.
Only by luck did our wild boar escape.
Tylko dzięki szczęściu nasz dzik uciekł.
She thought a lot about her experience.
Dużo myślała o swoim doświadczeniu.
She dwelt on the dangers of her life.
Rozmyślała o niebezpieczeństwach grożących jej w życiu.
And she envied the stately elephant.
I zazdrościła majestatycznemu słoniowi.
The elephant was more fortunate than her.
Słoń miał więcej szczęścia niż ona.
He got to carry the king on his back.
Mógł nieść króla na plecach.
Now she longed to be an elephant.
Teraz zapragnęła być słoniem.
And at night she besought the Rishi.
A w nocy błagała Risziego.

Our elephant was roaming the wilderness.
Nasz słoń błąkał się po dziczy.
On her adventures she saw the king.
Podczas swoich przygód spotkała króla.
Our elephant went towards the king's suite.
Nasz słoń udał się w stronę apartamentu królewskiego.
She had every intention of being caught.
Miała zamiar zostać złapana.
The king saw the elephant from a distance.
Król zobaczył słonia z daleka.
He couldn't help but admire her beauty.
Nie mógł nie podziwiać jej urody.
He gave his orders to his servants.
Wydał rozkazy swoim sługom.
"Catch and tame this elephant"

„Złap i oswój tego słonia"
Our elephant was easily caught.
Nasz słoń został łatwo złapany.
She was taken into the royal stables.
Zabrano ją do królewskich stajni.
And she was tamed without any trouble.
I udało się ją oswoić bez żadnych problemów.

One day the queen had a wish.
Pewnego dnia królowa miała życzenie.
She wished to go to the holy Ganges.
Chciała udać się do świętego Gangesu.
She wished to bathe in the holy waters.
Chciała wykąpać się w świętej wodzie.
The king wanted to accompany his wife.
Król chciał towarzyszyć swojej żonie.
So he made his orders to his servants.
Wydał więc rozkazy swoim sługom.
"Bring us the newly caught elephant"
„Przynieście nam świeżo złapanego słonia"
The king and queen mounted on her back.
Król i królowa siedzieli na jej plecach.
Our elephant had gotten her wish.
Życzenie naszej słonicy się spełniło.
Well... she seemed to have gotten her wish.
Cóż... wygląda na to, że jej życzenie się spełniło.
The king had mounted on her back.
Król wsiadł na jej grzbiet.
But no, the elephant didn't get her wish.
Ale nie, życzenie słonicy się nie spełniło.
She looked upon herself as a lordly beast.
Uważała się za władczą bestię.
She could not a woman riding on her back.
Nie mogła przewozić kobiety na swoim grzbiecie.
It wasn't enough that she was a queen.
Nie wystarczyło jej, że była królową.
She could not bear the idea of it.

Nie mogła znieść tej myśli.

She felt she had been degraded.

Poczuła się poniżona.

She jumped up as violently as elephants can.

Podskoczyła tak gwałtownie, jak tylko słoń potrafi.

Both the king and queen fell to the ground.

Zarówno król, jak i królowa upadli na ziemię.

The king carefully picked up the queen.

Król ostrożnie podniósł królową.

He took the queen in his arms.

Wziął królową w ramiona.

He asked her whether she had been hurt.

Zapytał ją, czy zrobiła sobie krzywdę.

He wiped off the dust from her clothes.

Otarł kurz z jej ubrania.

And he tenderly kissed her a hundred times.

I czule ją pocałował sto razy.

Our elephant witnessed the king's caresses.

Nasz słoń był świadkiem pieszczot króla.

And she scampered off to the woods.

I pobiegła do lasu.

She ran as fast as her legs could carry her.

Biegła tak szybko, jak tylko mogły ją ponieść nogi.

As she ran, she thought within herself;

Biegnąc, myślała w duchu;

"I have experienced many different lives"

„Doświadczyłem wielu różnych żyć"

"And I have experienced different happiness"

„I doświadczyłem innego szczęścia"

"But those lives cannot be compared"

„Ale tych żyć nie da się porównać"

"A queen is the happiest creature of all"

„Królowa jest najszczęśliwszym stworzeniem ze wszystkich"

"Of what infinite regard is she the object of!"

„Jakże nieskończonego szacunku ona jest przedmiotem!"

"The king lifted her off the ground"

„Król podniósł ją z ziemi"

"And he carefully took her in his arms"
„I ostrożnie wziął ją w ramiona"
"He made many tender inquiries to her"
„Zadawał jej wiele czułych pytań"
"And he wiped off the dust from her clothes"
„I otarł kurz z jej szat "
"And he kissed her a hundred times!"
„I pocałował ją sto razy!"
"Oh, the happiness of being a queen!"
„Och, jakie to szczęście być królową!"
"I must ask the Rishi to make me a queen!"
„Muszę poprosić Rishiego, żeby uczynił mnie królową!"

The sun was just about to set.
Słońce właśnie miało zachodzić.
Our elephant made it back to the hut.
Nasz słoń wrócił do chaty.
The Rishi had just finished his devotions.
Rishi właśnie zakończył swoje nabożeństwo.
She fell on the ground at his feet.
Upadła na ziemię u jego stóp.
She was still the little mouse.
Nadal była małą myszką.
And he was still the holy sage.
A on nadal był świętym mędrcem.
"What's the news?" inquired the Rishi.
„Jakie są wieści?" zapytał Rishi.
"Why have you left the king's palace!"
„Dlaczego opuściłeś pałac królewski!"
Our elephant thought about her words.
Nasz słoń zastanowił się nad jej słowami.
"What shall I say to your reverence!"
„Cóż mam powiedzieć Waszej Dostojności!"
"You have been very kind to me"
„Byłeś dla mnie bardzo miły"
"You have granted every wish of mine"
„Spełniłeś każde moje życzenie"

"I was a mouse and you gave me speech"
„Byłem myszą, a ty dałeś mi mowę"
"But as a mouse my life was in danger"
„Ale jako mysz moje życie było w niebezpieczeństwie"
"You saved me by turning me into a cat"
„Uratowałeś mnie, zamieniając mnie w kota"
"But as a cat my life was no safer"
„Ale jako kot moje życie nie było bezpieczniejsze"
"And you helped me become a dog"
„I pomogłeś mi stać się psem"
"But as a dog I had not enough to eat"
„Ale jako pies nie miałem co jeść"
"You provided for me again"
„Znowu mnie wspierałeś"
"And you turned my into a monkey"
„A ty zamieniłeś mnie w małpę"
"I had all I could wish to eat"
„Zjadłem wszystko, czego zapragnąłem"
"But I had no way of cooling my body"
„Ale nie miałem możliwości schłodzenia swojego ciała"
"You helped me with this too"
„Ty też mi w tym pomogłeś"
"And you turned me into a wild boar"
„I zamieniłeś mnie w dzika"
"Wild boars have a comfortable life"
„Dziki mają wygodne życie"
"But they don't live without danger"
„Ale oni nie żyją bez niebezpieczeństwa"
"And again you protected me"
„I znowu mnie ochroniłeś"
"And you turned me into an elephant"
„I zamieniłeś mnie w słonia"
"Being an elephant has increased my bulk"
„Bycie słoniem zwiększyło moją masę"
"But being an elephant has not increased my happiness"
„Ale bycie słoniem nie zwiększyło mojego szczęścia"
"I have one more boon to ask of you"

„Mam jeszcze jedną prośbę do ciebie”
"It will be the last boon I ask for"
„To będzie ostatnia łaska, o jaką poproszę”
"I see now who the happiest creature is"
„Teraz widzę, kto jest najszczęśliwszym stworzeniem”
"A queen is the happiest in the world"
„Królowa jest najszczęśliwsza na świecie”
"Holy father, please make me a queen"
„Ojcze Święty, proszę Cię, uczyń mnie królową”
"Silly child," answered the Rishi.
„Głupie dziecko” – odpowiedział Rishi.
"How can I make you a queen!"
„Jak mogę uczynić cię królową!”
"Where can I get a kingdom for you!"
„Gdzie mogę zdobyć dla ciebie królestwo!”
"Where would I find a royal husband!"
„Gdzie znajdę królewskiego męża!”
But the Rishi was still patient.
Ale Rishi pozostał cierpliwy.
"There is one thing I can do for you"
„Jest jedna rzecz, którą mogę dla ciebie zrobić”
"I can change you into a beautiful girl"
„Mogę zmienić cię w piękną dziewczynę”
"You will be as beautiful as a queen"
„Będziesz piękna jak królowa”
"You will possess all the charms you need"
„Będziesz posiadać wszystkie uroki, których potrzebujesz”
"Your charms can captivate a prince's heart"
„Twoje wdzięki mogą oczarować serce księcia”
"But you must wait for what the gods decide"
„Ale musisz poczekać na decyzję bogów”
"They will grant you an interview"
„Udzielą ci wywiadu ”
"Tou will have your chance with a prince!"
„Będziesz miała szansę z księciem!”
Our elephant agreed to the change.
Nasz słoń zgodził się na zmianę.

The beast was transformed by the Rishi.
Bestia została przemieniona przez Rishi.
And now she was a beautiful young lady.
A teraz była piękną młodą damą.
The holy sage named her Postomani.
Święty mędrzec nadał jej imię Postomani.
Her name meant 'the poppy-seed lady'.
Jej imię oznaczało „dama od maku".

Postomani lived in the Rishi's hut.
Postomani mieszkał w chacie Rishiego.
She spent her time tending the flowers.
Spędzała czas zajmując się pielęgnacją kwiatów.
And she watered the plants in the garden.
I podlewała rośliny w ogrodzie.
One day she was sitting at the hut.
Pewnego dnia siedziała w chacie.
The Rishi was at the holy Ganges.
Rishi był nad świętym Gangesem.
A richly dressed man came towards the cottage.
W kierunku domku podszedł bogato ubrany mężczyzna.
She stood up to welcome the man.
Wstała, żeby powitać mężczyznę.
And she asked the stranger who he was.
I zapytała nieznajomego, kim on jest.
"What have you come for?" she asked.
„Po co przyszedłeś?" zapytała.
"I have been on a hunt"
„Byłem na polowaniu"
"But we chased the deer in vain"
„Ale goniliśmy jelenia na próżno"
"Now I am thirsty from the heat"
„Teraz jestem spragniony z powodu upału"
"I thought that a Rishi lives here"
„Myślałem, że tu mieszka jakiś Rishi"
"I had come to ask him for water"
„Przyszedłem prosić go o wodę"

"But now I see you live here"
„Ale teraz widzę, że tu mieszkasz"
Postomani answered the stranger.
Postomani odpowiedział nieznajomemu.
"Look upon this hut as your own"
„Patrz na tę chatę jak na swoją własną"
"I am sorry, but we are poor"
„Przykro mi, ale jesteśmy biedni"
"We cannot offer you any entertainment"
„Nie możemy zaoferować Ci żadnej rozrywki"
"But let me make your visit comfortable"
„Ale pozwól mi sprawić, by Twoja wizyta była komfortowa"
"Because, I believe you are a king"
„Ponieważ wierzę, że jesteś królem"
"If I am not mistaken," she added.
„Jeśli się nie mylę" – dodała.
The stranger smiled in recognition.
Nieznajomy uśmiechnął się na znak rozpoznania.

Postomani then brought a pot of water.
Następnie Postomani przyniósł garnek z wodą.
She went to wash her royal guest's feet.
Poszła umyć stopy swemu królewskiemu gościowi.
But the visitor did not let her do this.
Jednak gość nie pozwolił jej na to.
"Holy maid, do not touch my feet"
„Święta Dziewico, nie dotykaj moich stóp"
"I am only a Kshatriya," he confessed.
„Jestem tylko Kszatriją" – wyznał.
"And you are the daughter of a holy sage"
„A ty jesteś córką świętego mędrca"
"Noble sir;" Postomani begun to confess.
„Szlachetny panie" – zaczął Postomani.
"I am not the daughter of the Rishi"
„Nie jestem córką Rishiego"
"And am I not a Brahmani girl either"
„Czyż nie jestem też bramińską dziewczyną"

"There is no harm in me touching your feet"
„Nie ma nic złego w tym, że dotknę twoich stóp"
"Besides, you are my guest"
„Poza tym, jesteś moim gościem"
"And I am bound to wash your feet"
„I jestem zobowiązany umyć ci stopy"
"Forgive my impertinence," the king wished.
„Wybacz moją bezczelność" – prosił król.
"What caste do you belong to?" he asked.
„Do jakiej kasty należysz?" zapytał.
"I only know what the sage told me"
„Wiem tylko tyle, ile powiedział mi mędrzec"
"I heard my parents were Kshatriyas"
„Słyszałem, że moi rodzice byli Kszatrijami"
The stranger wanted to know more.
Nieznajomy chciał wiedzieć więcej.
"May I ask whether your father was a king!"
„Czy mogę zapytać, czy twój ojciec był królem!"
"You have an uncommon beauty," he said.
„Masz niezwykłą urodę" – powiedział.
"And you possess a stately demeanor"
„I masz majestatyczną postawę"
"These qualities cannot be worked for"
„Na te cechy nie da się zapracować"
"It shows that you were born a princess"
„To pokazuje, że urodziłaś się księżniczką"
Postomani avoided answering the question.
Postomani unikał odpowiedzi na pytanie.
Instead she went inside the hut.
Zamiast tego weszła do chaty.
She brought out a tray of delicious fruits.
Przyniosła tacę pełną pysznych owoców.
And she set the fruits before the king.
I położyła owoce przed królem.
The king, however, did not touch the fruits.
Król jednak nie tknął owoców.
He waited until his question was answered.

Poczekał, aż otrzyma odpowiedź na swoje pytanie.
"I only know what the holy sage says"
„Wiem tylko to, co mówi święty mędrzec"
"He says that my father was a king"
„Mówi, że mój ojciec był królem"
"But he was overcome in a battle"
„Ale został pokonany w bitwie"
"So he, with my mother, fled into the woods"
„Więc on z moją matką uciekli do lasu"
"My poor father was eaten by a tiger"
„Mój biedny ojciec został zjedzony przez tygrysa"
"My mother closed her eyes as I opened mine"
„Moja matka zamknęła oczy, gdy ja otworzyłem swoje"
"There was a bee-hive on the tree"
„Na drzewie był ul"
"I lay at the foot of that tree"
„Leżałem u stóp tego drzewa"
"Drops of honey fell into my mouth"
„Krople miodu wpadły mi do ust"
"The honey maintained the spark inside me"
„Miód podtrzymywał iskrę we mnie"
"And then the kind Rishi found me"
„A potem znalazł mnie miły Rishi"
"The holy sage brought me into his hut"
„Święty mędrzec zaprowadził mnie do swojej chaty"
"This is the simple story of this wretched girl"
„Oto prosta historia tej nieszczęsnej dziewczyny"
"The girl who now stands before the king"
„Dziewczyna, która teraz stoi przed królem"
"Call not yourself wretched," replied the king.
„Nie nazywaj siebie nieszczęśnikiem" – odpowiedział król.
"You are the most beautiful of women"
„Jesteś najpiękniejszą z kobiet"
"And you are the loveliest of women"
„A ty jesteś najpiękniejszą z kobiet"
"You would adorn the grandest palaces"
„Ozdabiałbyś najwspanialsze pałace"

Postomani had gotten her interview.
Postomani przeprowadziła wywiad.
She fell in love with the king.
Zakochała się w królu.
And the king fell in love with her.
A król się w niej zakochał.
The Rishi joined them in marriage.
Rishiowie połączyli ich węzłem małżeńskim.
Postomani became the king's favourite queen.
Postomani stała się ulubioną królową króla.
And the former queen was in disgrace.
A była królowa popadła w niełaskę.
But Postomani's happiness was short-lived.
Jednak szczęście Postomaniego nie trwało długo.
One day as she was standing by a well.
Pewnego dnia stała przy studni.
She was overcome by a moment of giddiness.
Ogarnęło ją uczucie zawrotu głowy.
Fortune had her fall into the water.
Szczęście sprawiło, że wpadła do wody.
And she died in the water of the well.
I umarła w wodzie studni.
The Rishi then came to the king.
Następnie Rishi przybył do króla.
"O king, grieve not over the past"
„O królu, nie smuć się przeszłością"
"What is fixed by fate must come to pass"
„To, co ustalone przez los, musi się wydarzyć"
"The queen drowned in your well"
„Królowa utonęła w twojej studni"
"But she was not of royal blood"
„Ale ona nie miała królewskiego rodu"
"She was born to a family of mice"
„Urodziła się w rodzinie myszy"
"Each evening she came to my hut"
„Każdego wieczoru przychodziła do mojej chaty"

"And I gave her the power of speech"
„I dałem jej moc mowy"
"With speech she could express her wishes"
„Mogła wyrażać swoje życzenia za pomocą mowy"
"I changed her according to her wishes"
„Zmieniłem ją według jej życzeń"
"As a mouse she feared the cat"
„Jako mysz bała się kota"
"And so I changed her into a cat"
„I tak zmieniłem ją w kota"
"As a cat she feared the dogs"
„Jako kot bała się psów "
"And so I changed her into a dog"
„I tak zmieniłem ją w psa"
"As a dog she had not enough to eat"
„Jako pies nie miała co jeść"
"And so I changed her into a monkey"
„I tak zmieniłem ją w małpkę"
"As a monkey she couldn't bear the heat"
„Jako małpa nie mogła znieść upału"
"And so I changed her into a wild boar"
„I zamieniłem ją w dzika"
"As a boar her life was not safe"
„Jako dzik, jej życie nie było bezpieczne"
"And so I changed her into an elephant"
„I tak zmieniłem ją w słonia"
"That was the elephant you caught"
„To był ten słoń, którego złapałeś"
"But as an elephant she was not loved"
„Ale jako słoń nie była kochana"
"And so I changed her one last time"
„I tak zmieniłem ją po raz ostatni"
"I changed her into a beautiful girl"
„Zmieniłem ją w piękną dziewczynę"
"That is the girl that you married"
„To jest dziewczyna, którą poślubiłeś"
"And that is the girl that drowned"

„A to jest ta dziewczyna, która utonęła"
"Take into favor your former queen"
„Weź pod uwagę swoją byłą królową"
"And don't worry for my daughter"
„I nie martw się o moją córkę"
"I will make her name immortal"
„Uczynię jej imię nieśmiertelnym"
"Let her body remain in the well"
„Niech jej ciało pozostanie w studni"
"Fill the well up with earth"
„Napełnij studnię ziemią"
"In her flesh there is a seed"
„W jej ciele jest nasienie"
"From her bones a tree will grow"
„Z jej kości wyrośnie drzewo"
"We will name this tree after her"
„Nazwiemy to drzewo jej imieniem"
"The tree shall be called 'Posto'"
„Drzewo będzie nazywane „Posto""
"This means 'the Poppy tree'"
„To oznacza „Mak""
"From this tree there will come a drug"
„Z tego drzewa będzie pochodzić narkotyk"
"This drug will be called opium"
„Ten narkotyk będzie się nazywał opium"
"Opium will be a powerful drug"
„Opium będzie silnym narkotykiem"
"People will consume opium in every epoch"
„Ludzie będą spożywać opium w każdej epoce"
"Opium will either be swallowed or smoked"
„Opium będzie albo połykane, albo palone"
"And opium will be a wonderful narcotic"
„A opium będzie cudownym narkotykiem"
"Opium will be used till the end of time"
„Opium będzie używane do końca czasów"
"You will recognize the opium smoker"
„Rozpoznasz palacza opium"

"He will have many different qualities"
„Będzie miał wiele różnych cech"
"One quality for each of the animals"
„Jedna cecha dla każdego zwierzęcia"
"The animals which Postomani had lived as"
„Zwierzęta, jako które żył Postomani"
"He will be mischievous, like a mouse"
„Będzie psotny jak mysz"
"He will be fond of milk, like a cat"
„Będzie lubił mleko, jak kot"
"He will be quarrelsome, like a dog"
„Będzie kłótliwy jak pies"
"He will be filthy, like a monkey"
„Będzie brudny, jak małpa"
"He will be savage, like a boar"
„Będzie dziki, jak dzik"
"He will be confident, like an elephant"
„Będzie pewny siebie, jak słoń"
"And he will be high-tempered, like a queen"
„I będzie porywczy, jak królowa"

Strike, but Listen First
Atakuj, ale najpierw wysłuchaj

There was once a king who had three sons.
Był sobie król, który miał trzech synów.
His royal subjects came to him one day and said;
Pewnego dnia przyszli do niego jego królewscy poddani i powiedzieli:
"Oh incarnation of justice! hear our plea"
„O wcielenie sprawiedliwości! Usłysz nasze błaganie"
"The kingdom is infested with thieves and robbers"
„Królestwo jest opanowane przez złodziei i rozbójników"
"Our property is not safe from their thievery"
„Nasza własność nie jest bezpieczna przed ich kradzieżą"
"We pray your majesty to catch hold of these thieves"
„Modlimy się do Waszej Wysokości o złapanie tych złodziei"
"We beg you punish them to the full extent of the law"
„Błagamy o ukaranie ich z całą surowością prawa"
The king said to his sons, "Oh, my sons, I am old"
Król powiedział do swoich synów: „O, synowie moi, jestem stary"
"But you are all in the prime of manhood"
„Ale wy wszyscy jesteście w kwiecie wieku"
"How is it that my kingdom is full of thieves?"
„Dlaczego moje królestwo jest pełne złodziei?"
"I look to you to catch hold of these thieves"
„Liczę na ciebie, że złapiesz tych złodziei"
The three princes then made up their minds.
Trzej książęta podjęli wówczas decyzję.
They were going to patrol the city every night.
Mieli patrolować miasto każdej nocy.
They set up a watch out in the outskirts of the city.
Utworzyli posterunek obserwacyjny na obrzeżach miasta.
The early part of the night had arrived.
Nadeszła wczesna część nocy.
So the eldest prince took on his duties.
Zatem najstarszy książę podjął się swoich obowiązków.

He rode upon his horse through the whole city.

Przejechał na koniu całe miasto.

But did not see a single thief anywhere he looked.

Ale nie zobaczył nigdzie ani jednego złodzieja.

He came back to the policing station.

Wrócił na komisariat policji.

The middle part of the night had arrived.

Nadeszła środkowa część nocy.

So the second prince took on his duties.

Więc drugi książę przejął swoje obowiązki.

And he too rode through every part of the city.

I on także przejechał przez każdą część miasta.

But he did not see or hear of a single thief.

Ale nie widział i nie słyszał o ani jednym złodzieju.

He came also back to the policing station.

Wrócił także na komisariat policji.

The latter part of the night had arrived.

Nadeszła druga część nocy.

So the youngest prince took on his duties.

Więc najmłodszy książę podjął się swoich obowiązków.

He went near the gate of his father's palace.

Zbliżył się do bramy pałacu swego ojca.

There he saw a beautiful woman leaving the palace.

Tam zobaczył piękną kobietę opuszczającą pałac.

The prince asked the woman, "who are you?"

Książę zapytał kobietę: „Kim jesteś?"

"Where are you going at this hour of the night?"

„Dokąd idziesz o tej porze nocy?"

The woman answered the young prince.

Kobieta odpowiedziała młodemu księciu.

"I am Rajlakshmi, the guardian deity of this palace"

„Jestem Rajlakshmi, bóstwem opiekuńczym tego pałacu"

"The king will be killed this night"

„Król zostanie zabity tej nocy"

"I am therefore not needed here"

„Dlatego nie jestem tu potrzebny"

"And that is why I am going away"

„I dlatego odchodzę"
The prince did not know what to make of this message.
Książę nie wiedział, co zrobić z tą wiadomością.
After a moment's reflection he said to the goddess;
Po chwili namysłu rzekł do bogini:
"But, suppose the king is not killed tonight"
„Ale załóżmy, że król nie zostanie zabity tej nocy"
"Have you any objection to return to the palace?"
„Czy masz coś przeciwko powrotowi do pałacu?"
"I have no objection," replied the goddess.
„Nie mam nic przeciwko" – odpowiedziała bogini.
The prince then begged the goddess to go back.
Książę zaczął błagać boginię, aby wróciła.
And he promised to do his best to protect the king.
Obiecał, że zrobi wszystko, co w jego mocy, by chronić króla.
Then the goddess entered the palace again.
Następnie bogini ponownie weszła do pałacu.
Within a moment she disappeared into the palace.
Po chwili zniknęła w pałacu.

The prince went straight into the palace too.
Książę również udał się prosto do pałacu.
And he went into the bedroom of his royal father.
I poszedł do sypialni swego królewskiego ojca.
There his father lay immersed in deep sleep.
Tam jego ojciec leżał pogrążony w głębokim śnie.
The king had a second, younger wife.
Król miał drugą, młodszą żonę.
This woman was the stepmother of our prince.
Ta kobieta była macochą naszego księcia.
She was sleeping in another bed in the room.
Spała na innym łóżku w tym samym pokoju.
There was a light that was burning dimly.
Paliło się tam słabe światło.
But then the prince saw something that surprised him!
Ale potem książę zobaczył coś, co go zaskoczyło!
A huge cobra going round and round the golden bedstead.

Ogromna kobra krążąca wokół złotego łoża.
The bedstead on which his father was sleeping.
Łóżko, na którym spał jego ojciec.
The prince with his sword cut the serpent in two.
Książę przeciął węża mieczem na pół.
But he was not satisfied with killing the cobra.
Jednak zabicie kobry go nie zadowoliło.
So he cut the cobra up into a hundred pieces.
Pokroił więc kobrę na sto kawałków.
And he put the pieces of the cobra inside a pan.
I włożył kawałki kobry do garnka.
But while cutting the cobra a misfortune happened.
Ale podczas cięcia kobry wydarzyło się nieszczęście.
A drop of blood fell on the breast of his stepmother.
Kropla krwi spadła na pierś jego macochy.
The prince was in great distress by what had happened.
Książę był bardzo zmartwiony tym, co się wydarzyło.
"I have saved my father, but killed my stepmother"
„Uratowałem mojego ojca, ale zabiłem moją macochę"
How could he remove the drop of blood from her breast?
Jak mógł usunąć kroplę krwi z jej piersi?
He wrapped round his tongue a piece of cloth sevenfold.
Owinął język siedmiokrotnie kawałkiem materiału.
And with the cloth he licked up the drop of blood.
I szmatką zlizał kroplę krwi.
But his stepmother's sleep was not so deep.
Jednak sen jego macochy nie był aż tak głęboki.
And in his attempt to save her he awoke her.
A chcąc ją uratować, obudził ją.
When opening her eyes she saw it was her stepson.
Otworzywszy oczy zobaczyła, że to jej pasierb.
The young prince rushed out of the room.
Młody książę wybiegł z pokoju.
The queen, hated her stepson, the youngest prince.
Królowa nienawidziła swojego pasierba, najmłodszego
księcia.
And she had every intention to ruin his reputation.

I miała zamiar zniszczyć jego reputację.
She called out to her husband, "My lord, my lord"
Zawołała do męża: „Mój panie, mój panie!"
"Are you awake? are you awake? Rouse yourself up"
„Jesteś obudzony? Jesteś obudzony? Obudź się!"
"Here is a nice piece of news for you"
„Mam dla ciebie miłą wiadomość"
The king on awaking inquired what the matter was.
Król, obudziwszy się, zapytał, co się stało.
"What the matter is, my lord, let me tell you"
„O co chodzi, panie, pozwól, że ci powiem"
"Your worthy son was just here in this room"
„Twój godny syn był przed chwilą w tym pokoju"
"The youngest prince, of whom you speak so highly"
„Najmłodszy książę, o którym tak dobrze mówisz"
"I caught him in the act of touching my breast"
„Złapałam go, jak dotykał mojej piersi"
"I don't doubt he came with wicked intents"
„Nie wątpię, że przybył ze złymi zamiarami"
The king was horror-struck by what he heard.
Król był przerażony tym, co usłyszał.
The prince went back to where his brothers kept watch.
Książę wrócił tam, gdzie jego bracia trzymali straż.
But he told them nothing of what had happened.
Ale nie powiedział im nic o tym, co się wydarzyło.

Early in the morning the king called his eldest son.
Wczesnym rankiem król zawołał swego najstarszego syna.
"I entrust my life and my honor to men"
„Powierzam ludziom swoje życie i swój honor"
"But what if one of these men prove faithless?
„Ale co się stanie, jeśli jeden z tych ludzi okaże się niewierny?
"How should such a man be punished?"
„Jak należy ukarać takiego człowieka?"
The eldest prince replied to his father, the king.
Najstarszy książę odpowiedział swemu ojcu, królowi.
"Doubtless such a man's head should be cut off"

„Bez wątpienia takiemu człowiekowi należy ściąć głowę"
"But first you should establish the facts"
„Ale najpierw powinieneś ustalić fakty"
"You must see whether the man is really faithless"
„Musisz sprawdzić, czy ten człowiek jest naprawdę
niewierny"
"What do you mean?" inquired the king.
„Co masz na myśli?" zapytał król.
"Let your majesty be pleased to listen"
„Niech Wasza Wysokość zechce posłuchać"
Once upon on a time there lived a goldsmith.
Dawno, dawno temu żył sobie pewien złotnik.
This goldsmith had a son who had a wife.
Ten złotnik miał syna, który miał żonę.
His wife had the rare faculty of understanding beasts.
Jego żona miała rzadką zdolność rozumienia zwierząt.
But she never told anyone about her uncommon gift.
Ale nigdy nikomu nie powiedziała o swoim niezwykłym
darze.
Not even her husband knew she could understand animals.
Nawet jej mąż nie wiedział, że ona potrafi rozumieć zwierzęta.
One night she was lying in bed beside her husband.
Pewnej nocy leżała w łóżku obok męża.
From the river by their house she heard a jackal howl.
Z rzeki płynącej obok ich domu usłyszała wycie szakala.
"There goes a carcass floating on the river"
„Tam, na rzece, pływa trup"
"There's a diamond ring on the dead man's finger"
„Na palcu zmarłego jest pierścionek z diamentem"
"Will anyone take the ring and give me the corpse?"
„Czy ktoś weźmie pierścień i odda mi ciało?"
The woman understood the jackal's language.
Kobieta zrozumiała język szakala.
She got up from bed and went to the river-side.
Wstała z łóżka i poszła nad rzekę.
The husband had not been in deep sleep.
Mąż nie spał głęboko.

So with his wife's movements he woke up too.

Ruchy żony również go obudziły.

And he followed his wife to see where she went.

I poszedł za żoną, aby zobaczyć dokąd poszła.

But he kept his distance, so that he could observe her.

Jednak zachował dystans, aby móc ją obserwować.

The woman went into the water next to their house.

Kobieta weszła do wody obok ich domu.

She tugged the floating corpse towards the shore.

Pociągnęła dryfujące ciało w stronę brzegu.

And she saw the diamond ring on the finger.

I zobaczyła diamentowy pierścionek na palcu.

She was unable to loosen the ring with her hand.

Nie była w stanie poluzować pierścionka ręką.

Because the fingers of the dead body had swelled.

Ponieważ palce zmarłego były spuchnięte.

So she bit off the finger with her teeth.

Więc odgryzła palec zębami.

And she put the dead body upon land, for the jackal.

I położyła ciało zmarłego na lądzie, dla szakala.

Then she returned to bed, where her husband already was.

Następnie wróciła do łóżka, gdzie już leżał jej mąż.

The young goldsmith lay almost petrified with fear.

Młody złotnik leżał niemal sparaliżowany ze strachu.

He was convinced he was lying next to a Rakshasi.

Był przekonany, że leży obok Rakshasi.

He spent the rest of the night tossing in his bed.

Resztę nocy spędził przewracając się w łóżku.

And early in the morning spoke to his father.

A wczesnym rankiem rozmawiał ze swoim ojcem.

"The woman thou hast given me is not a real woman"

„Kobieta, którą mi dałeś, nie jest prawdziwą kobietą"

"The woman thou hast given me to wife is a Rakshasi"

„Kobieta, którą mi dałeś za żonę, jest Rakshasi"

"Last night I was lying in bed with her"

„Wczoraj wieczorem leżałem z nią w łóżku"

"By the river I heard the howl of a jackal"

„Nad rzeką usłyszałem wycie szakala"
"My wife too, heard the howl of the jackal"
„Moja żona też słyszała wycie szakala"
"Thinking I was asleep; she went towards the howl"
„Myślała, że śpię; poszła w stronę wycia"
"I was surprised to see her go out of bed alone"
„Byłem zaskoczony, widząc, jak sama wstaje z łóżka"
"Suspecting some sort of evil, I followed her outside"
„Podejrzewając jakieś zło, poszedłem za nią na zewnątrz"
"But she could not see that I had followed her"
„Ale ona nie widziała, że za nią poszedłem"
"What did she do, do you think? O horror of horrors!"
„Co ona zrobiła, myślisz? O zgrozo!"
"From the stream she dragged a dead body out"
„Z potoku wyciągnęła zwłoki"
"And what do you think she did with the dead body?"
„A co twoim zdaniem zrobiła ze zwłokami?"
"She wasted no time devouring the dead man!"
„Nie traciła czasu i pożarła martwego człowieka!"
"All this I had the misfortune to see with my own eyes"
„Wszystko to miałem nieszczęście zobaczyć na własne oczy"
"While she feasted on the carcass I went back to bed"
„Podczas gdy ona zajadała się padliną, ja wróciłem do łóżka"
"In a few minutes she also returned to bed"
„Po kilku minutach wróciła też do łóżka"
"She bolted the door shut, and lay beside me"
„Zamknęła drzwi na zasuwę i położyła się obok mnie"
"Oh my father, how can I live with a Rakshasi?"
„Ojcze, jak mogę żyć z Rakshasi?"
"She will certainly kill me and eat me up one night"
„Pewnej nocy na pewno mnie zabije i zje"
You can imagine the shock of the old goldsmith.
Można sobie wyobrazić szok starego złotnika.
Both father and son agreed about what should be done.
Zarówno ojciec jak i syn byli zgodni co do tego, co należy
zrobić.
The woman should be taken deep into the forest.

Kobietę należy zabrać głęboko w las.

And she should be left for wild beasts to devoured.

A ona powinna zostać zostawiona na pożarcie dzikim bestiom.

Accordingly, the young goldsmith spoke to his wife.

Młody złotnik zwrócił się zatem do swojej żony.

"My dear love," he said to his wife.

„Moja droga" – powiedział do żony.

"You had better not cook much this morning"

„Lepiej nie gotuj za dużo dziś rano"

"Boil a little rice and burn a brinjal"

„Ugotuj trochę ryżu i spal bakłażana"

"Because today we are going to see your parents"

„Bo dzisiaj idziemy zobaczyć twoich rodziców"

"Your mother and father are dying to see you"

„Twoja matka i ojciec umierają z ciekawości, żeby cię zobaczyć"

The woman was full of joy at the unexpected news.

Kobieta bardzo się ucieszyła, gdy usłyszała niespodziewaną nowinę.

She loved returning to her father's house.

Uwielbiała wracać do domu swojego ojca.

And she finished the cooking in no time.

I w mgnieniu oka skończyła gotować.

The husband and wife snatched a hasty breakfast.

Mąż i żona zjedli w pośpiechu śniadanie.

And soon after breakfast they started their journey.

I wkrótce po śniadaniu wyruszyli w podróż.

The way to her father's house was through dense jungle.

Droga do domu jej ojca prowadziła przez gęstą dżunglę.

It was the perfect place to abandon his wife.

To było idealne miejsce, by porzucić żonę.

She was bound to be eaten up by wild beasts there.

Tam z pewnością zjedzą ją dzikie bestie.

But while they were walking the woman heard a snake.

Gdy szli, kobieta usłyszała węża.

"Oh passer-by, in yonder hole there is a frog"

„O przechodniu, w tamtej norze jest żaba"
"How thankful I would be if you caught the frog"
„Jakże byłbym wdzięczny, gdybyś złapał żabę"
"And the hole is full of gold and precious stones"
„A dziura jest pełna złota i drogich kamieni"
"Give me the frog, and take the treasure for yourself"
„Daj mi żabę, a skarb weź dla siebie"
The woman forthwith went to the frog's hole.
Kobieta natychmiast udała się do nory żaby.
And she began digging the hole with a stick.
I zaczęła kopać dół kijem.
The young goldsmith was now quaking with fear.
Młody złotnik trząsł się teraz ze strachu.
He thought his Rakshasi-wife was about to kill him.
Myślał, że jego żona Rakshasi zamierza go zabić.
And then his wife called for him to help her.
A potem jego żona poprosiła go o pomoc.
"Take all this gold and these precious stones"
„Weź całe to złoto i te drogie kamienie"
The goldsmith did not understand her request.
Złotnik nie zrozumiał jej prośby.
Timidly he went to where she had dug the hole.
Nieśmiało podszedł do miejsca, gdzie wykopała dół.
But he was infinitely surprised by what he saw.
Ale to, co zobaczył, niezmiernie go zaskoczyło.
The hole was full of gold and precious stones.
Dziura była pełna złota i kamieni szlachetnych.
"How did you know there was a treasure here?"
„Skąd wiedziałeś, że tu jest skarb?"
And finally his wife told him of her gift.
A na koniec żona opowiedziała mu o swoim darze.
"I can understand all the beasts in the forest"
„Rozumiem wszystkie zwierzęta w lesie"
"Just over there, there is a snake coiled up"
„Tam, tuż obok, jest zwinięty wąż"
"She had told me there was a treasure here"
„Powiedziała mi, że tu jest skarb"

The husband now felt very blessed with his wife.
Mąż czuł się teraz naprawdę szczęśliwy, mając żonę.
"My love, it has gotten very late today"
„Kochanie, dziś zrobiło się bardzo późno"
"I don't think we will reach your father's house"
„Nie sądzę, żebyśmy dotarli do domu twojego ojca"
"Nightfall will catch us before we get there"
„Zmierzch nas zastanie, zanim tam dotrzemy"
"If we stay we might be devoured by wild beasts"
„Jeśli zostaniemy, mogą nas pożreć dzikie bestie"
"I propose therefore that we both return home"
„Proponuję zatem, abyśmy oboje wrócili do domu"
You can imagine the wife's disappointment.
Można sobie wyobrazić rozczarowanie żony.
But she agreed with her husband's assessment.
Jednak zgodziła się z oceną męża.
It took them a long time to reach home.
Zajęło im dużo czasu, aby dotrzeć do domu.
They were laden with a large quantity of gold.
Były załadowane dużą ilością złota.
And they were carrying many precious stones.
I nieśli wiele drogocennych kamieni.
But eventually the got close to their home.
Ale w końcu zbliżyli się do domu.
"My dear, go by the back door," said the goldsmith.
„Mój drogi, idź tylnymi drzwiami" – powiedział złotnik.
"I will go by the front door and see my father"
„Pójdę przez drzwi wejściowe i zobaczę mojego ojca"
"And I will show him all this treasure"
„I pokażę mu cały ten skarb"
So she entered the house by the back door.
Więc weszła do domu tylnymi drzwiami.
But the old goldsmith had reason to be there too.
Ale stary złotnik też miał powód, żeby tam być.
He had gone there to collect a hammer.
Poszedł tam, żeby zabrać młotek.
The old goldsmith saw his Rakshasi daughter-in-law.

Stary złotnik zobaczył swoją synową, Rakshasi.
He concluded she had swallowed up his son.
Doszedł do wniosku, że połknęła jego syna.
And he therefore struck her with the hammer.
I uderzył ją młotem.
The blow immediately killed his daughter-in-law.
W wyniku ciosu jego synowa natychmiast zginęła.
At that moment the son came into the house.
W tym momencie do domu wszedł syn.
But it was too late for him to explain.
Ale było już za późno, żeby cokolwiek wyjaśnić.
And so the eldest prince's story concluded.
I tak kończy się historia najstarszego księcia.
"You might have to cut a man's head off"
„Możesz musieć ściąć człowiekowi głowę"
"But first you should establish the facts"
„Ale najpierw powinieneś ustalić fakty"
"You must see whether the man is really faithless"
„Musisz sprawdzić, czy ten człowiek jest naprawdę niewierny"

The king then called his second son to him.
Następnie król zawołał swego drugiego syna.
"I entrust my life and my honor to men"
„Powierzam ludziom swoje życie i swój honor "
"But what if one of these men prove faithless?
„Ale co się stanie, jeśli jeden z tych ludzi okaże się niewierny?
"How should such a man be punished?"
„Jak należy ukarać takiego człowieka?"
The second prince replied to his father, the king.
Drugi książę odpowiedział swemu ojcu, królowi.
"Doubtless such a man's head should be cut off"
„Bez wątpienia takiemu człowiekowi należy ściąć głowę"
"But first you should establish the facts"
„Ale najpierw powinieneś ustalić fakty"
"What do you mean?" inquired the king.
„Co masz na myśli?" zapytał król.

"Let your majesty be pleased to listen"
„Niech Wasza Wysokość zechce posłuchać"
Once upon a time there reigned a king.
Dawno, dawno temu panował pewien król.
This king was very fond of going out hunting.
Król ten bardzo lubił polować.
One day his horse took him into a dense forest.
Pewnego dnia jego koń zaprowadził go do gęstego lasu.
He went far from his followers, deep into the woods.
Odszedł daleko od swoich zwolenników, głęboko w las.
He rode on and on through the endless, quiet forest.
Jechał dalej i dalej przez niekończący się, cichy las.
He saw neither villages nor towns, only trees.
Nie widział ani wiosek, ani miast, tylko drzewa.
On the long, lonely journey he became very thirsty.
Podczas długiej, samotnej podróży poczuł wielkie pragnienie.
He could see no pond, nor lake, nor stream.
Nie mógł dostrzec żadnego stawu, jeziora ani strumienia.
But then he saw something dripping from a tree.
Ale potem zobaczył coś kapiącego z drzewa.
He concluded it was rainwater resting in a cavity.
Doszedł do wniosku, że to woda deszczowa gromadząca się w zagłębieniu.
He stood on horseback beneath the tree, cup in hand.
Stał na koniu pod drzewem z kubkiem w dłoni.
He caught the drops slowly dripping into the small cup.
Chwytał krople powoli spływające do małego kubka.
The water, however, was not rain from the sky.
Jednak woda nie była deszczem z nieba.
A huge cobra sat on top of the tall tree.
Ogromna kobra siedziała na szczycie wysokiego drzewa.
The snake had struck the tree in rage with its sharp fangs.
Wąż ze złości uderzył w drzewo ostrymi kłami.
The snake's poison came out and fell downward in heavy drops.
Jad węża wydostał się na zewnątrz i spadał ciężkimi kroplami.
The king thought the falling liquid was simple rainwater.

Król sądził, że spadająca ciecz to po prostu deszczówka.
The horse sensed the danger and tried to warn him.
Koń wyczuł niebezpieczeństwo i próbował go ostrzec.
The cup was nearly filled with the deadly snake-poison.
Kubek był już prawie pełen śmiertelnie niebezpiecznej trucizny węża.
The king raised the cup and prepared to drink.
Król podniósł puchar i przygotował się do picia.
But the horse moved wildly, with the king on its back.
Ale koń poruszał się dziko, mając króla na grzbiecie.
The cup fell from his hand, and the poison spilled.
Puchar wypadł mu z ręki i trucizna się rozlała.
The king became angry and struck the horse's neck.
Król rozgniewał się i uderzył konia w szyję.
The blow from the sword immediately killed his horse.
Cios miecza natychmiast zabił jego konia.
And so the second prince's story concluded.
I tak kończy się historia drugiego księcia.
"You might have to cut a man's head off"
„Możesz musieć ściąć człowiekowi głowę"
"But first you should establish the facts"
„Ale najpierw powinieneś ustalić fakty"
"You must see whether the man is really faithless"
„Musisz sprawdzić, czy ten człowiek jest naprawdę niewierny"

The king then called to him his third youngest son.
Następnie król zawołał swego trzeciego najmłodszego syna.
"I entrust my life and my honor to men"
„Powierzam ludziom swoje życie i swój honor"
"But what if one of these men prove faithless?
„Ale co się stanie, jeśli jeden z tych ludzi okaże się niewierny?
"How should such a man be punished?"
„Jak należy ukarać takiego człowieka?"
"Doubtless such a man's head should be cut off"
„Bez wątpienia takiemu człowiekowi należy ściąć głowę"
"But first you should establish the facts"

„Ale najpierw powinieneś ustalić fakty"
"What do you mean?" inquired the king.
„Co masz na myśli?" zapytał król.
"Let your majesty be pleased to listen"
„Niech Wasza Wysokość zechce posłuchać"
Once long ago there reigned a wise and noble king.
Dawno temu panował mądry i szlachetny król.
In his palace he kept a bird of Suka species.
W swoim pałacu trzymał ptaka z gatunku Suka.
One day the bird went out flying into the fields.
Pewnego dnia ptak wyleciał na pola.
There he saw his father and mother calling from above.
Tam zobaczył ojca i matkę wołającymi z góry.
They asked him to come visit them in their nest.
Poprosili go, aby odwiedził ich gniazdo.
The nest was far away in a distant hidden land.
Gniazdo znajdowało się daleko, w odległej, ukrytej krainie.
The Suka said, "I'll come if I get king's leave"
Suka powiedział: „Przyjdę, jeśli dostanę pozwolenie od króla"
"I'll speak to the king today and return tomorrow"
„Dziś porozmawiam z królem i wrócę jutro"
"Please wait at this same spot in the morning"
„Proszę czekać rano w tym samym miejscu"
That very day, Suka spoke with the gentle, kind king.
Tego samego dnia Suka rozmawiał z łagodnym i życzliwym
królem.
The king gave permission for the bird to leave.
Król pozwolił ptakowi odlecieć.
Although he was sad to part with his bird.
Choć było mu smutno rozstawać się ze swoim ptakiem.
The next morning, Suka met his parents again.
Następnego ranka Suka ponownie spotkał się ze swoimi
rodzicami.
He flew with them to their nest on a tall tree.
Poleciał z nimi do ich gniazda na wysokim drzewie.
The three birds lived together happily in peaceful joy.
Trzy ptaki żyły razem szczęśliwie i w pokoju.

They stayed like this for a fortnight of lovely days.
Pozostali tak przez dwa tygodnie cudownych dni.
But even those quiet and pleasant days had to end.
Ale nawet te spokojne i przyjemne dni musiały się skończyć.
Suka said, "Beloved parents, the king gave me two weeks"
Suka powiedział: „Kochani rodzice, król dał mi dwa
tygodnie"
"That time is now over, so I must return tomorrow"
„Ten czas już minął, więc muszę wrócić jutro"
His father and mother agreed and blessed his decision.
Jego rodzice zgodzili się i pobłogosławili jego decyzję.
They told him to carry a gift for the king.
Powiedzieli mu, żeby zaniósł dar dla króla.
After some talk, they chose some fruit as a gift.
Po krótkiej rozmowie wybrali jako prezent owoce.
The fruit had grown from the Immortality Tree.
Owoce wyrosły z Drzewa Nieśmiertelności.
Early the next morning, Suka went to the tree.
Wczesnym rankiem następnego dnia Suka poszedł do drzewa.
And he plucked a magical glowing fruit.
I zerwał magiczny, świecący owoc.
He held the fruit gently in his beak, full of care.
Trzymał owoc delikatnie w dziobie, pełen troski.
The fruit was heavy and slowed his swift flying pace.
Owoce były ciężkie i spowalniały jego szybkie tempo lotu.
He could not reach the city before night arrived.
Nie zdążył dotrzeć do miasta przed zapadnięciem nocy.
Suka stopped to rest in a tree along the way.
Suka zatrzymał się na drzewie, aby odpocząć po drodze.
He feared the fruit might drop while he slept.
Obawiał się, że owoc spadnie mu podczas snu.
If he kept the fruit in his beak, it could fall.
Gdyby trzymał owoc w dziobie, mógłby spaść.
But he saw a hole in the trunk of the tree.
Ale zobaczył dziurę w pniu drzewa.
He placed the fruit safely inside the dark tree.
Umieścił owoc bezpiecznie w ciemnym drzewie.

But inside the hole, there lived a poisonous black snake.
Ale w środku dziury mieszkał jadowity czarny wąż.
In the night, the snake bit the fruit with venom.
Nocą wąż ukąsił owoc jadem.
And the fruit became smeared with deadly poison.
A owoc został posmarowany śmiertelną trucizną.
At dawn Suka took the fruit back in his beak.
O świcie Suka wziął owoc z powrotem do dzioba.
He flew again on his journey to the king's palace.
Ponownie poleciał w podróż do pałacu królewskiego.
As he reached the palace the king was sitting with ministers.
Gdy dotarł do pałacu, król siedział z ministrami.
The king was overjoyed to see Suka return once more.
Król był niezmiernie uradowany, widząc ponowny powrót
Suki.
He greatly admired the beautiful, shining fruit gift.
Bardzo podziwiał piękny, błyszczący dar owoców.
The fruit was lovely to look at and admire.
Owoce były piękne i można było je podziwiać.
It was the finest fruit found across the earth.
Był to najwspanialszy owoc, jaki kiedykolwiek znaleziono na
Ziemi.
And anyone who ate the fruit was granted immortality.
A każdy, kto zjadł owoc, zyskał nieśmiertelność.
The king was about to eat the beautiful fruit.
Król miał zamiar zjeść piękny owoc.
But his ministers warned him the fruit might be poisoned"
Ale jego ministrowie ostrzegli go, że owoc może być zatruty"
"It would be better to test the fruit before you eat it"
„Lepiej byłoby przetestować owoc przed jego zjedzeniem"
He threw the fruit to a crow sitting on the wall.
Rzucił owoc wrony siedzącej na murze.
The crow ate from the fruit, and dropped dead instantly.
Kruk zjadł owoc i natychmiast padł martwy.
The king, thinking Suka tried to kill him, grew furious.
Król wpadł we wściekłość, myśląc, że Suka próbuje go zabić.
He seized the bird and killed him with his bare hands.

Złapał ptaka i zabił go gołymi rękami.
He ordered the seed to be planted outside the city.
Rozkazał zasiać ziarno poza miastem.
The seed became a tree with the same glowing fruit.
Z nasionka wyrosło drzewo o tym samym świecącym owocu.
The king feared the fruit would bring more death.
Król obawiał się, że owoc przyniesie jeszcze większą śmierć.
So he had the tree fenced off and guarded.
Więc kazał ogrodzić drzewo i pilnować.

There lived in that city an old, poor Brahman man.
W mieście tym żył pewien stary, biedny bramin.
He and his wife survived only on the town's charity.
On i jego żona utrzymywali się wyłącznie z wpłat miasta.
One day the Brahman mourned his long, miserable, life.
Pewnego dnia bramin opłakiwał swoje długie i nieszczęśliwe życie.
He said, "Instead of begging, I will eat poison fruit."
Powiedział: „Zamiast żebrać, zjem zatruty owoc".
"I'll end my life beneath that deadly tree in silence."
„Zakończę swoje życie w ciszy pod tym śmiercionośnym drzewem".
That very night, he rose quietly and left his home.
Jeszcze tej samej nocy wstał cicho i opuścił dom.
His wife suspected and followed behind in silence.
Jego żona podejrzewała go i w milczeniu poszła za nim.
She had decided to die too, alongside her sad husband.
Ona również postanowiła umrzeć, u boku swego smutnego męża.
She loved him deeply and didn't wish to stay behind.
Kochała go bardzo i nie chciała pozostać w tyle.
The palace guard was asleep that night, unaware of visitors.
Tej nocy strażnik pałacowy spał, nieświadomy obecności gości.
The Brahman reached the garden and plucked a hanging fruit.
Bramin dotarł do ogrodu i zerwał wiszący owoc.

He looked at it once and ate the entire fruit.
Spojrzał na niego raz i zjadł cały owoc.
His wife cried, "If you die, my life becomes nothing"
Jego żona zawołała: „Jeśli umrzesz, moje życie stanie się niczym"
"I will also eat and die here with you now"
„Teraz też będę tu jadł i umierał z tobą"
So saying she plucked a fruit and ate it.
Tak rzekłszy, zerwała owoc i go zjadła.
They thought the poison would act slowly through the night.
Sądzili, że trucizna będzie działać powoli, przez całą noc.
So they both went home and quietly lay down in bed.
Więc oboje wrócili do domu i spokojnie położyli się do łóżka.
They believed they would never again rise from sleep.
Wierzyli, że nigdy już nie obudzą się ze snu.
To their surprise, they woke up feeling full of life.
Ku ich zaskoczeniu, obudzili się pełni życia.
Not only were they alive, but they were young again.
Nie tylko przeżyli, ale znów byli młodzi.
And they were strong and had new found energy.
Byli silni i mieli nową energię.
Neighbors hardly recognized them, so changed they looked.
Sąsiedzi ledwo ich poznali, tak bardzo zmienili swój wygląd.
The old Brahman was now handsome and full of youth.
Stary bramin był teraz przystojny i pełen młodości.
His grey hair vanished, and had colour again.
Jego siwe włosy zniknęły i odzyskały kolor.
His wrinkled cheeks turned smooth, and his skin shone.
Jego pomarszczone policzki stały się gładkie, a skóra lśniła.
And as for his wife, she became extremely beautiful.
A jego żona stała się niezwykle piękna.
She looked as beautiful as any lady of the kingdom.
Wyglądała tak pięknie, jak każda dama w królestwie.
The king heard of their miraculous transformation.
Król usłyszał o ich cudownej przemianie.
He asked his guards to send the Brahman to him.

Poprosił strażników, aby przysłali do niego bramina.
And he asked the Brahman the source of his youth.
I zapytał bramina, skąd wziął swoją młodość.
The Brahman told the king every detail of the story.
Bramin opowiedział królowi każdy szczegół historii.
The king then wept for his poor, loyal pet bird.
Król opłakiwał swego biednego, wiernego ptaka.
He deeply regretted killing his faithful bird.
Głęboko żałował zabicia swojego wiernego ptaka.
And he wished he had known the bird's loyalty.
I żałował, że nie poznał lojalności ptaka.
And so the second prince's story concluded.
I tak kończy się historia drugiego księcia.
"You might have to cut a man's head off"
„Możesz musieć ściąć człowiekowi głowę"
"But first you should establish the facts"
„Ale najpierw powinieneś ustalić fakty"
"You must see whether the man is really faithless"
„Musisz sprawdzić, czy ten człowiek jest naprawdę niewierny"
"I know Your Majesty suspects me of evil last night"
„Wiem, że Wasza Wysokość podejrzewa mnie wczoraj o zło"
"Please allow me to explain myself before punishing me"
„Proszę pozwolić mi się wytłumaczyć, zanim mnie ukarzecie"
"While making rounds I saw a woman leave the palace"
„Podczas obchodu zobaczyłem kobietę opuszczającą pałac"
"I stopped her, and she said her name was Rajlakshmi"
„Zatrzymałem ją, a ona powiedziała, że ma na imię Rajlakshmi"
"She claimed to be the guardian deity of the palace"
„Twierdziła, że jest bóstwem opiekuńczym pałacu"
"She said she was leaving because death was near"
„Powiedziała, że odchodzi, bo śmierć jest bliska"
"The king," she said, "would be killed later that night"
„Król" – powiedziała – „zostanie zabity jeszcze tej nocy"
"I begged her to go back into the palace"
„Błagałem ją, żeby wróciła do pałacu"

"And I promised to do my best to protect you."
„Obiecałem, że zrobię wszystko, co w mojej mocy, żeby cię chronić".
"I ran quickly into Your Majesty's chamber without delay."
„Bezzwłocznie pobiegłem do komnaty Waszej Wysokości."
"There I saw a cobra circling your golden bedstead."
„Tam zobaczyłem kobrę krążącą wokół twojego złotego łoża."
"I fought the snake and killed it with my blade."
„Walczyłem z wężem i zabiłem go swoim ostrzem."
"I chopped the body into many exactly one hundred pieces."
„Pokroiłem ciało na dokładnie sto kawałków."
"I placed those pieces inside the pan for proof."
„Umieściłem te kawałki na patelni, aby to sprawdzić".
"But something occurred as I was cutting up the snake."
„ Ale coś się wydarzyło, kiedy kroiłem węża."
"A drop of blood fell onto the breast of your wife."
„Kropla krwi spadła na pierś twojej żony".
"I feared I had saved my father, but killed my stepmother."
„Obawiałem się, że uratowałem ojca, ale zabiłem macochę".
"I wrapped my tongue tightly with cloth seven times."
„Siedem razy owinąłem język szczelnie materiałem."
"Then I licked up the drop of venomous blood."
„Potem zlizałem kroplę jadowitej krwi."
"While I was licking the blood, my stepmother awoke."
„Kiedy lizałem krew, moja macocha się obudziła."
"She saw me and opened her eyes with confusion."
„Zobaczyła mnie i otworzyła oczy ze zdziwieniem."
"This is the truth of what I did last night."
„To jest prawda o tym, co zrobiłem wczoraj wieczorem".
"If Your Majesty commands, then cut off my head now."
„Jeśli Wasza Wysokość rozkaże, to odetnij mi głowę teraz."
The king, full of love and joy, embraced his son.
Król, pełen miłości i radości, objął swego syna.
From that moment, he loved him more than ever before.
Od tego momentu kochał go bardziej niż kiedykolwiek wcześniej.

www.tranzlaty.com

www.ingramcontent.com/pod-product-compliance
Lightning Source LLC
Chambersburg PA
CBHW010430170726
48283CB00011B/3137